漢代韓詩文獻研究

陈绪平 著

本书是江西省"十三五"（2017年）规划项目"汉代韩诗学研究"（17WX11）的结项成果。感谢井冈山大学古代文学学科的经费资助。

感谢著名学者戴伟华教授为本书题写的书名。

巴蜀书社

图书在版编目（CIP）数据

汉代韩诗文献研究／陈绪平著.—成都：巴蜀书社，2024.1
ISBN 978-7-5531-1581-8

Ⅰ.①汉… Ⅱ.①陈… Ⅲ.①《诗经》－文学研究 Ⅳ.①I207.222

中国版本图书馆 CIP 数据核字（2021）第 245264 号

HANDAI HANSHI WENXIAN YANJIU
汉代韩诗文献研究

陈绪平 著

责任编辑	杨 波
封面设计	成都利智达印务设计有限公司
出　　版	巴蜀书社
	成都市锦江区三色路 238 号新华之星 A 座 36 层　邮编：610023
	总编室电话：(028) 86361843
网　　址	www.bsbook.com.cn
发　　行	巴蜀书社
	发行科电话（028）86259422　　86259423
印　　刷	成都蜀通印务有限责任公司
版　　次	2024 年 1 月第 1 版
印　　次	2024 年 1 月第 1 次印刷
成品尺寸	130mm×185mm
印　　张	12.5
字　　数	280 千
书　　号	ISBN 978-7-5531-1581-8
定　　价	46.00 元

本书如有印装质量问题，请与工厂调换

目 录

绪　论　汉代韩诗学之名义与研究意义 ……… 001
第一章　孔、孟、荀与《诗》：汉代韩诗学的前背景
　　………………………………………… 017
　引　子 ………………………………… 019
　第一节　孔子诗学略说 ………………… 023
　第二节　孔子诗学的文化转向 ………… 032
　第三节　孟子与《诗》 ………………… 038
　第四节　荀子与《诗》 ………………… 060
　第五节　孔、孟、荀与《诗》：汉代韩诗学的前背景
　　………………………………………… 089

第二章　韩诗学的师传与著述 …………… 103
　第一节　韩诗学传承考 ………………… 105
　第二节　韩诗学著述考 ………………… 117

第三章　韩毛诗经文用字研究 …………… 129
第四章　《韩诗》要籍研究 ……………… 231
　第一节　《韩诗序》辑佚考订 …………… 233
　第二节　《韩诗内传》辑佚考订 ………… 244
　第三节　《韩诗外传》研究 ……………… 255
　第四节　《薛君章句》辑考 ……………… 366
结　论　韩诗学：汉代《诗经》学待开拓的疆域
　………………………………………… 375
参考文献 ……………………………………… 383
后　记 ………………………………………… 391

绪 论
汉代韩诗学之名义与研究意义

这里说的"韩诗学"是传统学术意义上的"《诗经》学"的一部分，是出现于汉代的一门今文经学，研究内容包括文献考订、学理研究、韩诗学来源考察等。这里提出的"韩诗学"是作为一种"学"来建构、关照和进入以上内容研究的。它的研究对象是三家诗之一的《韩诗》，它研究的文献范围包括《韩诗内传》（后简称《内传》）、《韩诗外传》（后简称《外传》）、《韩诗章句》《韩诗序》等，它的研究方法涉及辑佚、考证与比较研究等。受制于研究时间，也受限于学力之不足，本书较少涉及三家诗在义理方面的比较研究，笔者后面拟做一个系统的专门研究，这是要首先交代的。其实，这样的处理在研究之初就有所考虑。关于三家诗的研究，学界成果甚多，而专门基于韩诗学的系统研究成果就目力所及尚未见。从现有成果看，学术界已经开始反思清人辑佚学的问题，在《韩诗》文献上那些按照家法等归并到韩诗说的内容是不是《韩诗》，都是需要反思的问题。学界还没有一种基于《韩诗》"显性文献"的研究。这里的"显性文献"是指汉唐古书古注中明确标明为《韩诗》的内容。"显性文献"亟需从大量的《韩诗》辑佚成果中抽离出来，并对此做一个专门研究，以彰显韩诗学的基本面貌。近百年来的《诗经》学研究从本质上看就是《毛诗》学，或者说是以《毛诗》学为中心的研究，并形成了一套话语体系及研究范式。本项研究的意义就在于：首先它是一项回归《韩诗》文献的研究，致力于厘清《韩诗》文献的基本内容；其次是建设韩诗学工作的一个开端性尝试，以打开诗经学研究的新维度。这两个基本任务都异常艰难，我们愿意勉力为之。

汉代韩诗学是一个特殊的研究对象。它之所以可以成为一种"学"：在于它有完整的发展史，构成了汉唐诗经学史的重要内容；保存了较为清晰而完整的传承脉络，并形成、保留下来了多种注疏体例；有着个性鲜明的理论追求和学派特色等。更为重要的是它有相对丰富的史料遗存，这一点让我们的研究成为可能。如果还要对这点做些说明，那就是从汉唐以来，我们有着厚重的《毛诗》学研究成果，它可以作为韩诗学研究的背景，构成一种互为彼此的存在镜像，以相互照亮历史记录留下的空白处、残损点和暗淡地带。从宋代王应麟《诗考》以降，包括辑佚、考订等在内的三家诗研究就绵延不绝，到有清一代尤为繁盛。乾嘉以来，几乎重要的诗学研究者都或多或少征引、考订了韩诗学文献，更有专司其事的，其中又以马国翰、陈乔枞、王先谦等人的贡献为巨。今人研究也成果繁富，主要有屈守元等老先生的校注。近年三家诗研究又备受关注，涌现出来的马昕等青年学者的成果也甚为扎实。这些前贤时彦的学术积淀是本项研究的起点，也是本项研究成立的一个基础。

司马迁最早在《史记》中载录宗师韩婴的生平和著述，其中特别提到了《内传》及《外传》，并用一个"推"字强调韩诗说的基本特征。班固承续马说，虽有所损益，但其要仍落在"推"字上。可见韩诗学从一开始就树立了自己的学理特征：推演《诗》义以用于时，而并不仅仅是研究训诂字义。班、马的说法是准确的，后面的讨论也证实了这点。为了揭示这个认识，本项研究专门从前人辑佚出来的韩诗说中挑选出可资利用的文献来讨论。这里说的"可资利用"是指汉唐古书古注中明确记载为《韩诗》的文献，而不是清人通过"家法""师法"等义理"通例"推出来的资料。比如本项研究的对象《内传》《韩诗序》《韩诗章句》等，都是中古文献明确标明为《韩诗》的文献。虽然这是一种保守的做法，但是得到的资料也是够用的，可以在有限的语境中得到相对可靠的研究结论。这就涉及汉代韩诗学的核心问题，即它的基本特征是什么。

从整体上看，韩诗说有丰富的内涵，并形成了一个学派学术发展史。从《汉志》《隋志》以及清人《补后汉艺文志》所录《韩诗》典册看，《韩诗》包括以下内容。第一，以训诂、句读为中心的《韩诗故》等。其中从辑佚所得到《内传》条目看，《内传》亦有大量的训诂成果。第二，以推演诗义为特征的《外传》。第三，以章明诗旨、诗之创作时代为内容的《韩诗序》。第四，杂凑（攒凑）经师多种说法为一体的《韩诗说》。第五，在后汉，韩诗学著作出现了与谶纬学知识相融合的学问。第六，还出现了相当于节本的《翼要》，从和平行资料的对照看，这是一种节录，大致是韩诗说精华编。在汉代，春秋学就有"微"之体见诸《汉志》。

可见韩诗学内容之丰富。这还是一种有限的想象。在博士官学的刺激下，随着利禄之路的展开，我想《韩诗》文献远远不止这些条目，一定还有很多被历史记录遗忘了的内容。这些内涵丰富的典籍是由一代代韩诗学者完成的，典籍史对应着师承史。《汉书·儒林传》等史料则揭示出一个较为细致且清晰的韩诗学派传承图景，其中官至博士、宰相者不乏其人，另外帝纪、后妃传、名臣传中又有资料显示了皇家望族对《韩诗》的喜好。这些都是韩诗学在两汉不断繁衍以至于极盛的外部推动力，同时也是构成韩诗学学术史的重要内容。对于这些内容，本项研究都有关照。

从内容上看，韩诗说意义甚大。"章句"之为体，是汉代经学史乃至中国经学史上的一个大问题。今天我们能看到王逸《楚辞章句》是训诂体与传注体的融合，有释读字词，有疏解文义，还有对作者情志的揭示等。赵岐《孟子章句》重在解字，后来又有朱熹的《四书章句》就是新体例了，它融合了集解等。但是章句到底是什么，学界并未取得一致看法。今从辑佚的《韩诗薛君章句》（后称《韩诗章句》）看章句之体也还是有甚多谜团。《韩诗章句》表现出一种综合性特征，有文字训诂，这个比例最高；也有对某一句的疏义；还有字词释义完成后的推演诗旨等。这个特色和《毛诗故训传》的体例很接近。虽然条目不多，但是非常之珍贵。这是我们研究"章句之学"的主要资料，在汉唐典籍史上的价值甚大。

《毛诗》学的一个重要特征是多以礼说诗，又以《郑笺》为甚。《毛传》多引故事入注，也有学者将之称为"附会解诗"。从《内传》《外传》看，这也是三家诗的一个特征，《韩诗》亦如此。我们应该修改这个"附会解诗"的看法。从韩、毛诗的资料看，这种引历史故事解诗，其实就是一种阐释学方法，即通过古今的沟通完成自己的政治等主张。历史故事是"古"，要讽谏、规劝、表达的观念是"今"，"诗"章（经典）就是桥梁。至于诗之本义不是他们关心的事情。这样的阐释层次在孟子时代就早已有之。比如对"寡人好色""好货""好勇"等的引诗，我们若去细致考察，就会发现孟子在辩论过程中所引诗并不是完美切合本义的。这个问题，我们还要克服以今律古的研究心态，我们太容易以后来"注"的体例看汉初的经典解释学了。换句话说：对《诗经》的注解除了注释字义、文章大意的训诂体之外，还有这样的直接诠释"用诗之义"的解释之法。这也就引出了一个学术史上的争讼：《外传》的著述性质是否关乎诗旨，即是不是解诗之作。本书认为它是一种对诗义的解说之作。这是和"注"体不同的著述范式，其本质是两者的阐释层次不同。这个研究结论对我们深刻认识汉人观念，理解《汉志》著录的书册体例都有较为重要的意义。

从经学史上看，这项研究的价值也较大。汉代经学史有几个关键问题，也可以说是不得不审问的大问题。比如《诗序》问题。本书所辑佚的《韩诗序》虽然也不能解决好《毛诗序》的创作时代、作者等难题，但是它构成了一种"比对"，对发覆《毛诗序》的作用有很大的价值。古籍中还记录了这种我们可以称之为"类序"的简短句子，都是用来概述某首诗的大义的。这样的情况也出现在上博简《孔子诗论》中。可以见出，"诗序"不是偶然事件，有着一个"诗序"形成和发展的过程。就目力所见，孔子"一言以蔽之"的评诗活动或是"诗序"的开端形态。阜阳汉简《诗经》证明三家诗都有诗序，已成学界共识。现在辑佚所见《韩诗序》为这个问题的深入研究提供了更多的史料，为研究汉唐古籍所录诗序、类诗序等提供了可能。确切记录在汉唐古书古注中的"韩诗序"意义之大可见一斑。

在早期文献体例研究中也有一个大问题,即古书有分"内外传"的情况,其体例差异,传统看法是"内传"主训诂,"外传"说经义等。从我们辑佚所得的《内传》可见这个说法并不可靠,或者说有未安之处。《内传》佚文可充分显示:《内传》也有推演诗义的注释之法,也有援引传闻、历史故事以解经的情况。《汉志》著录的多种"内外传"都未流传下来,《内传》仅存的这些资料就显得更加珍贵了,这是进一步研究"内外传"体例的重要材料。

韩诗学之所以能成为一个问题,还在于它有一个长足的发展消亡史。它从汉初登上舞台到唐代彻底消亡,经历了一个"长时段"的发展。长时段就容易被记录下来各种细节。比如经师多、著述多,再如注疏体例多。这是其他几家学问所不具备的一个发展历程。《毛诗》虽然传至今天,但有个问题就是它甫一出现就是以一种集大成的形态展示其面貌的。从《毛诗故训传》这个题名即可见出,它综合了"故""训""传"三种注疏体例。清儒马瑞辰早已揭举其秘。我们从韩诗学研究的层次上"比对"也可以见出此谊（后文有专门讨论）。换句话说，由于记录等原因造成文献不足，我们其实对《毛诗》学的"前状态"是缺少了解的。这个时候作为"镜像"的韩诗学就异常之重要了。《汉志》著录了《韩故》《韩传》《韩说》，后来又著录《韩诗章句》等，它的解经体例是繁富而清晰的。作为他者，韩诗学可以照亮《毛诗》学研究的部分暗区。同样，《毛诗》学也缺少清晰可靠的传承序列。这点韩诗学可谓记录相对清晰而细密。关于韩诗学的传承，前人研究甚多。比如王国维《汉魏博士题名考》讨论了《韩诗》传承情况，列《韩诗》博士7人。范文澜《群经概论》于第四章专论《韩诗》，举9个传承人。刘汝霖《汉晋学术编年》卷一共列《韩诗》学者11人，孙钦善《中国古文献学史》亦列11人。近年郑杰文主编《中国学术思想编年》（秦汉卷）于附录处统计《韩诗》传承人17人，传习者37人。近来左洪涛又梳理史籍得传承人20人，传习者33人[①]。这些传习者的生存时间涵盖了整个两汉魏晋。这个时段恰恰是经学史最为重要的时期，这样看，描述汉代《诗经》学史最好的"标准

---

① 详参《韩诗传授人及学者考》，载《文献》2010年第2期。

器"即为韩诗学。再说，这么多的韩诗学者时长贯穿了这么一个长时段，他们与皇家望族的关系，他们的职官地位（特别是博士学官），他们的学术旨趣与时代空气的关联，还有他们的文化地理等，都是汉代《诗经》学研究的重要背景资料。从中可以见出汉代诗学史的重要细节内容。从韩婴立学到在东汉时代走向鼎盛，再到后来的慢慢式微，乃至消亡，韩诗学的"长时段"意义值得细致研究。这种"长时段"意义，还有一个考察角度，那就是韩诗学的"史学史"研究，即我们可以考察整个经学史上的韩诗学遭遇与时势。换句话说，可以通过"韩诗学"这个切入点，观察今古文经学的交替与融合的历程。这既是历史学研究点，又是哲学史、思想史等的一个重要问题。

本书还特别逐条进行了韩、毛诗经文用字的比勘。这也是使用了显性《韩诗》文献，主要来源于《文选李注》《经典释文》《后汉书李注》等史料明确载录的《韩诗》文字。为保守起见，凡是通过义理、师承推测某说当为韩说的资料一概不拿来同《毛诗》用字进行比较。此做法有以下三层意义略述。第一，这个比勘是韩、毛诗的直接"比对"，是认识韩、毛诗属性的重要途径。在比对中，我们发现从经文用字角度看，韩、毛诗并无高低远近之分。一般看法：古文经学的《毛诗》用字更为古远。我们比勘的结果显示是这个说法不合实际。有大量用例可证《韩诗》用古字，《毛诗》用今字的情况。第二，韩、毛诗用字的差异最主要的原因在于通假字现象。这是语言学原因，或者说记录等历史文献学原因造成的用字差异，而不是今古文学视域的义理之不同造成的。第三，在这个"比勘"中，我们更加具体而深刻地理解到《韩诗》学、《毛诗》学彼此之间互为镜像的意义。这是韩诗学成为一种学的重要意义之所在。

如果追问韩诗学之成立与意义，本书关于韩诗学发生的前背景的研究则显示了前人关于"韩诗学作为儒门诗学之正统"说法之可靠。我们逐条研究了孔、孟、荀三家的解诗、说诗与用诗，以及这些特点同韩诗学的关联。特别考察了《韩诗》与《荀子》、《韩诗》与《孟子》的学术承续与损益等。这个关于"汉代韩诗学前背景"的研究显示：韩诗学是个有前序（孔、孟、荀），又有时代性（紧密扣准时代主题），又有革新性的学说。当然，它也有一个"生老病死"的全过程。这也是汉代韩诗学的重要价值。其他方面韩诗学的意义也格外清晰，比如宗师韩婴一出场就是一位学通两经的大师，即通诗的同时也是易学的重要传人。从资料统计的结果看，汉代韩诗学者中多有身通多经的情况。研究发现，韩诗学与易学、黄老之学、谶纬之学、阴阳学等多有交通、吸纳与龃龉等。可见，韩诗学是汉代学术史这个大网的重要节点，同多种学问保持了很好的沟通。这样韩诗学有了更为丰富的内涵，而这也是它可以在"长时段"辗转腾挪的重要原因。所以，可以说"长时段""丰富性"是韩诗学重要的两个学术品性。其中"丰富性"也可以解释成韩诗学有着很好的"包容性"，抑或说可以因时而变、因势而变等内涵。这个特征对我们研究三家诗在汉代的升降浮沉有很好的借鉴意义，或者说，韩诗学提供了一个重要切入口，以带领我们进入汉代诗学的微妙世界。

为了考订、描述及展示韩诗学以上内涵与研究价值，本项研究主要写作了三部分的内容。第一部分可谓溯源与整体考订。内容涉及韩诗学的来源与演变，重点考察了《韩诗》出现之前的儒家说诗的情况，它以孔、孟、荀为讨论的中心。在考察韩婴之前，又考订了韩诗学者及其谱系、韩诗学著作这两部分内容，也是从人的角度（《儒林传》）、书的角度（《汉书·艺文志》，后简称《汉志》）等层次上展现韩诗学的发展。第二部分是韩诗学要籍研究，涉及《韩诗序》《内传》《外传》《韩诗章句》等，这是本研究的重点，主要是文献条辨，并以按语的形式进行判断与补正。韩诗学的主要学术内涵与品质都是在这里展现出来的。第三部分是比较研究，对韩、毛诗经文用字做了一个较为细致的比勘。最后，加上这个"绪论"以及文后的"结论"两部分，就是本书的所有内容。

第一章

孔、孟、荀与《诗》：汉代韩诗学的前背景

引 子

孔子是中国文化史上的节点人物。在他所有的文化贡献中，其诗学理论贡献①及其形成的批评范式对后人影响甚大，值得我们细致研究。这是因为孔子与《诗》都是文化史上至为关键的符号，并深植于传统学术之中，塑造了我们的文化品格和文艺批评话语。关于孔子删《诗》说，历来争讼不已；关于孔子诗学的文化意义，讨论者就相对少点。而它恰恰是《诗经》学史的起点，不可不考。《汉志》云"昔仲尼没而微言绝"，后世儒家走向分化，其中影响深刻的是孟、荀两家。从资料出发，比较其内容可知：孟子的诗学显示了"学问内转"，是尊

---

① 这里说的诗学，是指先秦诗学，即以《诗》为中心问题所展开的学术讨论。从资料看，孔子诗学内容包括文献整理和诗论两部分。

德性之路；而荀子"隆礼劝学"形成了一个体系化的国家主义，是道问学的路径。之后就进入了经学时代。在汉代，据《汉志》录有六家诗，其中《韩诗》最晚亡。它在什么样的阐释层次上说《诗》？它和其他诗学的异同关系如何？它附会说《诗》的来源如何？回答这些问题都需要我们重返孔、孟、荀的语境，为汉代韩诗学的开展寻找学理上的"前背景"。

今存孔子之前的诗学评论材料甚少。最为经典的就要算《尚书》关于"诗言志"和《左传》所载的吴公子季札观乐时的评论。《尚书·舜典》曰："夔，命汝典乐，教胄子，直而温，宽而栗，刚而无虐，简而无傲。诗言志，歌永言，声依永，律和声。八音克谐，无相夺伦，神人以和。"这里的"诗""歌""声""律"处在同一逻辑平面之上，这里的"诗"，是"诗礼"之诗。它是礼乐文化的一部分，代表了早期礼乐歌舞活动中的诗传统。用于仪式是它的重要功用，达到"神人以和"是它的礼仪目标，这正是以"娱神"为目的的仪式音乐的审美诉求。仪式性、礼仪化是这个时代《诗》学评论的核心内涵，且其评论是针对音乐在内的礼乐活动而作出的。

《左传·襄公二十九年》记载的吴公子季札来鲁观周乐的史料，更是受到文史诸领域学人的关注。作为先秦重要文献，它至少说明了以下诸问题：（一）这次季札观乐听到的音乐，涵盖了今本《诗经》的大部分内容，是《诗》文本结集研究的重要材料；（二）来自吴国的季札对《诗》有如此精湛的批评，可见《诗》早已远播到南方吴地，季札对之深有研习，方能做出如是评价；（三）分析季札评论的角度，我们发现这里的《诗》评还是针对音乐的评论，但与前面《尚书》娱神的仪式音乐的评论不同，这里的评论建立了"音乐"与"政治"的关联。比如为之歌《郑》，季札评论曰："美哉！其细已甚，民弗堪也。是其先亡乎！"又如为之歌《魏》，曰"美哉，沨沨乎！大而婉，险而易行，以德辅此，则明主也"等。这种评论视角带来了早期音乐评论的重要论题：关于"乐与政通"的讨论①。这样的评论视角勾连了政治与礼乐的关系，这也是孔子"诗可以观"思想的雏形，即通过"观乐"（主要是观"风"）可以知晓四方诸侯国的政令

---

① 后来的文献如《礼记·乐记》《毛诗序》对此做了更为系统的阐释。

国事。当然，也可以从中看到"诗可以怨"的民间声音。

从上述资料可知，孔子之前的诗学，或讨论诗的音乐风格，或从音乐性出发讨论该种音乐风尚的社会意义，也就是经由音乐观察社会政治，产生了"乐与政通"的诗学观念。这是"听风"文化的一种遗存[①]。听音乐这种"风"以获取地方政治的"气"，这和《左传》《国语》所载上古出兵作战前要听律道理一致。其本质是一种"声占"。季札观乐正是一例，他每评论一种音乐之风，都要联系这个诸侯国的存亡命运等。而《尚书》所云"诗言志""神人以和"等则透露了上古诗乐不分的事实。《诗》和音乐一起构成的礼乐文化传统是上古诗学理论的学理背景。

---

① 这与老子"足不出户知天下"有很大的不同。老子代表了静默的一个传统，它推崇阴、弱、静等，和崇尚礼乐的儒家完全不同。

第一节
孔子诗学略说

评介孔子诗学,无疑是件困难的事情:一则孔子卓著而繁富的文化贡献不易把握;一则先秦所存史料阙如,即"文献不足征"。然历史总是会零星地保留下来最重要的文化记录,如《汉志》的这句话就可以说是对孔子及其弟子文化活动的集中表达,即"昔仲尼没而微言绝,七十子丧而大义乖"①。这里运用了互文的修辞格,其意是说:孔子及其门徒注意阐发经典的"微言大义",其后这个经学传统式微了。"微言"亦载诸《汉志》,曰:"以微言相感,当揖让之时,必称《诗》以谕其志,盖以别贤不肖而观盛衰焉。故孔子曰'不学《诗》,无以言'也。"② 这里的"微言",代表的是在春秋时期

---

① 班固·汉书[M]. 北京:中华书局,1962:1701.
② 班固·汉书[M]. 北京:中华书局,1962:1755.

的外交等公共场合中，使用"赋诗言志"的方式，隐秘地表达自己的主张。"揖让之时""称《诗》以谕其志"云云，则暗示了《诗》和交接诸侯等特定仪式上的"言"的关系。这里的"不学《诗》，无以言"，显然不是日常言语之言。换句话说，孔子时代延至七十子时代，《诗》都承担着重要的仪式内涵，而不是日常之用。而这则记录的另外一个细节"以微言相感"的"相感"则意味着孔子时代的说《诗》、用《诗》等一定不是使用诗之本义。"相感"即相互促发（感发），意味着"意义之转移"，即它一定是对诗义的发挥（司马迁说："韩诗内外传"都是"推诗人之意"，其所用的这一"推"字正与此处的"微言相感"相合），所以发挥出来的内容不叫诗之义，而是"微言"。颜师古注说：精微之言。这就是说：上古的《诗》学抵达了阐释学的层次，从具象上升到了抽象。《汉志》这段话值得逐字细读，因为它暗藏了孔子时代的太多信息。这里的"相感"与董仲舒所云"天人感应"之"感"意义相同。"感者，动也。"这就是经学意义上的"诗可以兴"，用"诗"来感发人，使人从"此"感发到"彼"，这就是后来今文经学阐释之法的根源所在。

孔子时代之说《诗》是在行人"赋诗言志",贵族（职官）"说诗""引诗"等就是在这个"微言相感"方式下开展起来的。在这一背景下,人们建立了《诗》与家国之志,《诗》与国家兴衰,《诗》与行人、职官意志等的联系,其《诗》学视角也转移到了关注《诗》之"微言大义",这是孔门《诗》学活动的最为重要的特征。礼坏乐崩,学术下移,私学勃兴,造成了"学《诗》之士逸在布衣"的新局面,孔子以《诗》《书》为教材开展私学教育,又形成了孔子说《诗》、用《诗》的另一个重要背景。"逸在布衣",《诗》成为孔子课徒教材之一种,《诗》的功能也随着这个大转折而发生变化。可以说,"微言相感"的礼乐仪式用诗之法不能再适用于私塾教授的情景之下了,随之而来的诗学观念也发生了变化。这个时候的"伦理道德"成了孔子说诗的重要特征。即从"诗在贵族"到"诗传布衣"的大转折带来了先秦诗学的新变①。在这两个背景下,孔子和《诗经》发生了深刻关联,表现在上古文献体例上就是形成了"子曰《诗》云"的重要结构。

---

① 近年,北京大学的程苏东教授也有类似的研究成果,可参看。

其中,关于先秦典籍引《诗》、赋《诗》、歌《诗》等资料,董治安做过全面的研究,文献考订工作的成果,可参《先秦文献与先秦文学》一书。毛振华《左传赋诗研究》又做了更为细致的工作,分国分时期研究了"赋诗言志"这一文化现象,由此我们可以看到孔子生活的时代,《诗》在政治外交诸活动中的重要作用。这一背景构成了孔子诗学的学理背景,前贤论之详矣,今不赘述。而"诗传布衣"的研究更是汗牛充栋,这也是和今天我们阐释《诗经》能产生更多对话可能的一个层次,即从平民教育、道德修养等角度接近《诗》。这两个诗学观念都蕴藏在孔子言语之中,并构成了"子曰《诗》云"这样一个早期文献体例。这是一个有意味的"形式"(体例),其背后是孔子与《诗经》的深刻关联。其中《论语》是我们理解孔子诗学最为重要且可靠的材料,也最容易说清楚问题。

《论语》较为全面地记述了孔子的诗学评论,今逐条罗列如下,以更有力地揭示孔子诗学的特征:

(1) 子曰:《诗》三百,一言以蔽之,曰:思

无邪。(《为政》)①

（2）子曰：兴于《诗》，立于礼，成于乐。（《泰伯》）

（3）子曰：吾自卫反鲁，然后乐正，《雅》《颂》各得其所。(《子罕》)

（4）子曰：诵《诗》三百，授之以政，不达。使于四方，不能专对。虽多，亦奚以为。(《子路》)

（5）鲤趋而过庭，曰：学《诗》乎。对曰：未也。不学《诗》，无以言。鲤退而学《诗》。(《季氏》)

（6）子曰：小子何莫学夫《诗》。《诗》可以兴，可以观，可以群，可以怨。迩之事父，远之事君，多识于鸟兽草木之名。(《阳货》)

（7）子谓伯鱼曰：女为《周南》《召南》矣乎？

---

① 今按：汉人说"《诗》无达诂"。其实《论语》亦然。这个"思无邪"就是一例。一般理解就是说：孔子删《诗》编《诗》遵从"无邪"的标准，那些"邪僻"的诗并不入选。有人举例说，今本《诗经》亦保留了大量的变风变雅，都是"无邪"之诗。由此产生各种争端，并以此为说，否认有"删《诗》"之事。其实，这句话还可以理解成：《诗》三百的意义在于教人"无邪"。美、刺都是教人"无邪"，角度不同罢了。"美"是从正面，"刺"是从反面。这种理解有增字解经的嫌疑，其实，每一种阐释都存在不同程度对经文的增加与减损。"思无邪"出现在《论语·为政》也是一个有意味的安排。

人而不为《周南》《召南》，其犹正墙面而立也与？(《阳货》)[1]

以上七条录自《论语》，体现了孔子诗学的基本精神。其中第三条指出孔子晚年对《诗》文本做过文献整理工作；第一、二条表明，从教化的层次上，在孔子思想里，《诗》是其教育教学的重要内容，他强调《诗》对人之道德修养的意义，即"思无邪""兴于《诗》"暗示了孔子强调《诗》研习的方向，注意学习它的乐辞所蕴含的道德蕴旨，以规范人的行为，以达到"成人"的目标。第三条材料则暗示了孔子从事过《雅》《颂》等文本整理工作，这和孔子的删《诗》说相联系，由于史料不足，学界论证纷纭。从可见材料出发，我们认同孔子删《诗》说。第四至七条材料则清晰地告诉我们：孔子诗学特别是他的诗教思想之目的是培养人"使于四方"的"专对"能力，与这个思想相对应的是春秋时代邦国外交中流行的"赋诗言志"活动。正是赋《诗》、引《诗》实践的繁富，正是有着这样极

---

[1] 刘宝楠. 论语正义[M]. 北京：中华书局，1990：39、298、345、525、668、689、690.

强的现实需要，才有孔子"不学《诗》无以言"①的诗学，所以可以说行人外交等政治生活、用于自身修养的私塾德教活动等构成了孔子诗学的现实背景。

孔子及门人引用《诗》以论事的记录，尚有《论语·学而》引《卫风·淇澳》"如切如磋，如琢如磨"；《论语·八佾》引《卫风·硕人》"巧笑倩兮"；孔子评《周南·关雎》"乐而不淫，哀而不伤"；《论语·泰伯》引《小雅·小旻》"战战兢兢，如临深渊，如履薄冰"；《论语·泰伯》载孔子评论曰"师挚之始，《关雎》之乱，洋洋乎盈耳哉"；《论语·先进》中"南容三复白圭，孔子以其兄之子妻之"②。以上六条资料，虽然只是部分内容涉及《诗》，但孔子正好借题发挥，阐发了《诗》的"微

---

① "不学诗，无以言"，这里的"言"是"使于四方"之时的专对之言，也是诸侯交接之时的"微言相感"之言，也是在祭祀等仪式场合的用诗、赋诗等之言。总之，当不是今天意义上的"日常之言"。这个说法，透露出孔子诗学思想的重叠性，既有以"仪式道德"为中心的声教诗学思想，又有以"伦理道德"为中心的德教诗学思想。详参拙著《从上古图文献看孔子诗学》，见博士学位论文《中国早期文学与文献研究》，又载《中华文史论丛》2014年第2期。
② 刘宝楠. 论语正义 [M]. 北京：中华书局，1990：33、89、116、291、305、444.

言大义",或用于私学教育,或用于外交礼仪。其中有讨论音乐的两则评论,即《周南·关雎》之"哀乐"和"师挚之始,《关雎》之乱",孔子通过对这两首诗演奏情形进行描述,以达到诗教的目的。

上海博物馆新近入藏的战国楚竹书,有名为《孔子诗论》的资料,尽管学界对这些材料的属性、作者、年代诸问题仍有争论,然仅就文本来看,可以确定的是:其诗学视角已转移到《诗》之义上了。它仅用一字,或者几字,评论诗之引申义(推演义)。比如,第十简是一组对风诗的讨论,其中即有"《关雎》之改……《燕燕》之情"诸说。

从以上资料我们可以见出:孔子对《诗》的尊崇程度,以及他利用《诗》的经典力量以表达己意的诗学思想的方法。正是以"赋诗言志"为代表的用《诗》实践,正是孔子兴办私学的实践,使得孔子《诗》学实现了文化转向,从早期的乐教、声教,即针对瞽蒙、国子的音乐教育,转向《诗》教,即针对大众的道德修养的教育。前者注意诗之声乐,后者注重诗之语义。

如果我们利用董治安《先秦文献与先秦文学》所统计的关于先秦赋诗、引诗的情况,来考察一下孔门之后的诗学，从中我们会看到孔子诗学文化转向的意义。在孟子那里，他更是提出了"以意逆志"的诗学主张（这是针对文本的理论性主张）；在荀子那里，他隆礼劝学，引《诗》、论《诗》无疑不是为了用《诗》来彰显自己的思想主张。经由孟荀，这种诗学承续到有汉一代，即形成了以推演诗义为特征的发挥《诗》的现实功用的今文经学，早期歌《诗》、舞《诗》、弦《诗》等音乐活动及其相关理论让位给了引《诗》、用《诗》等，借助《诗》之经典意义来为自己的思想奠基，阐释《诗》之"微言大义"来为我服务，以更好地表达自己的学说与主张。

第二节
孔子诗学的文化转向

《通志》曰:"汉立齐、鲁、韩、毛四家博士,各以义言诗,遂使声歌之道日微。"[1] 这短短的一句话揭示了丰富的学术史内涵,即汉四家诗是诗经学史的里程碑,它开启了诗之"声歌之道"到"以义言诗"的文化转向。从前文分析看,其实,"以义言诗"当从孔子算起,而且这正是孔子诗学文化转向的最为重要的特征。我们可以看到孔子诗学即注意在"辞"意义层面上说《诗》、用《诗》,以服务于当下政治和日常生活。这和过去的诗学视角相比则发生了根本变化,即先秦诗学从注重对诗"乐声"的评论、关注,转向到注重对其"乐辞"的研读和运用。前者的根源在"听声"的声占传统,后者关乎德教,与儒家品格的生成相关联。

---

[1] 郑樵. 通志 [M]. 北京:中华书局,1987:2.

之所以说是文化转向，因为它意味着诗学传承方式的变化。在孔子这里，《诗》是作为教材的，使用在平民、贵族的教育教学过程中，面向的对象或是有志于学的贵族子弟，或是外交场合中的行人、在位者等。在教育教学的时候，《诗》作为教材；在外交言谈的时候，《诗》作为外交辞令，以表达政治主张和诉求。所以可以说，此时的诗学评论，无论是应用场合，还是评用《诗》的目的，都迥异于孔子之前的时代。

之所以说是文化转向，因为它还意味着文化承担者的转移，即由前一阶段以巫为主的《诗》的传承者，变成了以"士"为代表的《诗》的使用者。前者以歌诗、舞诗、颂诗等主要诗学活动为主；后者以诵诗、赋诗、弦诗等主要方式使用《诗》，阐发《诗》之微言大义。

了解了这些，我们就会对《孟子》"《诗》亡然后《春秋》作"[1] 有更为深刻的认识。孟子的话，即可作为对这一文化转向的总结，它揭示了巫卜文化向史官文化的过渡，这个过渡也意味着早期文献记述内容从以记言（口传）为主发展成以记事（书

---

[1] 焦循. 孟子正义 [M]. 北京：中华书局，1987：572.

写）为主。从文化史的角度观察，早期的《诗》是祭祀诸仪式中作为颂歌而存在的族群史诗，以《诗》中的"颂"最为典型，而"《诗》亡然后《春秋》作"表达的《春秋》之史，是史官书写记录的历史，两者的本质不同在于文化形态的变化及文化传承方式的变化。

如何认识这个转向，关系到我们如何认识从《诗》到《诗经》的演变。《诗》的早期形态相关研究都指明：《诗》是作为王官之学而存在的，它的生存条件是早期文明的礼乐文化建设的需要。它的构成有三部分，即神职人员用于祭祀诸仪式的颂歌、贵族于宴饮诸场合的雅诗以及采自民间的风诗。而当历史来到春秋时代，礼坏乐崩，官学下移，在"处士横议"带来的"赋诗言志"风尚的推动下：作为通行言辞，《诗》成为时人表达政治立场的外交辞令；作为知识，《诗》成为私学教育的教材；作为上古存留下来的经典，《诗》成为指导日常人生的法则和思想依据。于是"《诗》云"成为古代知识分子阐述经典思想的引文格式，于先秦典籍中屡见不鲜，当然与"《诗》云"相联系的还有"子曰"，可以说"子曰《诗》云"成为一个范式深入传统学术里，成为中国学术的一大特色。历史来到有汉一代，《诗》被奉为经典，《诗经》成为国家政治中的重要内容。中央有三家诗学，地方有元王诗、河间献王诗等刘姓藩国诗学。为了统一经义，服务国家政治，汉代统治者通过立"博士"、置"经师"等方式来规范经典的传承，而《熹平石经》的出现，可谓是为解决多家经学争端而做出的国家行为，它意味着汉代有了标准的五经教材，即以《熹平石经》为本。联系石渠阁、白虎观会议所涉五经同异，可以看出汉代以国家为策动力的经学传承，也正是在国家力量的策动下，据《汉志》《儒林传》，我们可以看出汉代诗学成果的繁富。前者著录了三家诗学的著述，后者叙述了三家诗学的传承和故事。在国家学术体系中，《诗》的传承者是经师、博士以及博士员。

从学术史角度观察，可以说汉代完成了从《诗》到《诗经》的过渡。早期应用于礼乐制度的《诗》，转化成六经学术之下的《诗经》，在这个过程中，我们可以见出"子曰《诗》云"的重要意义，即孔子诗学文化转向的意义。这就是孔子诗学的文化贡献：音乐礼仪之《诗》转向经学之《诗》。而影响中国传统学术千年之久的经学传统，正是在这个转向中，由孔子及其贤弟子奠基的。如果把眼光放开点，我们不妨说，《诗经》学史可以分为四部分：作为音乐礼仪的《诗》（通过巫师等神职人员传承）、作为教育教材的《诗》（通过"士"传授）、作为六经学术的《诗经》（通过经师、博士传承）及现代学术勃兴之后的作为文学的《诗》（通过五四之后的知识人传播）。而孔子是实现从《诗》向《诗经》转向的关键人物，与之联系的学理背景是礼坏乐崩之下的私学兴起和"赋诗言志"风尚的推动。于是，孔子开启了"以义言诗"的时代，实现了先秦诗学从注重音乐到关注乐辞的文化转向①，是从《诗》到《诗经》的重要一环。

司马迁在《史记·孔子世家》中用这样的话表彰孔氏在中国文化史上的意义。其文曰："礼乐自此可得而述，以备王道，成六艺。"这句话似可以理解为：正是孔子的整理，用于仪式等的礼乐知识被董理完毕，这样就有了可以转述（传述）后人的文本。经由孔子的整理而形成了"相对稳定"的文

---

① 这个转化的过程，古书把它描述成"礼坏乐崩"。《诗》用于礼乐功能的消亡：表现在《论语》里就是周王室乐师的四处流散，见《论语·微子》；表现在古书中，就是"赋诗言志"之记录的消亡；表现在社会史上，就是国学之式微，学术下移，孔子等第一批私塾经师出现。

本，为后世的"六艺之学"奠定了基础，这件事情功德大矣。它关涉到"王道"（述而不作），关涉到"六艺之学"的承续（早期儒家文化品格的养成）等。在这个评价中也依然隐含着孔子诗学的文化内涵，即孔子的六经传习完成了从礼乐之《诗》到诗教之《诗》的转移。这就是从《诗》到《诗经》最为重要的一环，它有节点意义。后来的孟子、荀子等后学无一不优游沉潜于六经之中，为《诗》最终朝《诗经》层次转移的完成贡献了自己的力量，而其端首则在孔氏。

第三节
孟子与《诗》

孟子是儒家道统中的又一大关键人物。他所建立起来的"尊德性"的学问深刻地影响了后来的思想家。以他为中心的强调心性与内圣、主张仁政与爱民的这一派被后来的思想史家称为"思孟学派"。他们把孔子建立的仁学带入了一个新境界。司马迁有说法云:"退而与万章之徒序《诗》《书》,述仲尼之意,作《孟子》七篇。"其中,关于这个"序",古人即有质疑,比如清人梁玉绳说:孟子并没有序《诗》《书》之事。这是认"序"为《毛诗序》之序。今人张舜徽于《清人笔记条辨》中解释说,这是"次序"之序,并不是说孟子给《诗》《书》作过《序》[①]。张氏之说得之。可见,孟子晚年也整理过《诗》《书》文献,这点他和孔子一样。

---

① 张舜徽. 清人笔记条辨 [M]. 北京:中华书局,1986:270.

东汉赵岐《孟子题辞》说："(孟子)师孔子之孙子思，治儒术之道，通五经，尤长于《诗》《书》。"赵岐给《孟子》作注，熟悉其文，其说当是。对应到《孟子》文本中，孟子有"知人论世""尽信书不如无书"等主张，即可证孟子与《诗》《书》的深刻关系。今人刘立志博士考察《孟子》一书，说：七篇之中引述《诗经》语句或涉及《诗经》的文字共有39处，可证赵岐之说不虚。①

为了更好地探索孟子与《诗》之关系，现在我们先来逐条考订一下《孟子》引述《诗经》的文例。

（1）孟子对曰："贤者而后乐此，不贤者虽有此，不乐也。《诗》云：'经始灵台，经之营之。庶民攻之，不日成之。经始勿亟，庶民子来。王在灵囿，麀鹿攸伏。麀鹿濯濯，白鸟鹤鹤。王在灵沼，于牣鱼跃。'"（《四书章句集注》，中华书局新编诸子集成本，第202页。以下皆从此本，但标页码。）

今按：这是梁惠王立于沼上，看到鸿雁麋鹿等，梁惠王问孟子："贤者亦乐此乎？"孟子引用《大雅·灵台》句以答，并说："古之人与民偕乐，

---

① 刘立志：汉代诗经学史论［M］. 北京：中华书局，2007：24.

故能乐也。"孟子引文王修筑灵台、灵沼的故事,是利用"经典"的力量来规劝"今王"要"与民同乐"。

(2) 王说曰:"《诗》云:'他人有心,予忖度之。'夫子之谓也。夫我乃行之,反而求之,不得吾心。夫子言之,于我心有戚戚焉。此心之所以合于王者,何也?"(208页)

今按:诗出《小雅·巧言》。梁惠王引《诗》抒发对孟子的歆慕之情,这种"心有戚戚焉"的感觉,也正和《诗》文本"揣度他人之心事"的意思相契合。

(3)《诗》云:"刑于寡妻,至于兄弟,以御于家邦。"言举斯心加诸彼而已。故推恩足以保四海,不推恩无以保妻子。古之人所以大过人者无他焉,善推其所为而已矣。(209页)

今按:诗出《大雅·思齐》。引用经典,加强关于"推恩"的讨论。《诗》文本也恰好是从"寡妻"到"兄弟"再到"家邦(国)"的进度,可谓用得极为准确。

(4) 以大事小者,乐天者也;以小事大者,畏天者也。乐天者保天下,畏天者保其国。《诗》云:"畏天之威,于时保之。"(215页)

今按:诗出《周颂·我将》。这是典型的"断章取义"的用诗之法。即《诗》的本义并不重要，而是截取其中一点"为我所用"。这里截取的是《周颂·我将》中的"畏天""保之"以成其义。《郑笺》曰："时，是也。早夜敬天，于是得安文王之道。"又《诗》云："《我将》，祀文王于明堂也。"回到孟子这里的说法，可见他的用法与《诗》的本义关系甚远了。这是典型的"断章取义"。

（5）此匹夫之勇，敌一人者也。王请大之！《诗》云："王赫斯怒，爰整其旅，以遏徂莒，以笃周祜，以对于天下。"此文王之勇也。文王一怒而安天下之民。（215页）

今按：诗出《大雅·皇矣》。回到文本，检之《毛传》《郑笺》，可知《诗》文本说的是文王故事。当时密人侵犯阮、徂、共。文王赫然与其群臣尽怒，出兵止乱，"以厚周当王之福，以答天下乡周之望"。这是典型的援引历史故事以解诗。孟子找到了经典与今人的结合点，回答了齐宣王"寡人好勇"的棘手问题。古典与今事完美地融在一起，好勇不怕，关键在于能否"安天下之民"，即不以"小我之勇"来展示己之"匹夫之勇"。孟子的用诗是具体而生动的，并充满了张力。赵岐云，孟子"尤长于诗书"，诚是也。"王请大之"，孟子的神气若隐若现更是让这个记录充满了机智的讽谏色彩。

（6）老而无妻曰鳏。老而无夫曰寡。老而无子曰独。幼而无父曰孤。此四者，天下之穷民而无告者。文王发政施仁，必先斯四者。《诗》云："哿矣富人，哀此茕独。"（218页）

今按：诗出《小雅·正月》。《毛传》曰："哿，可也。"《郑笺》曰："此言王政如是，富人已可，茕独将困也。"孟子这里的核心义在于王政对穷苦人民的关爱，郑玄以"王政如是"以申明之，两相比较，可见毛、郑诗与孟子说诗的学术关联。

（7）昔者公刘好货。《诗》云："乃积乃仓，乃裹糇粮，于橐于囊。思戢用光。弓矢斯张，干戈戚扬，爰方启行。"故居者有积仓，行者有裹粮也，然后可以爰方启行。王如好货，与百姓同之，于王何有？（218、219页）

今按：诗出《大雅·公刘》。这条是对"寡人好货"的反诘，与前面一条"寡人好勇"用法一样。这里援引"公刘"的故事。最后用"王如好货，与百姓同之，于王何有"的反问句结束，两相比照，可见孟子论难之辞的张力。

（8）昔者大王好色，爱厥妃。《诗》云："古公亶甫，来朝走马，率西水浒，至于岐下。爰及姜

女,聿来胥宇。"当是时也,内无怨女,外无旷夫。王如好色,与百姓同之,于王何有?(219页)

今按:诗出《大雅·緜》。这是对"寡人好色"的回答。《孟子》文本的魅力之一就在于铺肆流畅,极有趣味,常将抽象的说理同历史故事进行无隙缝合。

以上见《梁惠王》。在前三个实例中的用诗,都可谓极为恰当,于对话语境中可谓无缝衔接。第一则是写实,用文王修筑灵台的故事契合梁惠王立于沼上的背景,对话讨论的也是鸿雁麋鹿之乐,这种古今的契合如一,加强了"今王"与"古之人"的沟通。后两则截取原诗一段浸入《孟子》文本也达到了完美的吻合。接下来的三例是引故事以回答齐宣王"寡人好勇"等问题,所用诗句也极为准确,只不过回到文本,孟子对引诗做了"古为今用"的巧妙改动。另外第六条则显示了一个重要细节,即《孟子》用诗与毛、郑诗的一致,且解说义和诗文本义保持了高度的切合。而"寡人好勇"等三条有"古为今用"的阐释特征。诗本义被孟子这种"活学活用"的辩难趣味所遮蔽,古典散发出更大的力量并进入了当下意义场,孟子"长于诗书"的亲切感得到了充分显露。而第四条则是典型的

"断章取义"。

（9、10、11）汤以七十里，文王以百里。以力服人者，非心服也，力不赡也；以德服人者，中心悦而诚服也，如七十子之服孔子也。《诗》云："自西自东，自南自北，无思不服。"此之谓也。（235页）国家闲暇，及是时明其政刑。虽大国，必畏之矣。《诗》云："迨天之未阴雨，彻彼桑土，绸缪牖户。今此下民，或敢侮予？"孔子曰："为此诗者，其知道乎！能治其国家，谁敢侮之？"今国家闲暇，及是时般乐怠敖，是自求祸也。祸福无不自己求之者。《诗》云："永言配命，自求多福。"太甲曰："天作孽，犹可违；自作孽，不可活。"此之谓也。（235、236页）

今按：前句出《大雅·文王有声》。检之《郑笺》，诗本义是说："武王于镐京行辟雍之礼，自四方来观者，皆感化其德，心无不归服者。"（《毛诗传笺》378页）与孟子所云"以德服人"者正合。后句出《大雅·文王》。用《诗经》所云"自求多福"来加强"福祸自求"的看法。孟子的这个阐释诗义之说，也与后来的《毛传》之说合（参《毛诗传笺》355页）。中句出《豳风·鸱鸮》。用"未雨绸缪"来说国家闲暇时候不敢怠慢，这也和诗之本义紧密相关,即用鸟之筑巢比之统治者为国。

以上见《公孙丑》,这三条孟子解诗都和本义密切相关。

(12) 滕文公问为国。孟子曰:"民事不可缓也。《诗》云:'昼尔于茅,宵尔索绹;亟其乘屋,其始播百谷。'民之为道也,有恒产者有恒心,无恒产者无恒心。"(254页)

今按:诗出《豳风·七月》。这则孟子也沁入得极为和谐。不过细致读来,可以见出孟子在这里其实更换了说话对象。在孟子这里"昼夜"做事的人是贵族统治者,因为它的语境是"民事不可缓",而诗之本义是说百姓(在不同的时令)忙于生产,一件事挨着一件事,忙不停。孟子回答滕文公如何治理国家,他引出《豳风·七月》的话以"民事不可缓"为答,可谓巧妙。最后关于"恒产恒心"的议论更是深刻地阐释了管理人民的根本在于让他们拥有固定的生产资料。

(13) 夫世禄,滕固行之矣。《诗》云:"雨我公田,遂及我私。"惟助为有公田。由此观之,虽周亦助也。(255页)

今按:诗出《小雅·大田》。这是"以诗为证"的行文方式。孟子以《诗经》所录的内容来证实周代有以公、私田构成的井田制,这是一种赋税制度。陈澧《东塾读书记》卷三评论说:"引'雨我公田',以证周用助法,考据之学也。"陈氏之说是。孟子引诗是引出古之证据。

(14)有王者起,必来取法,是为王者师也。《诗》云:"周虽旧邦,其命惟新。"文王之谓也。子力行之,亦以新子之国。(255页)

今按:诗出《大雅·文王》。周自后稷以来,历经夏、商两代,旧为诸侯。到文王才得天命而有天下。孟子用这句诗来告诫滕文公不要因为滕国小,要力行文王之道,这样也可以"以新子之国"。这是典型的用诗句把"古之人"与"今王"关联起来。《诗经》之句成了"安顿今人"的不二之选。

(15)吾为之范我驰驱,终日不获一;为之诡遇,一朝而获十。《诗》云:"不失其驰,舍矢如破。"我不贯与小人乘,请辞。(265页)

今按:诗出《小雅·车攻》。孟子讲述王良不愿意给赵简子的宠臣奚驾车的事。引的这句也确实是写打猎。即说:驾车人按照章法行车,射者发矢皆中而有力。王良用诗旨在表达自己不欲与小人同列。这运用得也极为娴熟。

(16、17)孔子成《春秋》而乱臣贼子惧。

《诗》云:"戎狄是膺,荆舒是惩,则莫我敢承。"无父无君,是周公所膺也。(273页)

今按:诗出《鲁颂·閟宫》。这句诗被引两次,又见《滕文公上》今一并录之。朱熹注早已指出:此诗为僖公之颂,而孟子以周公言之,亦断章取义也。(《四书章句集注》261页)又按《滕文公上》引此句作"《鲁颂》曰",与此处有异。

以上见《滕文公》。

(18) 故曰:"徒善不足以为政,徒法不能以自行。《诗》云:'不愆不忘,率由旧章。'遵先王之法而过者,未之有也。"(275页)

今按:诗出《大雅·假乐》。孟子引诗是为了论证其主张:有仁心,有好的治国之法,也要遵行"先王之道"。检之《毛诗》,《毛诗序》曰:"嘉成王也。"据《郑笺》,这句诗是说:"成王之令德,不过误,不遗失,循用旧典之文章,谓周公之礼法。"(《毛诗传笺》393页)可见,孟子用得极为精准。

(19) 上无礼,下无学,贼民兴,丧无日矣。《诗》曰:"天之方蹶,无然泄泄。"泄泄,犹沓沓也。事君无义,进退无礼,言则非先王之道者,犹沓沓也。故曰:责难于君谓之恭,陈善闭邪谓之

敬，吾君不能谓之贼。(276、277页)

今按：诗出《大雅·板》。"泄泄，犹沓沓也"，孟子这个训诂，与《郑笺》同，或有因袭关系。"泄泄"，《说文》引作"詍"，训为"多言"，又录"呭"字。从"言"字与从"口"字多同，这两字属于异体字。毛远明即主此说，可从。这句说"天命将要让国家颠覆，群臣无不多嘴多舌，（不能值守礼义）"。孟子前句说国家的灾害并不是城郭不完、财货不聚等，中间引入这句诗，后面又总结到"事君无义""进退无礼"等（参《四书章句集注》276页），可谓一气呵成。引诗沁入论说语境十分得当。

(20) 孔子曰："道二，仁与不仁而已矣。"暴其民甚，则身弑国亡；不甚，则身危国削，名之曰"幽""厉"，虽孝子慈孙，百世不能改也。《诗》云："殷鉴不远，在夏后之世。"此之谓也。(277页)

今按：诗出《大雅·荡》。朱熹注："商纣之所当鉴者，近在夏桀之世。而孟子引之，又欲后人以幽、厉为鉴也。"

(21) 孟子曰："爱人不亲反其仁；治人不治反其智；礼人不答反其敬。行有不得者，皆反求诸己，其身正而天下归之。《诗》云：'永言配命，自

求多福。'"（278页）

今按：诗出《大雅·文王》，前文已见。两次引用都是落脚在"福禄自求"上，且用诗之义与诗之本义是相一致的。

（22）师文王，大国五年，小国七年，必为政于天下矣。《诗》云："商之孙子，其丽不亿。上帝既命，侯于周服。侯服于周，天命靡常。殷士肤敏，裸将于京。"孔子曰："仁不可为众也。夫国君好仁，天下无敌。"今也欲无敌于天下而不以仁，是犹执热而不以濯也。《诗》云："谁能执热，逝不以濯？"（279、280页）

今按：前句诗出《大雅·文王》，后句诗出《大雅·桑柔》。在本段中，前一句引诗，孟子是以周文王得天命，商之子孙归附于周说事，中间引出孔子的话，得出"国君好仁，天下无敌"的立论。后面又从反面强化这个说法。孟子这段话从正反两个角度用诗，甚为赞叹。

（23）苟为不畜，终身不得。苟不志于仁，终身忧辱，以陷于死亡。《诗》云："其何能淑，载胥及溺。"此之谓也。（281页）

今按：诗出《大雅·桑柔》。孟子引诗强调"不志于仁"最终会"陷于死亡"的结果，正是用

"载胥及溺"的意思。《孟子》之说亦与毛、郑诗同。(详参《毛诗》419页)

以上见《离娄》。

(24)万章问曰:"《诗》云:'娶妻如之何?必告父母。'信斯言也,宜莫如舜。舜之不告而娶,何也?"(303页)

今按:诗出《齐风·南山》。这是引诗为据。

(25)咸丘蒙曰:"舜之不臣尧,则吾既得闻命矣。《诗》云:'普天之下,莫非王土。率土之滨,莫非王臣。'而舜既为天子矣,敢问瞽瞍之非臣,如何?"曰:"是诗也,非是之谓也。劳于王事,而不得养父母也。曰:'此莫非王事,我独贤劳也。'故说诗者,不以文害辞,不以辞害志。以意逆志,是为得之。如以辞而已矣,《云汉》之诗曰:'周馀黎民,靡有孑遗。'信斯言也,是周无遗民也。孝子之至,莫大乎尊亲。尊亲之至,莫大乎以天下养。为天子父,尊之至也。以天下养,养之至也。《诗》曰:'永言孝思,孝思维则。'此之谓也。《书》曰:'祗载见瞽瞍,夔夔齐栗,瞽瞍亦允若。'是为父不得而子也。"(306、307页)

今按:第一句诗出《小雅·北山》。又《云汉》出《大雅》。第三句出《大雅·下武》。前一句引诗，弟子咸丘蒙想据此把讨论引入一个尴尬的境地，舜做了王后，其父还在世，那么他们如何行君臣之谊。孟子回到文本很精准地指出之所以要这么说，是突出"不均"与"我独劳"。孟子由此提出了"不以文害辞"的读书之法。引《云汉》句也是给出例证，读诗不可死抠字眼。第三句则是引经以强化自己的主张。

（26）夫义，路也；礼，门也。惟君子能由是路，出入是门也。《诗》云："周道如砥，其直如矢。君子所履，小人所视。"（323页）

今按：诗出《小雅·大东》。据《毛传》："如砥，贡赋平均也。如矢，赏罚不偏也。"可见《孟子》所用不关诗本义，而是用其字面义。所以，朱熹《四书章句集注》说："砥，与砥同，砺石也。言其平也。矢，言其直也。"又说："引此以证上文能由是路之义。"（载《四书章句集注》323页）朱熹所释，甚合孟子之义。

以上见《万章》。

（27）仁义礼智，非由外铄我也，我固有之也，弗思耳矣。故曰："求则得之，舍则失之。"或相倍蓰而无算者，不能尽其才者也。《诗》曰："天生蒸民，有物有则。民之秉夷，好是懿德。"孔子曰：

"为此诗者,其知道乎!故有物必有则,民之秉夷也,故好是懿德。"(328、329页)

今按:诗出《大雅·烝民》。这段话孟子在讲述他的性善论。引诗以证他关于人之性善是内在的、非外求的、固有的好品德。又引孔子的话,也是强化这个立论。

(28)孟子曰:"欲贵者,人之同心也。人人有贵于己者,弗思耳。人之所贵者,非良贵也。赵孟之所贵,赵孟能贱之。《诗》云:'既醉以酒,既饱以德。'言饱乎仁义也,所以不愿人之膏粱之味也。今闻广誉施于身,所以不愿人之文绣也。"(336页)

今按:诗出《大雅·既醉》。孟子这里用得也极好,用诗的比喻义,以加强对"饱乎仁义"的说法,朱熹注说:"仁义充足而闻誉彰著,皆所谓良贵也。"(336页)

(29)公孙丑问曰:"高子曰:《小弁》,小人之诗也。"孟子曰:"何以言之?"曰:"怨。"曰:"固哉,高叟之为诗也!有人于此,越人关弓而射之,则己谈笑而道之,无他,疏之也。其兄关弓而射之,则己垂涕泣而道之,无他,戚之也。《小弁》之怨,亲亲也。亲亲,仁也。固矣夫,高叟之为诗也!"曰:"《凯风》何以不怨?"曰:"《凯风》,亲之过小者也。《小弁》，亲之过大者也。亲之过大而不怨，是愈疏也；亲之过小而怨，是不可矶也。愈疏，不孝也；不可矶，亦不孝也。孔子曰：'舜其至孝矣，五十而慕。'"（340页）

今按：《小弁》是《小雅》的一篇，《毛诗序》说："刺幽王也。"（载《毛诗传笺》280页）孟子这段话亦载《毛传》（见《毛诗传笺》283页）。《凯风》载《邶风》，《毛诗序》说："美孝子也。"（载《毛诗传笺》45页）根据古注及其相关资料，我们可以知道《小弁》说的是周幽王的后宫之乱，而《凯风》说的是"七子"的"自责"。面对文本上的一个"怨"一个"不怨"，孟子没有引入"诗可以怨"的讨论，而是归结为"亲之过"的"大小"的判断，是基于实情的权宜之说，可以说这是对诗义的推演使用。

以上见《告子》。

（30）公孙丑曰："《诗》曰：'不素餐兮。'君子之不耕而食，何也？"孟子曰："君子居是国也，其君用之，则安富尊荣；其子弟从之，则孝弟忠信。'不素餐兮'，孰大于是？"（358页）

今按：诗出《魏风·伐檀》。孟子有劳心者、劳力者之分，所以面对这个棘手之问，他可以回答得如此有气势。《毛诗序》说："刺贪也。"（见《毛诗传笺》144页）可见，《伐檀》讽刺的是在位贪鄙的贵族不劳而获的情况，与公孙丑所云之君子不在一个意义层次上。孟子并没有从这个意义上说话，而是从"劳心者"的道德君子的正面角度直接释义，给人以语言的力量感。"'不素餐兮'，孰大于是？"我们似乎能从这个反诘句中读出孟子之情态。

（31、32）貉稽曰："稽大不理于口。"孟子曰："无伤也。士憎兹多口。《诗》云：'忧心悄悄，愠于群小。'孔子也。'肆不殄厥愠，亦不陨厥问。'文王也。"（368页）

今按：前一句诗出《邶风·柏舟》，后一句诗出《大雅·緜》。针对貉稽询问如何看待他人的口舌之议，孟子引两句诗以说明人之自处关键在内心，所以外在之议论"无伤"于我。至于将这两句诗分别与孔子、文王建立联系就是"一家之言"，即他的"断章取义"了。这正是汉代经学家最喜欢做的事情，今天的学者将之名为"比附"。

以上见《尽心》。

通过以上资料考订，我们可以见出以下事实。

第一，孟子的引诗主要分布在雅、颂部分。这是最为显著的一个事实。

以上统计了《孟子》一书引《诗》32例，只有5例见于《国风》。与这个问题相对应的一个事实是：孟子引《诗》涉及文王达11次之多，涉及周公5次，涉及公刘、大王等周之先祖3次。这和孟子的"崇圣"、以谱写道统为己任等思想有密切关系。孟子所遭遇的语境要比孔子时代恶劣得多①，而孟子以对"五百年必有王者兴"的儒学道统的书写，扛起了复兴儒学的大旗。这个时候"圣"这个字就被高举起来了，并成为孟子思想的一个重要支点。这是追述儒学道统，同时也是一种宣言。"圣"在孟子之前也多有出现。可是真正把它提升到一个理论层次并对上古圣人（含古之圣人）做了谱系梳理却是从孟子开始的②。他把孔子放置在上古之三圣

---

① 《韩非子·五蠹》载："上古竞于道德，中世逐于智谋，当今争于气力。"《牟子》有言："昔杨墨塞群儒之路，车不得前，人不得步，孟轲辟之，乃知所从。"赵岐曾经介绍这个背景说："周衰之末，战国纵横，用兵争强，以相侵夺，当世取士，务先权谋，以为上贤。先王大道，陵迟堕废。"不归杨则归墨的战国中后期，曾经与墨家并为显学的儒家思想，面临着前所未有的式微局面。"先王大道，陵迟堕废"，这正是孟子要宗圣，扛起道统大旗的语境。孟子多豪壮语或因之而起，此正"我岂好辩"之谓也。战争带来了世风之浇薄，力争成为时代潮流，推崇王道的孟子之遭遇可以想见一二。

② 这个研究，李华的博士学位论文《孟子与汉代〈诗经〉学研究》有专章讨论。

并举的位置上。他还把孔子作为"集大成者"看待，并以私淑孔子为文化自觉。孟子这个气度，可以说和他的遭遇即当时儒学面临的问题有很大关系，也可以说和他的文化自任关系甚密。还有一个细节在于：孟子多言《大雅》之诗句。我们的看法是：这和孟子的"《诗》亡《春秋》作"的观念有关。"世衰道微，邪说暴行有作，臣弑其君者有之，子弑其父者有之，孔子惧，作《春秋》。《春秋》，天子之事也。"在孟子看来，《诗》和《春秋》一样具有记录王迹、定百王法、教化天下等功能。所以，在孟子这里，《诗》不仅仅是王政（王迹）的载体，还具有"为百王之法"等功能。所以，在阐发自己的王道主张之时，存录周代王道制度最富的《大雅》就被一次次征引。比如在著名的"寡人好货"等语境中无一不是如此。这个特点还可以和《荀子》引诗的情况做个比较研究，后面再详细论证。

从以上孟子引诗、用诗的发生语境看，我们注意到另外一个事实：《孟子》一书引诗文本涉及诸侯王有 11 次之多。其中在与齐宣王的对话中用《诗》7 次，滕文公 3 次，梁惠王 1 次。这个细节需要我们注意，比较起来看，孔子的说诗主要对象是门生、兴发情志、寄予文化情怀是他的主要目标。

孟子的用诗语境也和用诗甚多的荀子大有不同。荀子的用诗多是在自己严密的专章写作使用。孟子的用诗语境更真切，荀子的文案之思更缜密。还有一个显著不同：孟子总是有一种"帝王师"的自视感，这也和荀子甚不同。气质在线的孟子，在谈话中其引诗也更为生动和灵活，充满了个性。这种气质也许正是在国家主义盛行的时代，孟子一直被埋没的根源性原因之一。当国家主义兴起后，君王需要的是执行命令和维护国家机器的吏，而不是帝王之师。

第二，同孔子之说诗、用诗不同，孟子用诗更为细密。比如在和梁惠王、齐宣王等今王的对话之中，孟子的引诗以证其说，都表现出用历史故事以说诗的特征。即在今王的各种问题面前，孟子的办法是调动（唤醒）"历史"资源以说诗。比如在著名的"寡人好货""寡人好色"故事中，孟子引用了《诗经》中关于"大王""文王"与民同乐的记录来回应今王。复核《诗经》原文，孟子用诗大体和诗本义相近。这就表现出孟子对《诗》研究的细致与精熟。即在用诗的时候，孟子把《诗》文本的意义阐释带入了具体语境，有了更为富足的意义场。这大不同于孔子要言不烦的说诗、用诗。这是第一大特征。往下看，孟子用诗的情况也就可以和汉代诗学进行学术理路上的链接，至少这些例句显示了孟子《诗经》解读的历史化倾向，这正是汉代诗学的一大显性特色。《毛诗》更是如此。说到本质处，经学历史化阐释的本质是建立古今沟通。这好像是中国古典学问的一个重要底色。比如孔子云"古之学者为己"云云，这就是不满于"今之学者"而去古人处寻找资源以证己说。这和孟子引《灵台》诗，然后说"古之人与民偕乐"本质一也。这里的"古之人"需要证实，于是"有诗为证"就成了后来"说家"的必做之事。"古之人"成了梁惠王等"今王"的参照物，古今之交通在此获得可能。经典就在这个层次上获得了经世致用。以上引述的例句无疑都可以说成此理。在这个意义上，经典具有神圣性、指导性、约束性等内涵。

　　第三，孟子用诗、说诗建立了汉儒说诗的基本范式。从上述的孟子引诗 32 例中，我们可以见出：孟子之用诗、解诗可谓是汉代《诗经》传承方式的源头。我们可以将其粗略地概括为三个基本范式。第一种是"引诗为证"，这种阐释的本质是：诗即为史。把《诗》中所录事情当作一种真实性的历史存在，用以规范、约束"今王"的行为。前面举到的与梁惠王谈话中的引诗就是这样的典范。前面所举"公私田"以证明周代之有井田制也是这样的阐释方式。它的逻辑底色是：诗之言、诗之事是一种历史存在。第二种是"古为今用"，即引申与发挥诗之本义。前面所举的"寡人好勇"等例子中的用诗最为典型。在上述引诗例证中，孟子的这种"活学活用"的用诗最为精彩，把古典的意旨非常巧妙地沁入到谈话中去，从中我们可以见出孟子对《诗经》文献的谙熟，以及他同《诗经》建立起来的这种亲切之感。在整个先秦两汉典籍中，《孟子》一书的这个特点是最为突出的。这和孟子的学养分不开。还有一种就是典型的"断章取义"，和前两种阐释方式不同，这种方式完全不理会诗之本义，仅仅是有一点点的用字相同就与《诗》文本关联起来，用来为自己的论述服务。

第四节
荀子与《诗》

荀子是战国时期最后一位儒家宗师。他提出的"隆礼劝学"等一系列主张深刻影响了后来的学术史进程。同思孟学派不同，他走向了"道问学"之一端。精研古典是这一派的关键，所以《荀子》一书以《劝学》起步。在周秦之际，荀子名重一时。在《诗经》学传承中起到关键作用的浮丘伯、毛公都是他的学生。浮丘伯事见《楚元王传》，毛公事见《东门之杨》正义所录。又荀子的学生李斯、韩非对中国政治文化品格的形成更是影响甚巨。其生平事迹具载《史记·孟子荀卿列传》。考之汉唐典籍的记录，我们知道汉代经学的诸多端绪都源起荀子，比如《毛诗》也尊荀子为开山祖师。为了探寻荀子与《诗》的各种学术关联，今先将《荀子》一书中引诗、用诗等情况逐条做一考订，以方便后面的讨论。

（1）《诗》曰："嗟尔君子，无恒安息。靖共尔位，好是正直。神之听之，介尔景福。"神莫大于化道，福莫长于无祸。（《荀子集解》，中华书局新编诸子集成本，第3页。以下皆从此本，但标页码。）

今按：诗出《小雅·小明》。引诗以告诫君子不可滋生安乐的情趣，要敬躬其事，交好正直之人等，这样会得到神明的保佑等。

（2）《诗》曰："尸鸠在桑，其子七兮。淑人君子，其仪一兮。其仪一兮，心如结兮。"故君子结于一也。（10页）

今按：诗出《曹风·鸤鸠》。《毛传》曰："执义一则用心固。"荀子引诗是为了论证"善人君子"当执一不移，求学不可"用心躁"。

（3）故未可与言而言，谓之傲；可与言而不言，谓之隐；不观气色而言，谓之瞽。故君子不傲，不隐，不瞽，谨顺其身。《诗》曰："匪交匪舒，天子所予。"此之谓也。（17、18页）

今按：诗出《小雅·采菽》。杨倞注曰："'匪交'，当为'彼交'。言彼与人交接，不敢舒缓，故受天子之赐予也。"考之《毛诗传笺》[①]，杨注是。"匪交匪舒"，《毛诗》作"彼交匪纾"。杨注之释义正袭因《郑笺》。

以上见《劝学》。

（4）谄谀者亲，谏争者疏，修正为笑，至忠为贼，虽欲无灭亡，得乎哉！《诗》曰："噏噏呰呰，亦孔之哀。谋之其臧，则具是违；谋之不臧，则具是依。"此之谓也。（21页）

今按：诗出《小雅·小旻》。杨倞注征信毛、郑之说，可见荀子之用与毛、郑并无差异，今不详录（21页）。属于在论述结尾处引诗为证，以加强立说。

（5）故人无礼则不生，事无礼则不成，国家无礼则不宁。《诗》曰："礼仪卒度，笑语卒获。"此之谓也。（22页）

今按：诗出《小雅·楚茨》。《毛传》曰："度，法度也。获，得时也。"（《毛诗传笺》308页）这是说礼节符合法度，是对上述"无礼不生""无礼不成""无礼不宁"的加强。另外诗中的"获（獲）"，于省吾《新证》认为是"蒦"之借字，矩蒦，法度

---

① 郑玄.毛诗传笺［M］.北京：中华书局，2018：333.

的意思。其说亦通。程俊英《诗经注析》从之①。又按：复核《诗经新证》中华书局影印本，并不见此条。程氏所引或有所据。

（6）故学也者，礼法也。夫师，以身为正仪，而贵自安者也。《诗》云："不识不知，顺帝之则。"此之谓也。（34页）

今按：诗出《大雅·皇矣》。杨倞注曰："引此以喻师法暗合天道，如文王虽未知，已顺天之法则也。"

以上见《修身》。

（7）盗跖吟口，名声若日月，与舜禹俱传而不息；然而君子不贵者，非礼义之中也。故曰：君子行不贵苟难，说不贵苟察，名不贵苟传，唯其当之为贵。《诗》曰："物其有矣，唯其时矣。"此之谓也。（39页）

今按：诗出《小雅·鱼丽》。杨倞注曰："言虽有物，亦须得其时，以喻当之为贵也。"这里的引诗与本义有一定的距离。

（8）君子宽而不僈，廉而不刿，辩而不争，察而不激，寡立而不胜，坚强而不暴，柔从而不流，

---

① 程俊英.诗经注析［M］.北京：中华书局，2015：660.

恭敬谨慎而容。夫是之谓至文。《诗》曰："温温恭人，惟德之基。"此之谓矣。（40、41页）

今按：诗出《大雅·抑》。《毛传》曰："温温，宽柔也。"《郑笺》曰："宽柔之人温温然，则能为德之基止。"（《毛诗传笺》416页）杨倞注曰："温温，宽柔貌。"是循宗《毛诗》。又按：从荀子的"A而不B"的讨论，这里是用中庸之德。与"温温"之诗本义也接近。

（9）以义变应，知当曲直故也。《诗》曰："左之左之，君子宜之；右之右之，君子有之。"此言君子能以义屈信变应故也。（42页）

今按：诗出《小雅·裳裳者华》。《毛传》曰："左，阳道，朝祀之事。右，阴道，丧戎之事。"（《毛诗传笺》320页）杨倞注云："以能应变，故左右无不得宜也。"可见，荀子这处用诗属于"断章取义"。杨注给出的是文中义。

以上见《不苟》。

（10）故或禄天下而不自以为多，或监门御旅，抱关击柝，而不自以为寡。故曰："斩而齐，枉而顺，不同而一。"夫是之谓人伦。《诗》曰："受小共大共，为下国骏蒙。"此之谓也。（71页）

今按：诗出《商颂·长发》。杨倞注曰："共，执也。骏，大也。蒙，读为厖，厚也。今《诗》作骏厖。言汤执小玉大玉，大厚于下国。言下皆赖其德也。"

以上见《荣辱》。

（11）人有此三数行者，以为上则必危，为下则必灭。《诗》曰："雨雪瀌瀌，宴然聿消，莫肯下隧，式居屡骄。"此之谓也。（77页）

今按：诗出《小雅·角弓》。荀子引诗与今本《毛诗》有异文，为行文简洁今不赘言。可参杨倞注。隧，读为随。屡，读为娄，训为敛。荀子用诗之本义。杨倞注也和《毛传》同。

（12）故君子贤而能容罢，知而能容愚，博而能容浅，粹而能容杂，夫是之谓兼术。《诗》曰："徐方既同，天子之功。"此之谓也。（86页）

今按：诗出《大雅·常武》。杨倞注曰："言君子容物，亦犹天子之同徐方也。"这是荀子的"断章取义"，不关乎本义，诗因有"同"字而被引来以证己说：君子能容。

以上见《非相》。

（13）如是而不服者，则可谓訞怪狡猾之人矣，虽则子弟之中，刑及之而宜。《诗》云："匪上帝不时，殷不用旧；虽无老成人，尚有典刑；曾是莫

听,大命以倾。"此之谓也。(100页)

今按:诗出《大雅·荡》。亦是"断章取义"。诗中有"典刑"二字。

(14)《诗》云:"温温恭人,维德之基。"此之谓也。(102页)

今按:此句重出。见第8条。

以上见《非十二子》。

(15)富则施广,贫则用节。可贵可贱也,可富可贫也,可杀而不可使为奸也:是持宠处位终身不厌之术也。虽在贫穷徒处之执,亦取象于是矣。夫是之谓吉人。《诗》曰:"媚兹一人,应侯顺德,永言孝思,昭哉嗣服。"此之谓也。(110页)

今按:诗出《大雅·下武》。杨倞注曰:"引此者,明臣事君,亦犹武王之继祖考也。"这是引诗以证己说。

以上见《仲尼》。

(16)故近者歌讴而乐之,远者竭蹶而趋之,四海之内若一家,通达之属莫不从服。夫是之谓人师。《诗》曰:"自西自东,自南自北,无思不服。"此之谓也。(121页)

今按:诗出《大雅·文王有声》。杨倞注曰:"引此以明天下皆归之也。"

（17）夫是之谓上愚，曾不如相鸡狗之可以为名也。《诗》曰："为鬼为蜮，则不可得，有靦面目，视人罔极。作此好歌，以极反侧。"此之谓也。（124、125页）

今按：诗出《小雅·何人斯》。杨倞注全引《毛传》《郑笺》，并说"引此以喻狂惑之人也"。

（18、19）故曰：君子隐而显，微而明，辞让而胜。《诗》曰："鹤鸣于九皋，声闻于天。"此之谓也。鄙夫反是。比周而誉俞少，鄙争而名俞辱，烦劳以求安利，其身俞危。《诗》曰："民之无良，相怨一方，受爵不让，至于己斯亡。"此之谓也。（128、129页）

今按：前一句诗出《小雅·鹤鸣》。《毛传》曰："皋，泽也。言身隐而名著也。"（《毛诗传笺》249页）可见荀子用这句的用意点在"声闻于天"，以和"君子隐而显"等相对应。后一句诗出《小雅·角弓》。杨倞注曰："引此以明不责己而怨人。"荀子用诗与文本义也是紧密联系的。

（20）分不乱于上，能不穷于下，治辩之极也。《诗》曰："平平左右，亦是率从。"是言上下之交不相乱也。（129页）

今按：诗出《小雅·采菽》。《毛传》曰："平平，辩治也。"(《毛诗传笺》334页)正和荀子所云"治辩"相合。杨倞注曰："交，谓上下相交接也。"可见荀子所云"上下之交不相乱"正合诗之本义。

(21) 凡人莫不欲安荣而恶危辱，故唯君子为能得其所好，小人则日徼其所恶。《诗》曰："维此良人，弗求弗迪；维彼忍心，是顾是复。民之贪乱，宁为荼毒。"此之谓也。(144页)

今按：诗出《大雅·桑柔》。这里是"断章取义"。用"良人""贪乱之人"比拟"君子"与"小人"。

以上见《儒效》。

(22) 故天之所覆，地之所载，莫不尽其美，致其用，上以饰贤良，下以养百姓而安乐之。夫是之谓大神。《诗》曰："天作高山，大王荒之；彼作矣，文王康之。"此之谓也。(162页)

今按：诗出《周颂·天作》。"荒，大也。康，安也。"可见，荀子引诗为了加强"养百姓而安乐之"，不关涉诗之本义。

以上见《王制》。

(23) 故为之雕琢、刻镂、黼黻、文章，使足以辨贵贱而已，不求其观；为之钟鼓、管磬、琴瑟、竽笙，使足以辨吉凶，合欢定和而已，不求其余；为之宫室、台榭，使足以避燥湿，养德辨轻重而已，不求其外。《诗》曰："雕琢其章，金玉其相，亹亹我王，纲纪四方。"此之谓也。（180页）

今按：诗出《大雅·棫朴》。杨倞注曰："与《诗》义小异也。"这处引诗有些牵强，诗句仅仅有"雕琢"一词，其义是说："雕琢为文章，又以金玉为质，勉力为善，所以纲纪四方也。"与《荀子》这段话的语境相距较远。

（24）故仁人在上，百姓贵之如帝，亲之如父母，为之出死断亡而愉者，无它故焉，其所是焉诚美，其所得焉诚大，其所利焉诚多。《诗》曰："我任我辇，我车我牛，我行既集，盖云归哉！"此之谓也。（181页）

今按：诗出《小雅·黍苗》。杨倞注曰："引此以明百姓不惮勤劳以奉上也。"这处引诗还是吻合度甚高。不过这里需要指出，"盖云归哉"中的"盖（蓋）"，杨倞专门引出郑玄的说法读为"皆"。也可以读为"盍"，即"何不"之义。

（25）是以臣或弑其君，下或杀其上，粥其城，倍其节，而不死其事者，无它故焉，人主自取之。《诗》曰："无言不雠，无德不报。"此之谓也。（183页）

今按：诗出《大雅·抑》。

（26、27）撞钟击鼓而和。《诗》曰："钟鼓喤喤，管磬玱玱，降福穰穰，降福简简，威仪反反。既醉既饱，福禄来反。"此之谓也。故墨术诚行则天下尚俭而弥贫，非斗而日争，劳苦顿萃而愈无功，愀然忧戚非乐而日不和。《诗》曰："天方荐瘥，丧乱弘多，民言无嘉，憯莫惩嗟。"此之谓也。（187页）

今按：前一句诗出《周颂·执敬》。后一句出《小雅·节南山》。

（28）故仁人之用国，非特将持其有而已也，又将兼人。《诗》曰："淑人君子，其仪不忒；其仪不忒，正是四国。"此之谓也。（199页）

今按：诗出《曹风·鸤鸠》。《毛传》曰："忒，疑也。"《郑笺》曰："执义不疑，则可为四国之长。"（《毛诗传笺》188页）两者还是有联系，仁人"执义不疑"则可以"兼人"，可为四国之长。

以上见《富国》。

（29）国无礼则不正。礼之所以正国也，譬之犹衡之于轻重也，犹绳墨之于曲直也，犹规矩之于方圆也，既错之而人莫之能诬也。《诗》云："如霜雪之将将，如日月之光明，为之则存，不为则亡。"

此之谓也。(210页)

今按：逸诗。王先谦引郝懿行之说甚详，可参。引诗以说礼之重要，如霜雪之无不周徧，如日月之无不照临。

(30) 故百里之地足以竭埶矣。致忠信，著仁义，足以竭人矣。两者合而天下取，诸侯后同者先危。《诗》曰："自西自东，自南自北，无思不服。"一人之谓也。(215页)

今按：诗出《大雅·文王有声》。前面已经引过一次。

以上见《王霸》。

(31) 故借敛忘费，事业忘劳，寇难忘死，城郭不待饰而固，兵刃不待陵而劲，敌国不待服而诎，四海之民不待令而一。夫是之谓至平。《诗》曰："王犹允塞，徐方既来。"此之谓也。(232页)

今按：诗出《大雅·常武》。《郑笺》曰："善战者不陈。"(《毛诗传笺》442页) 正合荀子所说之义"兵刃不待陵而劲"等。

(32) 故君人者，爱民而安，好士而荣，两者无一焉而亡。《诗》曰："介人维藩，大师维垣。"此之谓也。(236页)

今按：诗出《大雅·板》。《毛诗》作"价人"，

《毛传》曰："价，善也。"《郑笺》曰："价，甲也。被甲之人。……大师，三公也。"

（33）故天子不视而见，不听而聪，不虑而知，不动而功，块然独坐而天下从之如一体，如四肢之从心：夫是之谓大形。《诗》曰："温温恭人，维德之基。"此之谓也。（239页）

今按：此句重出，见第8、14条。

（34）故人主无便嬖左右足信者谓之闇；无卿相辅佐足任者谓之独；所使于四邻诸侯者非其人谓之孤；孤独而晻谓之危。国虽若存，古之人曰亡矣。《诗》曰："济济多士，文王以宁。"此之谓也。（245页）

今按：诗出《大雅·文王》。引诗和《荀子》这段的语境紧密相关。

以上见《君道》。

（35）事圣君者，有听从，无谏争；事中君者，有谏争，无谄谀；事暴君者，有补削，无挢拂。迫胁于乱时，穷居于暴国，而无所避之，则崇其美，扬其善，违其恶，隐其败，言其所长，不称其所短，以为成俗。《诗》曰："国有大命，不可以告人，妨其躬身。"此之谓也。（251、252页）

今按：杨倞注曰："逸诗。"

（36）仁者必敬人。凡人非贤则案不肖也。人贤而不敬，则是禽兽也；人不肖而不敬，则是狎虎也。禽兽则乱，狎虎则危，灾及其身矣。《诗》曰："不敢暴虎，不敢冯河。人知其一，莫知其它。战战兢兢，如临深渊，如履薄冰。"此之谓也。（255页）

今按：诗出《小雅·小旻》。荀子引诗是说"小人为害"（杨倞注语）远比狎虎之危。

（37）忠信以为质，端悫以为统，礼义以为文，伦类以为理，喘而言，臑而动，而一可以为法则。《诗》曰："不僭不贼，鲜不为则。"此之谓也。（256页）

今按：诗出《大雅·抑》。用诗之义与本义吻合。

（38）过而通情，和而无经，不恤是非，不论曲直，偷合苟容，迷乱狂生，夫是之谓祸乱之从声，飞廉、恶来是也。《传》曰："斩而齐，枉而顺，不同而一。"《诗》曰："受小球大球，为下国缀旒。"此之谓也。（257页）

今按：诗出《商颂·长发》。杨倞注曰："引此以明汤武取天下，权险之平，为救下国者也。"

以上见《臣道》。

（39）川渊深而鱼鳖归之，山林茂而禽兽归之，刑政平而百姓归之，礼义备而君子归之。故礼及身而行修，义及国而政明，能以礼挟而贵名白，天下愿，令行禁止，王者之事毕矣。《诗》曰："惠此中国，以绥四方。"此之谓也。（260页）

今按：诗出《大雅·民劳》。杨倞注曰："引此以明自近及远也。"引诗甚合适。

（40）故师术有四，而博习不与焉。水深而回，树落则粪本，弟子通利则思师。《诗》曰："无言不雠，无德不报。"此之谓也。（264页）

今按：重出，见25条。杨倞注曰："此言为善则物必报之也。"

以上见《致士》。

（41）故仁人用，国日明，诸侯先顺者安，后顺者危，虑敌之者削，反之者亡。《诗》曰："武王载发，有虔秉钺；如火烈烈，则莫我敢遏。"此之谓也。（269、270页）

今按：诗出《商颂·长发》。"武王载发"，《毛诗》作"载旆"，《外传》引亦作"旆"。杨倞注曰："汤建旆兴师，本由仁义，虽用武持钺，而犹以敬为先，故得如火之盛，无能止之也。"可见诗本义与荀子语境并无多少关涉，杨倞为缝合这个问题，强调了汤之兴兵"以敬为先"所以无敌，以对应《荀子》语境。这是"断章取义"的用诗之法。

（42）故近者歌讴而乐之，远者竭蹶而趋之，无幽闲辟陋之国莫不趋使而安乐之，四海之内若一家，通达之属莫不从服，夫是之谓人师。《诗》曰："自西自东，自南自北，无思不服。"此之谓也。（279页）

今按：诗出《大雅·文王有声》。诗与《荀子》语境的切合点在"莫不从服"。

（43）是以尧伐驩兜，舜伐有苗，禹伐共工，汤伐有夏，文王伐崇，武王伐纣，此四帝两王，皆以仁义之兵行于天下也。故近者亲其善，远方慕其德，兵不血刃，远迩来服，德盛于此，施及四极。《诗》曰："淑人君子，其仪不忒，其仪不忒。"此之谓也。（279、280页）

今按：诗出《曹风·鸤鸠》。此句重出。用诗与文本语境吻合。

（44）暴悍勇力之属为之化而愿，旁辟曲私之属为之化而公，矜纠收缭之属为之化而调，夫是之谓大化至一。《诗》曰："王犹允塞，徐方既来。"此之谓也。

今按：诗出《大雅·常武》。此句重出。可以说这是用诗之引申之义。

以上见《议兵》。

（45）人知贵生乐安而弃礼义，辟之是犹欲寿而殉颈也，愚莫大焉。故君人者爱民而安，好士而荣，两者无一焉而亡。《诗》曰："价人维藩，大师维垣。"此之谓也。（299、300页）

今按：诗出《大雅·板》。此句重出。此句用得并不紧密。

（46）霸者之善著焉，可以时托也；王者之功名不可胜日志也。财物货宝以大为重，政教功名反是。能积微者速成。《诗》曰："德輶如毛，民鲜克举之。"此之谓也。（304、305页）

今按：诗出《大雅·烝民》。杨倞注曰："輶，轻也。引之以明积微至著之功。"

以上见《强国》。

（47）曰：得地则生，失地则死，是又禹、桀之所同也，禹以治，桀以乱；治乱非地也。《诗》曰："天作高山，大王荒之。彼作矣，文王康之。"此之谓也。（311页）

今按：诗出《周颂·天作》。杨倞注曰："引此以明吉凶由人，如大王之能尊大岐山也。"这处引诗有些牵强。

（48）君子道其常而小人计其功。《诗》曰："何恤人之言兮。"此之谓也。（311、312页）

今按：杨倞注曰："逸诗也。以言苟守道不违，何畏人之言也。"

以上见《天论》。

（49）故下安则贵上，下危则贱上。故上易知则下亲上矣；上难知则下畏上矣。下亲上则上安，下畏上则上危。故主道莫恶乎难知，莫危乎使下畏己。《传》曰："恶之者众则危。"《书》曰："克明明德。"《诗》曰："明明在下。"故先王明之，岂特玄之耳哉！（322页）

今按：诗出《大雅·大明》。杨倞注曰："言文王之德明明在下，故赫赫然著见于天也。"《毛诗》曰："明明在下，赫赫在上。"

（50）尧舜者，天下之善教化者也，不能使嵬琐化。何世而无嵬？何时而无琐？自太皞、燧人莫不有也。故作者不祥，学者受其殃，非者有庆。《诗》曰："下民之孽，匪降自天。噂沓背憎，职竞由人。"此之谓也。（337、338页）

今按：诗出《小雅·十月之交》。杨倞注曰："言下民相为妖孽，灾害非从天降，噂噂沓沓然相对谈语，背则相憎，为此者，盖由人耳。"

以上见《正论》。

（51）故厚者，礼之积也；大者，礼之广也；高者，礼之隆也；明者，礼之尽也。《诗》曰："礼

仪卒度，笑语卒获。"此之谓也。（358页）

今按：此句重出。载《小雅·楚茨》。《毛传》曰："度，法度也。获，得时也。"（《毛诗传笺》308页）这是说礼节符合法度。似与《荀子》语境不谐。

（52）天能生物，不能辨物也，地能载人，不能治人也；宇中万物、生人之属，待圣人然后分也。《诗》曰："怀柔百神，及河乔岳。"此之谓也。（366页）

今按：诗出《周颂·时迈》。杨倞注曰："引此喻圣人能并治之。"

（53）君子丧所以取三年，何也？曰：君者，治辨之主也，文理之原也，情貌之尽也，相率而致隆之，不亦可乎？《诗》曰："恺悌君子，民之父母。"彼君子者，固有为民父母之说焉。（374页）

今按：诗出《大雅·泂酌》。

以上见《礼论》。

另注：《乐论》没有引诗。

（54）故目视备色，耳听备声，口食备味，形居备宫，名受备号，生则天下歌，死则四海哭。夫是之谓至盛。《诗》曰："凤凰秋秋，其翼若干，其声若箫。有凤有凰，乐帝之心。"此不蔽之福也。

(389页)

今按：逸诗。

（55）故曰：心容其择也，无禁必自见，其物也杂博，其情之至也不贰。《诗》云："采采卷耳，不盈顷筐。嗟我怀人，寘彼周行。"顷筐易满也，卷耳易得也，然而不可以贰周行。（398页）

今按：诗出《周南·卷耳》。顷筐不满，是因怀人，所以荀子引诗是为了强调关于"至情不二"的讨论。

以上见《解蔽》。

（56）是故邪说不能乱，百家无所窜。有兼听之明而无奋矜之容；有兼覆之厚而无伐德之色。说行则天下正，说不行则白道而冥穷。是圣人之辨说也。《诗》曰："颙颙卬卬，如圭如璋，令闻令望，岂弟君子，四方为纲。"此之谓也。（424页）

今按：诗出《大雅·卷阿》。杨倞注曰："颙颙，体貌敬顺也。卬卬，志气高朗也。"引诗以证圣人（君子）之德行，与《荀子》语境正合。

（57）故能处道而不贰，吐而不夺，利而不流，贵公正而贱鄙争，是士君子之辨说也。《诗》曰："长夜漫兮，永思骞兮，大古之不慢兮，礼义之不愆兮，何恤人之言兮！"此之谓也。（425页）

今按：逸诗。

（58）故穷借而无极，甚劳而无功，贪而无名。故知者之言也，虑之易知也，行之易安也，持之易立也，成则必得其所好而不遇其所恶焉。而愚者反是。《诗》曰："为鬼为蜮，则不可得。有靦面目，视人罔极。作此好歌，以极反侧。"此之谓也。（426页）

今按：此句重出。出《小雅·何人斯》。

以上见《正名》。

另注：《性恶》没有引诗。

（59）天子也者，埶至重，形至佚，心至愈，志无所诎，形无所劳，尊无上矣。《诗》曰："普天之下，莫非王土；率土之滨，莫非王臣。"此之谓也。（450页）

今按：诗出《小雅·北山》。

（60）刑罚怒罪，爵赏踰德，以族论罪，以世举贤。故一人有罪而三族皆夷，德虽如舜，不免刑均，是以族论罪也。先祖当贤，后子孙必显，行虽如桀纣，列从必尊，此以世举贤也。以族论罪，以世举贤，虽欲无乱，得乎哉！《诗》曰："百川沸腾，山冢崒崩，高岸为谷，深谷为陵。哀今之人，胡憯莫惩！"此之谓也。（452页）

今按：诗出《小雅·十月之交》。这是"断章取义"，荀子用诗与诗本义写地震情形无关。大概是用诗所反映的在位之人道德不修而带来巨大灾害与"一人有罪而三族皆夷"相比附。

（61）故仁者，仁此者也；义者，分此者也；节者，死生此者也；忠者，惇慎此者也；兼此而能之，备矣；备而不矜，一自善也，谓之圣。不矜矣，夫故天下不与争能而致善用其功。有而不有也，夫故为天下贵矣。《诗》曰："淑人君子，其仪不忒；其仪不忒，正是四国。"此之谓也。（453、454页）

今按：此条重出。出《曹风·鸤鸠》。

以上见《君子》。

另注：《成相》是唱词，没有引诗。《赋篇》也没有引诗。

（62、63）诸侯召其臣，臣不俟驾，颠倒衣裳而走，礼也。《诗》曰："颠之倒之，自公召之。"天子召诸侯，诸侯辇舆就马，礼也。《诗》曰："我出我舆，于彼牧矣。自天子所，谓我来矣。"（486页）

今按：前诗句出《齐风·东方未明》，后诗句出《小雅·出车》。

(64)聘礼志曰："币厚则伤德，财侈则殄礼。"礼云礼云，玉帛云乎哉！《诗》曰："物其指矣，唯其偕矣。"不时宜，不敬交，不欢欣，虽指，非礼也。（488页）

今按：诗出《小雅·鱼丽》。杨倞注曰："指与旨同，美也。偕，齐等也。"可见，荀子引诗以证用礼需"合宜"，即"行礼所用物品很好，一定要与礼义要求齐等"。

(65)不富无以养民情，不教无以理民性。故家五亩宅，百亩田，务其业，而勿夺其时，所以富之也。立大学，设庠序，修六礼，明十教，所以道之也。《诗》曰："饮之食之，教之诲之。"王事具矣。（498、499页）

今按：诗出《小雅·绵蛮》。

(66)人之于文学也，犹玉之于琢磨也。《诗》曰："如切如磋，如琢如磨。"谓学问也。和之璧，井里之厥也，玉人琢之，为天子宝。子赣、季路，故鄙人也，被文学，服礼义，为天下列士。（508页）

今按：诗出《卫风·淇奥》。

(67、68、69、70、71)子贡问于孔子曰："赐倦于学矣，愿息事君。"孔子曰："《诗》云：'温恭朝夕，执事有恪。'事君难，事君焉可息哉！""然则赐愿息事亲。"孔子曰："《诗》云：'孝子不匮，永锡尔类。'事亲难，事亲焉可息哉！""然则赐愿息于妻子。"孔子曰："《诗》云：'刑于寡妻，至于兄弟，以御于家邦。'妻子难，妻子焉可息哉！""然则赐愿息于朋友。"孔子曰："《诗》云：'朋友攸摄，摄以威仪。'朋友难，朋友焉可息哉！""然则赐愿息耕。"孔子曰："《诗》云：'昼尔于茅，霄尔索绹，亟其乘屋，其始播百谷。'耕难，耕焉可息哉！"（509、510页）

今按：第一句出《商颂·那》。第二、四句出《大雅·既醉》。第三句出《大雅·思齐》。第五句出《豳风·七月》。五句都甚合诗本义。

以上见《大略》。

（72）此七子者，皆异世同心，不可不诛也。《诗》曰："忧心悄悄，愠于群小。"小人成群，斯足忧矣。（521页）

今按：诗出《邶风·柏舟》。

（73）邪民不从，然后俟之以刑，则民知罪矣。《诗》曰："尹氏大师，维周之氐；秉国之均，四方是维；天子是庳，卑民不迷。"是以威厉而不试，刑错而不用，此之谓也。（523页）

今按：诗出《小雅·节南山》。

（74、75）今夫世之陵迟亦久矣，而能使民勿踰乎！《诗》曰："周道如砥，其直如矢。君子所履，小人所视。眷焉顾之，潸焉出涕。"岂不哀哉！《诗》曰："瞻彼日月，悠悠我思。道之云远，曷云能来。"子曰："伊稽首，不其有来乎？"（524页）

今按：前诗句出《小雅·大东》，后诗句出《邶风·雄雉》。皆是说失大道所以陵迟，哀叹法度毁坏。

以上见《宥坐》。

（76）故劳苦雕萃而能无失其敬，灾祸患难而能无失其义，则不幸不顺见恶而能无失其爱，非仁人莫能行。《诗》曰："孝子不匮。"此之谓也。（530页）

今按：诗出《大雅·既醉》。

以上见《子道》。

（77）曾子曰："无内人之疏而外人之亲，无身不善而怨人，无刑已至而呼天。内人之疏而外人之亲，不亦远乎。身不善而怨人，不亦反乎。刑已至而呼天，不亦晚乎。《诗》曰：'涓涓源水，不雝不塞。毂已破碎，乃大其辐。事已败矣，乃重太息。'其云益乎！"（534页）

今按：逸诗。

（78）故虽有珉之雕雕，不若玉之章章。《诗》曰："言念君子，温其如玉。"此之谓也。(536页)

今按：诗出《秦风·小戎》。杨倞注曰："引之喻君子比德。"

以上见《法行》。

另注：《哀公》《尧问》没有引诗。

以上是对今本《荀子》所录的引诗情况的统计，凡78次。略作分析可以见出以下事实。第一，同《孟子》引诗一样，《荀子》在行文中引诗也多出《雅》《颂》部分，引用《国风》次数极少，只涉及《曹风》《齐风》《邶风》等。可以见出早期儒家思想之"纯正"。宗经征圣是儒家的内核性特征。第二，《荀子》用诗体式严整，没有例外，皆是一段议论之后，引诗以证己说。往往以"此之谓也"结句。这种用诗之法，是汉代典籍引诗的常见体例。比如《外传》《列女传》《新苑》等书无不如此。第三，同《孟子》语言的灵动多思相比，《荀子》文本表现出了博学、沉稳、系统性等特征。表现在用诗方面除了多采信《雅》《颂》之诗外，还表现在多用诗之本义上。从以上例句中即可见出此义。《荀子》用诗的量大且多忠于本义，从杨倞注和我们复核《毛诗》而加上的按语可知《荀子》用诗之义多和《毛诗》相合。屈守元的研究成果显示：《荀子》文句多与《外传》重合。今又见《荀子》所录诗义多与《毛诗》相通，可见荀子作为战国时期最后一位集大成的宗师对汉唐学术的深远影响。这个认识也可以在考察《荀子》引诗这个点上得到确证。第四，《荀子》引诗还有个鲜明的特征，即一共引了5次逸诗。这是个复杂的问题，此文暂不展开论述。

当然，荀子还有文字讨论到《诗》《书》，由之可见出荀子的诗学观念（也可以说是古典学观念）之一二。比如在《劝学》中他讨论到："《诗》《书》之博也。"（12页）回到语境，我们看到，不同于礼之敬文、乐之中和、春秋之微，荀子认为《诗》《书》之义在于"博"，即杨倞注所云："博，谓广记土风鸟兽草木及政事也。"这是把读经典和修身结合起来，并指出五经之学各有其谊，分别对应到君子德性之一端，其中在荀子看来，《诗》《书》以广博的知识浸染君子。追求广博厚大也是儒家思想的一大特征。引《诗》（引经）从更高的意义上看，就是将载录"圣人故言往行"的五经和"今人"建立沟通。后之君子正是在"古今同构"的语境下参与到天地人生的叙事之中。这就是儒家与经典的关联。回到这个文本，这里的"博"字是荀子对《诗》《书》之学的看法，其实也可以借以形容荀子的学问。这里的博学就是精深于五经文献的研学。这正是荀子"道问学"理路的大特征。《荀子》一书以《劝学》开篇也是这个意义上的表征。在研学经典过程之中，荀子形成了对五经之学的个人体验式认识。比如他曾指出"《诗》《书》故而不切"（14页），杨倞注曰："《诗》《书》但论先王故事而不委曲切近于人。"今按："故，古也"，"切"读"亲切"之"切"，即亲近之义。这是说古典与今人有"古远"不近于人的问题，所以要"学之经莫便乎近其人"，即多跟着经师学习、讨论等。《荀子》每段议论之后多引"《诗》曰"，间以"《传》曰""孔子曰"等，这种文章体式的形成与他们饱学《诗》《书》的生存方式紧密联系在一起。与孔孟一样，每一次的引诗，从文章学的角度看是对立论的加强，从经典阐释学的角度看，是古典资源的"被唤醒"，以激活经典思想，为当下问题提供依据或支撑。经典即"三代圣人之言"就在这个过程和"今天"完成了系联。"今天"的问题也在"圣人之言"的阐释过程中寻找了方向。这就是孔、孟、荀在言谈、著述等场域中进行"引诗"工作的经学史意义。当然,荀子的"博学"除了游文于六艺之中外,还在于其对战国诸家学问的兼容并包。在他的论述中,我们可以清楚地看到他对道家、法家等学问的吸纳与转化。关于这一点,前辈学者多有论及,在此不多生枝蔓。

第五节
孔、孟、荀与《诗》：汉代韩诗学的前背景

以上对孔、孟、荀三家在言谈、著述中引诗情况进行了逐条考订，可以说这就是汉代《诗经》学发生的大背景。因为，这三位儒家人物是先秦学术史的大关键，是中国学术的节点人物，他们的思想开了后世学问的无数法门。他们关于《诗经》的采信、研究与讨论等自然至为重要。主要表现在以下三点。

第一，思无邪。

这是孔子对《诗经》的最重要的议论。"无邪"就是"雅正"。即通过诗教对人进行"博之以文，约之以礼"的教化。对于个人，即要修人以养性；对于君王等，即要律己以垂范；对于族群，即要诗教以化俗。文化，即以文（文献）化人，使之从"邪"归为"无邪"。这个过程即是作为"司徒之

官"的儒家的本来之谊。《汉志》云:"助人君,顺阴阳,明教化者也。"《礼记·儒行》疏引《郑目录》:"儒之言优也、柔也,能安人,能服人。"这是说儒家的功能。其中之一就是"教化",郑玄的说法是"安人"。如何教化(安人)?就是用经典(圣人之言行)。怎么做到呢?《郑目录》又说:"儒者,濡也,以先王之道能濡其身。"可见,就是《汉志》所云"游文于六艺之中"。所以涵泳于六经之中是儒家的根本所在。孔子手订六经,于古书精熟自不用言。孟子、荀子的情况前文也有考订,所谓"尤深于诗书"等正是此谊。三位的引《诗》、用《诗》、解《诗》的实例也充分证明了这点。前文,我们注意到一个细节:孔、孟、荀引《诗》多出《雅》《颂》之部,《国风》极少用例,就是仅有的几例也是择取关于雅正本义的诗句。这个细节,正可见早期儒家在"思无邪"上的思想品质。对应到《汉志》,即"留意于仁义之际"。其实,孟子关于"迹熄《诗》亡"的说法的逻辑底色也是这个观念。这就是孔子的一大诗学贡献。

第二,兴观群怨。

这是孔子诗学的重要一端。其中"诗可以兴",这个"兴"就是感发之义。这里的"感发"的内涵是：外物对人有所"感"（感动、触动）而人有所"发"（发生、发动）。即人是有所触动才会有情感的发生。这样的看法在三礼文献谈礼乐之起源，《诗大序》谈诗之所起中都有论述，今不繁引。可见，在早期儒家看来，学习是从诵读经典开始的。孔子曰："兴于诗。"荀子说："始于诵经。"这都是讲人生起步。故训有"兴，起也"，《毛诗》有"赋比兴"之说。这是把"兴"作为一项技能，就是通过学习《诗经》获得"连类譬喻"的能力。与这个解释相联系的是春秋时期"赋诗言志"等的用诗风尚。所谓"引譬连类"，其本质内涵就在于"譬"与"类"两字之上。

上海博物馆藏《孔子诗论》第十简曰："《关雎》以色喻于礼。"与《毛诗序》所云"《关雎》，后妃之德也"有细节上的不同。《孔子诗论》尚保留着对《关雎》的本色认识，即它承认《关雎》的本色是讲"色"，即男女。而它强调的是《关雎》中包含的"礼"的道理，正是经由"色"来明晓（喻）的。早期儒家的这种解释方式，到了汉代，正如《毛诗序》，已经完全不再考虑诗之本义，而直接讨论诗的政治韵味了。换句话说，《孔子诗论》的这个解释就是以"色"兴"礼"的证据，即

"《关雎》以色喻于礼"是"诗可以兴"的一个例证。

这条资料透露了一个重要信息就是早期儒家解《诗》的目标不是认识诗的本义（色），而是经由本义抵达譬喻义（礼）。这里隐含着另一个问题，孔子讲诗经常将《诗》与《礼》联系在一起来发挥生衍。孔子教学的过程也是从教《诗》开始再到教《礼》的过程。以下《论语》的记录可以作为佐证：

"君子博学于文，约之以礼，亦可以弗畔矣夫！"（《雍也》）（载《论语正义》243页）

"夫子循循然善诱人，博我以文，约我以礼，欲罢不能。"（《子罕》）（载《论语正义》338页）

"兴于诗，立于礼，成于乐。"（《泰伯》）（载《论语正义》298页）

这些话都可以证明：孔子的教育思想强调诗、礼、乐的互动。"诗可以兴"的主要内涵之一就是用"诗"来兴"礼"（政治生活）。另外据《论语》记录，子贡和子夏言《诗》之所以能得到孔子的肯定，关键在于他们对《诗》的理解从本义上升到了引申义。其中子夏"礼后乎"的例子最为显著，其方式就是将"诗"与"礼"（政治）联系在一起，即从对诗的理解向礼的层次生发。这就是"诗可以兴"的第一层意义，即"引譬"。

关于"连类"，就是将《诗》与公共场合的特定仪式联系起来，而且要在公认的层次做到"类"。这是春秋时代"赋诗言志"风尚对"赋诗"的一项重要要求。《左传·襄公十六年》记载了著名的"歌诗不类"的例子，即可以说明用诗"连类"的重要性：

> 晋侯与诸侯宴于温，使诸大夫舞，曰："歌诗必类。"齐高厚之诗不类。荀偃怒，且曰："诸侯有异志矣。"使诸大夫盟高厚，高厚逃归。于是叔孙豹、晋荀偃、宋向戌、卫宁殖、郑公孙虿、小邾之大夫盟，曰："同讨不庭。"

又有《汉志》曰："古者诸侯卿大夫交接邻国，以微言相感，当揖让之时，必称诗以喻其志，盖以别贤不肖而观盛衰焉。"（《汉书》1755页）在外交的聘问礼节之中，行礼之后，人们会"称诗以喻其志"。结合《左传》记载的"赋诗言志"的情况，我们知道在外交场合吟诵（或是歌唱）某些诗句是要和自己国家的意志联系在一起的。所以在上面所举的例子中因为齐高厚"歌诗不类"，给人留下了"有异志"的认识而遭到被讨伐的下场。

由此看，"诗可以兴"，孔安国训解"兴，引譬连类"是正确的。具体说来，"诗可以兴"的内涵，不仅仅在用诗（歌诗、吟诗、赋诗）的时候要善于推衍诗之大义，还要注意这种推衍的"类"。孔子关于"辞达"与"专对"的讨论也是在这个逻辑层次上的表达，我们在这里弄明白了，"辞达"与"专对"，不是文学性的诉求，而是公共外交礼节的需要。由此，我们认为："诗可以兴"，说的是一个人在外交等仪式场合用诗的能力之一，其要求是可以做到"引譬连类"。

《说文解字》曰："观，谛视也。"（《说文段注》408页）鲁隐公五年《春秋经》记"公观鱼于棠"。《谷梁传》曰："常事曰视，非常曰观。"[1] 按照《谷梁传》的理解，在早期文献中的"观"不是一般意

---

[1] 钟文烝. 春秋谷梁经传补注 [M]. 北京：中华书局，1996：41.

义上的"观看",而是涉及礼乐等重大政治活动,只有在这样的情形下,才可以称之为"观"。春秋时代的"赋诗言志"现象已经引起了历代学者的广泛关注。其实在早期典籍中存在着"赋诗"与"观诗"的区分,这样看来,"赋诗"与"观诗"是这个春秋风尚的两面:对于诗表演者而言,是赋诗,而对于观赏者而言就是观诗、观乐了。最为著名的观诗(乐)的例子当属季札观鲁乐的故事了①。

按照劳孝舆的统计,《左传》记载列国赋诗场面共32处,共赋诗74首(含逸诗),所赋诗篇涉及风雅颂的各个方面,时间从公元前637年(鲁僖公二十三年)到公元前506年(鲁定公四年)②,形成

---

① 《左传·襄公二十九年》记吴公子季札在鲁国观周乐,发表观感说:《周南》《召南》表达了周王开创基业之后的"勤而不怨",《邶》《鄘》《卫》表达了康叔、武公的德行,《王》表达了周王室的东迁,《唐》表达了陶唐氏遗民的忧思。关于《颂》,他评论说:"至矣哉!直而不倨,曲而不屈;迩而不偪,远而不携;迁而不淫,复而不厌;哀而不愁,乐而不荒;用而不匮,广而不宣;施而不费,取而不贪;处而不底,行而不流。五声和,八风平;节有度,守有序。"这些记录充满政治附会、道德评价和神秘联想,表明所谓"观乐",主体上是一种礼仪政教活动。(《春秋左传注疏》,载《十三经注疏》第2006页)
② 春秋列国间的赋诗宴享始于"秦穆公享晋公子重耳,公子赋《河水》",终于"申包胥如秦乞师,……秦哀公为之赋《无衣》"。

了长达一百三十多年的"春秋一场大风雅"。当然，其形成有着深刻的历史原因，春秋观诗风尚是"诗可以观"理念的历史土壤。看出"诗可以观"的命题，恰恰反映出《诗》在春秋时代的特殊重要意味，"观诗"不是简单的艺术欣赏，而是超越一般日常生活之上的政治（礼乐）活动。《文心雕龙》把春秋观诗称为"春秋观志，讽诵旧章"。

分析"诗可以观"的资料大概可以看到以下内涵：

周代有采诗观风的制度。《左传·襄公二十九年》载吴季札观乐于鲁，能从各国声诗的特点中观察其民情风俗与政教之盛衰。《礼记·王制》有："命太师陈诗以观民风。"（朱彬《礼记训纂》173页）又上海博物馆馆藏楚简《孔子诗论》第三简云："邦风其纳物也，溥观人俗焉，大敛材焉。其言文，其声善。"又《论语集解》载郑玄曰："观风俗之盛衰。"又《汉志》曰："古者诸侯卿大夫交接邻国，以微言相感。当揖让之时，必称诗以喻其志，盖以别贤不肖而观盛衰焉。故孔子曰'不学诗，无以言'也。"

以上资料的共同点在于阐释了"诗可以观"的要义在于"观盛衰"，而以下《左传》的资料又揭示了另外一层的内涵——"观志"。

《左传·襄公二十七年》记赵孟请郑国的七位大夫赋诗,"亦以观七子之志"。又《左传·昭公十六年》记韩宣子请郑六卿赋诗,"亦以知郑志"。这是"赋诗言志"风尚下的观诗志的情况。综合以上的分析,"诗可以观"也是讲一个人用诗的技能,要求能从公共场合(外交仪式)的用诗之中观察到政治之盛衰,赋诗者之"志"。

我们尚可从儒家文献之外,看到春秋"诗可以观"的证明,那就是《墨子》对儒家礼乐制度的批评。

《墨子·公孟》曰:"诵诗三百,弦诗三百,歌诗三百,舞诗三百。"(《间诂》456页)

在这里,墨子反对的不是学《诗》[①],而是反对儒家那套繁缛的"诵、弦、歌、舞"的表演程式。当然,这也恰恰证明了当时有"诗可以观"的历史事实。因为在儒家看来,正是因为《诗》可以

[①] 《墨子》文本中也有引《诗》的情况,可以证明:墨子一派也是学习和研究《诗》的。据粗略统计:《墨子》共引《诗》12次,8处在今本《诗经》里可考,其余4处为逸诗。8处可考的诗句分别出自《大雅·抑》《大雅·桑柔》《大雅·皇矣》《大雅·文王》《小雅·皇皇者华》和《周颂·载见》。(相关研究可参魏隽《〈墨子〉引〈诗〉论》,载《湖南科技学院学报》,2013年第5期)

"诵""弦""歌""舞",即正是有这么多繁富的表演方式,才能在外交等公共仪式、场合营造"仪式感",这种语境下的"观诗"才有意义,可见,"诗可以观"的"观"是一种仪式行为,发生在重大的政治性、礼仪性活动中。

什么是"诗可以群"?

孔安国注说:"群居相切磋。"(《尚书正义》689页)。杨树达曰:"春秋时朝聘宴享动必赋诗,所谓可以群也。"这里的"群",当取杨树达的说法,周勋初的文章已经对之进行了深入论证,并揭示了"诗可以群"的作用是在"赋诗言志"活动中起政治沟通的作用[1]。由此看来:这里的"诗可以群"是指在外交活动中的"群",是与国家意志(利益)相一致的"群",而不仅仅是日常生活中的"群居"和日常关系中人际关系的和谐等,与"诗可以群"联系在一起的依旧是政治环境、政治活动和政治礼仪等。换句话说,这里的"群"是政治沟通和政治意志的融合,它是和"诗可以观"密切联合的,因为达到政治沟通的途径就是通过公共场合之下的"诵诗""赋诗""歌诗"等。

---

[1] 蔡先金,等. 孔子诗学研究[M]. 济南:齐鲁书社,2006:259.

什么是"诗可以怨"？

孔安国曰："怨刺上政。"(《尚书正义》689页)《毛诗·大序》曰："上以风化下，下以风刺上。主文而谲谏。言之者无罪，闻之者足以戒。"(《十三经注疏》271页)由上引资料可见这里的"诗可以怨"说的是政治生活的另外一个技能，就是表达自己的怨怒的方法。所以，"兴观群怨"在孔子那里，不是仅仅立足于培养弟子的文学性修养，而是还有培养政治家的追求。与之相联系的是作为义教的《诗》和当时"以风刺上"的政治讽谏制度，所以儒家之读《诗》、说《诗》在纾解个人内心的情绪之外，还有一个政治伦理学的维度。《毛诗·大序》所云"主文而谲谏"就是在这个维度上的说法。

以上是孔子的诗学贡献。孔子是大宗师，他关于"思无邪""兴观群怨"的说法都显示了他的大格局。"郁郁乎，吾从周""述而不作"等都显示了他在"大格局"下的大智慧。我想孔子周游列国，干谒七十二君人，看到了各种政治方案，也遇到了各种不满意。等他晚年退守乡梓，董理六经，开坛讲学，表举"述而不作"之谊，把自己的政治理想内化到言谈举止之中，在言谈举止之中传达上古之经义，他们涵泳古书，评论古今，在这个切磋琢磨的过程中，也就塑造了儒家的基本品格。在这个大背景下，孔子完整的道德人格和《诗经》都成了一种文化叙事，为后来的经学史走向奠定了基础。

第三，知人论世。

这是孟子的诗学研读主张，成为后世文学理论的重要命题。其文曰："颂其诗，读其书，不知其人可乎？是以论其世也，是尚友也。"这里建立了一个重要的理论主张，就是欲要理解《诗》，就要去理解《诗》所对应的时代。现在缺少史料，孟子的这个看法是《诗序》出现的理论依据，还是《诗序》早于孟子而在，现在还是一个没有确切答案的问题。但是，两者的关联是存在的。《毛诗序》、今存的三家《诗序》以及出土文献等所录的"类诗序"都显示了历史化说《诗》的倾向，这倒是清晰可见的基本事实。直到清代，后人读《诗》、解《诗》也遵循这个指导。清人焦循《孟子正义》引顾镇《虞东学诗》所云："正惟有世可论，有人可求，故吾之意有所措，而彼之志有可通……夫不论其世，欲知其人，不得也；不知其人，欲逆其志，亦不得也……故必论世知人，而后逆志之说可用之。"后来王国维更是说："由其世以知其人，由其人以逆其志，则古诗虽有不能解者寡矣。"这样的一种对应从本质上说就是把《诗经》看作是一种历史，它载录的是对应时代的王政等史实。从上面孔、孟、荀的引《诗》实践看，这是先秦诗说的一个最大特征。

同这个有紧密关系的说法，还有孟子"迹熄《诗》亡"说。这是说圣王之王道政治停止了，《诗》也就消亡了。而接续下来的即是《春秋》之作。这也建立了王道（时代政治伦理）与《诗》发生的关联，可见，它和"知人论世"有着同一逻辑，表现出了紧密的关系。至于孟子所云尚友古人的说法，则显示了孟子亲近古典的思想。古典和读书人是一种亲近关系，这也是我们前面论述的"儒，濡也"故训的内涵所在。

荀子没有对《诗经》的系统做讨论，没有形成像以上所述的孔孟这样的诗学理论。在他关于《诗经》的零星议论中，我们也可以见出他的诗学思想。正如前文《荀子与〈诗〉》那部分讨论过的几条。再比如他在《儒效》中说："圣人也者，道之管也。天下之道管是矣，百王之道一是矣，故《诗》《书》《礼》《乐》之归是矣。"这显示了荀子"宗经"的思想，对经典的态度更加明确地提了出来。再比如《劝学》中说："学恶乎始？恶乎终？

曰：其数则始乎诵经，终乎读礼。"这些都是新的带有指导性的规章性提法，也是和荀子"道问学"的思想理路相吻合的，所以《荀子》以"劝学"开篇，在激活传统资源的过程中，荀子建构了更为细密的思想世界。这些问题都是大问题，关涉到汉唐经学史的演进，这里暂不展开。因为在接下来的内容中，我们还会与孔、孟、荀相遇：他们是汉代韩诗学发生的前背景。

第二章

韩诗学的师传与著述

第一节
韩诗学传承考

有汉一代，三家立于学官，弟子传习不绝，盛况蔚然。清人唐晏说："大抵《鲁诗》行于西汉，而《韩诗》行于东汉，二家互为盛衰。"（《两汉三国学案》299页）董理上古史籍，以资料为重，编成《两汉三国学案》，其说要言不烦，值得注意。三家诗代表的今文经学与《毛诗》古文经学进行的学术论辩是中国《诗经》学史上的大事件，也可以说是一条贯穿到底的红线。现代学术建立以来，学界研究进入今文经学内部，发现三家诗也"互相是非"[①]。本研究拟立足韩诗学一家，细致研究一下这个学派的一些问题。以为细致认识汉代经学史做点准备。

---

① 章太炎. 膏兰室札记[M]卷二//章太炎全集. 上海：上海人民出版社, 1982: 160.

关于《韩诗》的师承,《汉书·儒林传》有如下记载:"韩婴,燕人也。孝文时为博士,景帝时至常山太傅。婴推诗人之意,而作《内外传》数万言,其语颇与齐、鲁间殊,然归一也。淮南贲生受之。燕赵间言《诗》者由韩生。"(《汉书》3613页)又互见于《赵子传》中:"赵子,河内人也。事燕韩生。授同郡蔡谊。谊至丞相,自有传。谊授同郡食子公与王吉。吉为昌邑王中尉,自有传。食生为博士,授泰山栗丰。吉授淄川长孙顺。顺为博士,丰部刺史。由是《韩诗》有王、食、长孙之学。丰授山阳张就,顺授东海发福,皆至大官,徒众尤盛。"(《汉书》3614页)据此,我们可以大致推断韩诗学的传承谱系:韩婴授淮南贲生及河内赵子;赵子授同郡蔡谊;蔡谊授同郡食子公及王吉;食子公授泰山栗丰,栗丰授山阳张就;王吉授淄川长孙顺,长孙顺授东海发福。也可见出《韩诗》的传承方式有:世代家传、受业于博士以及私家传授等方式。对此,前人研究成果丰富。王国维《汉魏博士题名考》讨论了《韩诗》传承情况,列《韩诗》博士7人。范文澜《群经概论》于其第四章专论《韩诗》,举9个传承人。刘汝霖《汉晋学术编年》卷一共列《韩诗》学者11人。孙钦善《中国古文献学史》亦列11人。近年郑杰文主编《中国学术思想编年·秦汉卷》于附录处统计《韩诗》传承人17人，传习者37人。近来左洪涛又梳理史籍得传承人20人，传习者33人①。其考订有据，结论可从。本书在前人的基础上，研究韩诗学传承中的几个关键人物及其带来的学风变迁等。

一、韩诗学的几个关键人物

比较而言，在西汉，《韩诗》在三家诗中最为势弱。表现在学者少、大师不多，自韩婴以下，唯蔡谊（亦作蔡义）、王吉最为名家。

关于蔡谊。

蔡谊学承河内人赵子，官至丞相，西汉《韩诗》学派至蔡氏而趋盛。从韩诗学发展史的角度看可以说：《韩诗》兴于韩婴，盛于王吉。其中蔡谊是韩诗学史的关键人物。蔡曾授诗于昭帝，又传授王吉、食子公两位高弟。其中王吉更是把韩诗学推到了顶峰。可见蔡谊的重要节点意义。

《汉书·公孙刘田王杨蔡陈郑传》载录其生平

---

① 左洪涛.《韩诗》传授人及学者考［J］. 文献，2010（2）.

大略云："诏求能为《韩诗》者，征义待诏，久不进见。义上疏曰：'臣山东草莱之人，行能亡所比，容貌不及众，然而不弃人伦者，窃以闻道于先师，自托于经术也。愿赐清闲之燕，得尽精思于前。'上召见义，说《诗》，甚说之，擢为光禄大夫、给事中，进授昭帝。数岁，拜为少府，迁御史大夫，代杨敞为丞相，封阳平侯。又以定策安宗庙益封，加赐黄金二百斤。"（《汉书》2898、2899页）

这中间有两处细节需要考订。第一，"诏求能为《韩诗》者，征义待诏，久不进见"，这说明《韩诗》虽然列为学官，但习者并不多，以至非"求"不能得，而结果是"久不进见"。西汉韩诗学之不昌，可见其义。第二，蔡谊为昭帝说《诗》后数年为少府。又据《汉书·韦贤传》，韦贤亦曾以《鲁诗》进授昭帝，稍迁光禄大夫詹事，至大鸿胪。考据当时的背景资料可知昭帝时代《齐诗》派的大师是后苍，亦曾为少府，他是否进授昭帝《齐诗》，今无法确考。通过蔡谊、韦贤本传的比对，我们可以发现汉代皇家学诗并非专主一家。这是汉代诗学的一个重要细节。它关系到我们对汉代诗学的认识，因为在《汉书》中，某某学大师进宫授太子某派《诗经》学的记录多见，这样看未必能得出对应时代的学术空气就是某派诗学极盛或者势头超过了其他学派。要得出相应结论尚需其他背景资料的支撑。史料阙如，蔡氏的诗学著述与学术观点等我们今天都不得而知、难以稽考了。然他官至丞相，客观上对《韩诗》的传习当是起到了重要的推动作用。

关于王吉。

王吉，字子阳，琅琊皋虞人。蔡谊弟子。王吉兼通《五经》，能为驺氏《春秋》，以《诗》《论语》教授，好梁丘贺说《易》，令子骏受焉。王吉所传《韩诗》说，在其上昌邑王及宣帝疏中有所反映。《汉书·王贡两龚鲍传》云："昔召公述职，当民事时，舍于棠下而听断焉。是时，人皆得其所，后世思其仁恩，至虖不伐甘棠，《甘棠》之诗是也。"以《甘棠》为召公述职事。而《毛诗序》以为《甘棠》"美召伯也。召伯之教，明于南国"。按《外传》卷一："昔者周道之盛，邵伯在朝，有司请营邵以居。邵伯曰：'嗟！以吾一身而劳百姓，此非吾先君文王之志也。'于是出而就蒸庶于阡陌陇亩之间，而听断焉。邵伯暴处远野，庐于树下，百姓大说，耕桑者倍力以劝。于是岁大稔，民给家足。其后，在位者骄奢，不恤元元，税赋繁数，百姓困乏，耕桑失时。于是诗人见邵伯之所休息树下，美而歌之。《诗》曰：'蔽芾甘棠，勿划勿伐，召伯所茇。'此之谓也。"王先谦云："宋人以为就烝庶于陇亩，是墨子之道，不知召公因述职而在朝，非常常如是。"王吉所说诗义正是《外传》之义。其上宣帝疏云："圣主独行于深宫，得则天下称诵之，失则天下咸言之。行发于近，必见于远，故谨选左右，审择所使。左右所以正身也，所使所以宣德也。《诗》云：'济济多士，文王以宁。'此其本也。"所引《大雅·文王》诗，诸家皆同。"圣主居深宫"，"左右所以正身，所以宣德"。王吉在这里的叙说有讽谏君王要"亲贤臣，远小人"的意味，这和《毛诗》等说法也有所不同。阐释的效果有远有近，阐释的层次是相同的。

与《鲁诗》《齐诗》在西汉强盛、至东汉逐渐衰落不同，《韩诗》在东汉依然名人辈出，最有名的是立为博士的薛汉父子及其弟子。可以说这个时期《韩诗》学派走向了极盛[1]。具体表现在：

---

[1] 东汉《韩诗》的传授大略是：薛汉授杜抚，杜抚授赵晔。同时，又有张匡、召训习《韩诗》，授受不可考。（姚振宗《后汉艺文志》，见《二十五史补编》第2314页）

（一）学者众多。不仅《后汉书·儒林列传》所载《韩诗》学者人数众多，《方术列传》《文苑列传》中也载有许多《韩诗》学者的事迹。

（二）影响深远。东汉皇室多有习《韩诗》者。明帝永平八年诏有"应门失守，《关雎》刺世"句（《后汉书》111页），与《韩诗》合，明帝盖习《韩诗》。梁皇后习《韩诗》，《后汉书》言之甚明，其所称"阳以博施为德，阴以不专为义。螽斯则百，福之所由兴也"（《后汉书》439页），亦为《韩诗》义。帝后习《韩诗》，对《韩诗》的发展起到了推波助澜的作用。这有点类似于西汉之《鲁诗》。

（三）著述丰富。从现存史料看，东汉《韩诗》著述在三家《诗》中最多。许慎《说文解字》征引《诗》说，以毛为主，兼及三家。三家《诗》中，征引《韩诗》说最多。《郑笺》义取三家，其中《韩诗》说最多。这其中固有郑玄尊重师传的因素，但也从一个侧面反映了东汉韩诗学的广泛传播。三家《诗》中，《韩诗》亡佚最晚，也不是偶然的。

关于薛氏父子。

据《后汉书·儒林列传》："薛汉，字公子，淮阳人也。世习《韩诗》，父子以章句著名。汉少传父业，尤善说灾异谶纬，教授常数百人。建武初，为博士，受诏校定图谶。当世言《诗》者，推汉为长。永平中，为千乘太守，政有异迹。后坐楚事辞相连，下狱死。弟子犍为杜抚、会稽澹台敬伯、钜鹿韩伯高最知名。"(《后汉书》2573页)

"建武初，为博士，受诏校定图谶。"这个记录细节是我们理解薛氏学术的重要门径。"为博士"是说薛氏诗学的性质是进入了官学系统，学术传承有了保障。同样说明它的说《诗》、解《诗》也一定和当代政治伦理合拍，定会富含时代命题。而"校定图谶"这个细节可以见出当时的时代空气，谶纬之学繁盛。今天遗存在汉唐古注中的三家《诗》古说也有丰富的图谶之学的趣味，都是这个说法的明证。韩婴兼通易学，薛氏兼通图谶，这些学术气象都是《韩诗》在汉代步步上升的推动力：它满足了时代需要。当然，物极必反，《韩诗》发展到后来章句日烦，而简易清明的《毛诗》出，包括《韩诗》在内的三家《诗》渐次式微，竟没有了传人。

薛汉的生平事略又有见诸《新唐书·宰相世系表》者，云："广德生饶，长沙太守。饶生愿，为淮阳太守，因徙居焉，生方丘，字夫子。方丘生汉，字公子。"(《新唐书》2990页)据此可知：薛汉父名方丘,字夫子,是西汉薛广德之孙。考索《儒林传》等史籍,可知:薛广德从王式习《鲁诗》,以博士论石渠,授龚胜、龚舍。至其孙方丘则习《韩诗》。薛氏祖孙异学,这个细节颇耐人寻味。这正足见东汉韩诗学之强盛,以致世传《鲁诗》的薛汉要改弦更张投身《韩诗》之学。

薛氏父子著有《薛氏〈韩诗〉章句》,见侯康《补后汉书艺文志》、曾朴《补后汉书艺文志并考》。《隋书·经籍志》载《韩诗》二十二卷,题"汉常山太傅韩婴,薛氏章句"。《通志·艺文略》经类有《韩婴传》二十二卷,题"薛氏章句"。姚振宗《汉书艺文志拾补》有《韩诗薛夫子章句》。钱大昭《补续汉书艺文志》、顾櫰三《补后汉书艺文志》、姚振宗《后汉艺文志》并有《薛汉韩诗章句》,顾另有《薛方丘韩诗章句》。惠栋《后汉书补注》云:"唐人所引《韩诗》,其称薛君者,汉也称薛夫子者,方邱也。"桂馥《晚学集》云:"薛君恐是魏之薛夏。鱼豢《魏略》云:'薛夏字宣声,天水人。博学有才,黄初中为秘书丞。帝每与夏推论《诗传》,未尝不终日也。每呼之不名,而谓之薛君。'是薛君之名由此而起。"曾朴不信其说:"桂氏之言臆度耳,惠氏亦不能尽当也。""所谓《薛夫子章句》者，仍是《薛君章句》。""其实《章句》之书，盖创于方邱，成于薛汉，非两书也。"（《补后汉书艺文志并考》2468、2469页）此从之。

《薛君章句》今散见于裴骃《史记集解》、《后汉书》李贤注、陈彭年等《重修玉篇》、徐坚《初学记》、李昉等《太平御览》诸书，《文选》李善注征引尤多。清马国翰专门辑有《薛君韩诗章句》二卷，收入《玉函山房辑佚书》。这里仅以《后汉书》李贤注所引略加论述。

诗人言雎鸠贞洁慎匹，以声相求，隐蔽于无人之处。故人君退朝，入于私宫，后妃御见有度，应门击柝，鼓人上堂，退反宴处，体安志明。今时大人内倾于色，贤人见其萌，故咏《关雎》，说淑女，正容仪，以刺时。（《后汉书》112页，李贤注引薛君《韩诗章句》）

又：诗人言雎鸠贞洁，以声相求，隐蔽无人之处。故人君动静，退朝入于私宫，后妃御见，去留有度。今人君内倾于色，大人见其萌，故咏《关雎》。说淑女，正容仪也。

今按：两处同引《韩诗章句》以释《关雎》，内容略同。一标"薛君"，一称"薛夫子"。所不同者：《纪》"贞洁"下多"慎匹"二字，"隐蔽"下多一"于"字;"退朝"上少"动静"二字,"有度"上少"去留"二字;"有度"下有"应门击柝,鼓人上堂,退反宴处,体安志明"四句;"今"字下多一"时"字,"人君"作"大人","大人"作"贤人";"容仪"下无"也"字,多"以刺时"三字。曾朴云:"此皆由引书者删改,原文实无异。"以此证明"薛君""薛夫子"云云出于同一《韩诗章句》。

另外,从内容上看,《韩诗》对《关雎》的解读大不同于《毛诗》,即它将之作为刺诗来看。其实,从阐释学角度看:刺诗也好,美诗也好,都是对君王的劝谏。只是选择了不同的阐释路径,阐释层次还是一致的。

"孝宣时,涿郡韩生其后也,以《易》征,待诏殿中,曰:'所受《易》即先太傅所传也。尝受《韩诗》,不如韩氏《易》深,太傅故专传之。'司隶校尉盖宽饶本受《易》于孟喜,见涿韩生说《易》而好之,即更从受焉。"(《汉书》3613、3614页)这条资料说明了韩生学问的一个特色,即"深于《易》"。这是认识韩诗学的一个重要背景。材料还显示:韩生的《周易》之学是"韩氏自传之"。

二、 韩诗学传承谱系图

根据《汉书·儒林传》等史料，对《韩诗》学者的师承作如下图示。需要说明的是：本图显示的是于史有据的部分。清人及今人又有各自复杂的图示，出于对史料的理解不同，本书采取更为保守的态度，不对《韩诗》学者进行过多推导。

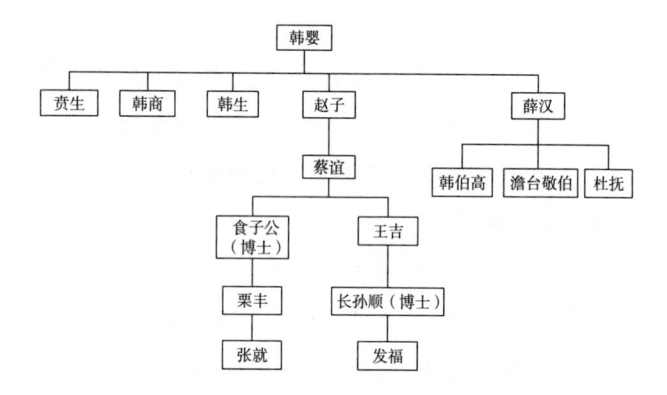

```
                          韩婴
    ┌──────┬──────┬──────┼──────────────┬──────────┐
   贲生   韩商   韩生   赵子            薛汉
                         │          ┌─────┼─────┐
                        蔡谊        韩伯高 澹台敬伯 杜抚
                    ┌────┴────┐
                  食子公      王吉
                  （博士）      │
                    │        长孙顺（博士）
                   栗丰          │
                    │          发福
                   张就
```

116

第二节

韩诗学著述考

结束了战国以来的不断征战，国家一统带来了社会的稳定。有武功亦当有文治，倒出手来的大汉王朝终于除去了"挟书令"，各地献书之风兴起。秦火之后，天不丧斯文。在齐鲁燕赵等地尚有博学硕儒存焉，他们纷纷口传心授，于是"言《诗》，于鲁则申培公，于齐则辕固生，于燕则韩太傅"。这就揭开了《诗经》在汉代传播的大幕。其中的韩婴也从地方走向了中央，成了韩诗学的大宗师，开始了他传布《韩诗》的大功业。

西汉韩诗学著述载录于《汉志》者凡五种，分别是：《韩诗》（二十八卷）、《韩故》（三十六卷）、《韩内传》（四卷）、《韩外传》（六卷）以及《韩说》（四十一卷）。其中，《韩诗》传自韩婴，《韩内传》和《韩外传》作于韩婴无甚异议。《韩故》前人或认为是韩婴所作,或并不认同。史料阙如,今已无法确考。至于《韩说》,一般认为是《韩诗》学者说法的合集,由徒众所传、后人杂凑成书,具体作者都有哪些人、编撰者是谁、编撰年代等都不可确考①。至于两书具体内容,前辈学者也有所推测。清人沈家本认为《韩故》盖为"韩氏自为本经训故之体",故而"疑隋、唐《志》之《韩诗》者,《韩故》也"②;杨树达则推断《汉书·王吉传》记载的王吉上疏昌邑王所引"说曰"殆即《韩说》之"遗文之仅存者矣"。③ 另外姚振宗《汉书艺文志拾补》增入《韩诗薛夫子章句》一种。这些著述是西汉韩诗学成就的反映,具体说来,它涵盖了文字训诂、义理阐发等内容。同《鲁诗》《齐诗》相比,《韩诗》著作并不少。但是,当时的学风势头是《鲁诗》《齐诗》要大盛于《韩诗》。

"此一时彼一时。"到了东汉,韩诗学日炽,完

---

① 至于《韩故》和《韩说》的作者:王先谦认为前者为"韩婴自为",后者为其"徒众所传"(王先谦《汉书补注》卷三十);徐复观认为二著"殆皆其孙韩商为博士时所辑录"(徐复观.《韩诗外传》的研究[M]//两汉思想史. 卷3. 上海:华东师范大学出版社,2001:5)。
② 屈守元. 韩诗外传笺疏[M]. 成都:巴蜀书社,1996:1021.
③ 杨树达. 汉书窥管[M]. 上海:上海古籍出版社,2007:560.

全压过了《鲁诗》《齐诗》的势头，成一代之显学。这个时期，《韩诗》可谓一家独大。从各种书志著录看，《韩诗》文献并不多。《隋书·经籍志》也就著录了《章句》《外传》以及侯苞、赵晔等人的著述。这似乎和当年韩诗学的盛况并不对应。当然，原因有多种。清人姚振宗考订史料，成《后汉艺文志》，其中著录韩诗学著述有：侯苞《韩诗翼要》十卷，薛汉《韩诗章句》，杜抚《韩诗章句》《诗疑约义通》，赵晔《诗细》《韩诗谱》二卷（佚）、《历神渊》一卷（亡），张匡《韩诗章句》。顾櫰三《补后汉书艺文志》又比姚氏多杜琼《韩诗章句》一种。比对可知，姚氏是将杜琼《韩诗章句》入《三国·艺文志》，侯康《补三国艺文志》同。两晋之后，韩诗学著述开始消亡，到宋元时期，仅存《外传》一种了。

下面对其中几种要著略做考察。

关于薛氏父子《韩诗章句》。

据《后汉书·儒林传》，在东汉确有薛氏《韩诗章句》。至于归为谁之名下，历来争讼不绝。于是，姚振宗、曾朴、侯康等人在《补后汉书艺文志》等著作中各有表述。大儒惠栋、钱大昭等也皆有考订。但因史料不足，这个问题成了一个悬案。

一般看法是《章句》草创于薛夫子，后其子汉继其踵武又有损益。近年，马昕博士又有考订成果，今不繁录。《文选》李善注等典籍多有存录，即有《薛君章句》《韩诗章句》诸名。清人辑佚是书成果丰硕，其中重要的有：马国翰《韩诗薛君章句》二卷，题薛汉著（见《玉函山房辑佚书》）。陈寿祺撰、陈乔枞述《三家诗遗说考》，阮元《三家诗补遗》，冯登府《三家诗遗说》和《三家诗异文疏证》，王先谦《诗三家义集疏》，魏源《诗古微》，朱士端《齐鲁韩三家诗释》等亦辑出薛氏《韩诗章句》多条。以上各家辑佚差异也多，也存在误辑情况等，需要专门研究。

关于杜抚《诗题约义通》《韩诗章句》。

杜抚是薛汉弟子，其生平大略具见《后汉书·儒林传》，曰："杜抚，字叔和，犍为武阳人也。少有高才。受业于薛汉，定《韩诗章句》。后归乡里教授。……其所作《诗题约义通》，学者传之，曰《杜君法》云。"可见，薛氏《章句》也经过了杜抚之手订。另外《诗题约义通》一书，陈乔枞据《华阳国志》又见《诗通议说》一名。另姚振宗于《后汉艺文志》录为《诗疑约义通》之名，今已不知其所据。余嘉锡曾说：《汉志》著录书名多与今本不同，亦不同于六朝、唐人所见之本，其故由于一书有数名，《汉志》只录其一也。今按：余说或可从，杜抚是书有三名或亦是其例。

关于赵晔《诗细》《历神渊》。

赵晔是杜抚的弟子。据《后汉书·儒林传》："赵晔，字长君，会稽山阴人也。少尝为县吏，奉檄迎督邮，晔耻于斯役，遂弃车马去。到犍为资中，诣杜抚受《韩诗》，究竟其术。……晔著《吴越春秋》《诗细》《历神渊》。蔡邕至会稽，读《诗细》而叹息，以为长于《论衡》。邕还京师，传之，学者咸诵习焉。"

这里有几个问题。第一，赵晔是著有《诗细》《历神渊》两种，还是只有《诗细历神渊》一书。前人在这个问题上有过纷争。钱大昕《隋书考异》载嘉兴沈涛《铜熨斗斋随笔》曰："赵晔著《诗细历神渊》，此与杜抚《诗题约义通》皆五字书名也。"就是一种说法。姚振宗录沈氏之说，并有反驳意见，不从此说。详参姚氏《隋书经籍志考证》。从其记录看，当是两本书。因为后面蔡邕读的正是其中一本《诗细》。第二，蔡邕欣赏《诗细》并在京城推介此书，也给我们一个暗示。它要我们更清晰地看到：作为《鲁诗》重要传人的蔡邕并不是严守家法，而是对韩诗学的成果也很关注和尊重。第三，《论衡》今日可见，这可以帮助我们理解《诗细》的梗概和学术趣味等。

赵氏著述均已亡佚，清人辑佚本有：王仁俊《玉函山房辑佚书续编》辑"《韩诗赵氏学》一卷，汉赵煜撰"。又《十三经汉注》录"《韩诗赵氏笺》一卷"。

关于侯苞《韩诗翼要》。

据《隋书·经籍志》所载："《韩诗翼要》十卷。汉侯苞传。"《旧唐书·经籍志》："《韩诗翼要》十卷，卜商撰。"《唐书·艺文志》："又《翼要》十卷。"《韩诗翼要》当为侯苞所著，《旧唐志》所录为误，可见侯苞《韩诗翼要》在两唐时期尚存。

王谟《汉魏遗书钞》曰："《隋志》：《韩诗翼要》十卷，汉侯包（苞）传，《唐志》卷同，不言何人撰。谟案：包（苞）当属后汉人，出处无考。今本《隋志》误作侯芭，杨雄弟子载酒问奇字者也，若《诗正义》本作侯包（苞）。"马国翰辑本《序》曰："侯苞，不详何人，今惟从《正义》及陈旸《乐书辑录》四节其说衣裼弄瓦，与《毛传》合意，其以毛通韩，摘论节训，故以翼要为名与。"

今按：之所以要特别介绍这本书，我们考虑到以下问题。第一，其书题曰"翼要"，这个体例值得注意。在《汉志》著录中有四种名曰"微"的书，如《铎氏微》三篇。班固自注曰："楚太傅铎椒也。"颜师古注曰："微谓释其微指。"（《汉书》1715页）《史记·十二诸侯年表》曰："铎椒为楚威王傅，为王不能尽观《春秋》，采取成败，卒四十章，为《铎氏微》。"（《史记》510页）由此可见"要"之为体当和"微"一样，是为"不能尽观"者"择要"而成的"简要本"。第二，马国翰辑本《序》讨论到"以毛通韩"这个细节。这也值得关注，它对我们认识汉代经学史有帮助。第三，此书《旧唐书》题为"卜商撰"也引发了后人的议论。目前马国翰《玉函山房辑佚书》有《韩诗翼要》一卷，王仁俊《玉函山房辑佚书续编》亦有《韩诗翼要》一卷，皆题汉侯苞撰。

关于杜琼《韩诗章句》。

《三国志·蜀书》："杜琼，字伯瑜，蜀郡成都人也。少受学于任安，精究安术。……著《韩诗章句》十余万言，不教诸子，内学无传业者。"这里透露杜琼也有《韩诗章句》，可见《章句》或是多人参与其中而渐次成书的，不仅仅是薛氏父子的功劳。另外《后汉书·儒林传》尚记录："时山阳张匡，字文通。亦习《韩诗》，作章句。后举有道，博士征，不就。卒于家。"（《后汉书》2575页）张匡与赵晔同时，《后汉书》载其有《韩诗章句》，师承不详。可见《章句》的写定过程之复杂。第二，杜琼是成都人，这说明《韩诗》传播地域的广泛性。第三，这里说杜琼所著《韩诗章句》不教诸子，但是陈乔枞说："《华阳国志》云：'高玩，字伯珍，少受学于太常杜琼，术艺微妙，博闻强识，清尚简素，……以明三才，征为太史令。'据此则高玩于诗亦当习韩家也。"可见史料记录之复杂，需要慎重对待各种记录以获得一个全面的认识。

"三家诗遗说"的搜集工作始于南宋王应麟。王氏成《诗考》一书，可谓导路在先，后人继其踵武，代有佳作。至清中后期，大家争出，巨著频见。可以说"三家诗遗说"的搜集工作于此达到了最高峰。其中涉及《韩诗》文献的辑佚成果也是众多。今略作分类，叙之如下：

（一）辑佚类成果。王谟《汉魏遗书钞》辑"《韩诗内传》一卷，韩婴撰"。马国翰《玉函山房辑佚书》有"《韩诗故》二卷，《韩诗内传》一卷，《韩诗说》一卷（均题汉韩婴撰）"。黄奭《黄氏逸书考》辑有"《韩诗内传》一卷，韩婴撰"。蒋曰豫有"《韩诗辑》一卷"。沈清瑞辑"《韩诗故》二卷"。严可均辑"《韩诗》二十一卷"。

（二）考据类成果。邵晋涵有"《韩诗内传考》一卷"。宋绵初有"《韩诗内传征》四卷，《叙录》二卷，《补遗》一卷，《疑义》一卷"。臧庸撰"《韩诗遗说》二卷，《订伪》一卷"。冯登府《三家诗异文疏证》有"《韩诗》四卷"。陈寿祺撰、陈乔枞述《三家诗遗说考》有"《韩诗遗说考》五卷，《叙录》一卷，《附录》一卷"。此外阮元《三家诗补遗》（不分卷），魏源《诗古微》。集大成之作又有王先谦《诗三家义集疏》，其中也多有韩诗说相关的考订成果。

从以上文献看，汉代韩诗学有一个充足的发展历程。表现在著述体式上就是它涵盖了"故""传"（分内外传）"说""章句""诗谱""翼要"等各种著述样式。这在三家诗系统中也是最为完备和丰富的。另外从《韩诗》文献名称上还可以见出韩诗学发展过程中的革新与调整。特别是对黄老、阴阳、谶纬等方面知识的吸纳和容受。从诗学史的角度看这个问题，有个细节就是在韩诗学史中《韩诗章句》至少经由了韩婴、薛氏父子、杜琼等人之手，不断增补修缮。这个细节至少可以见出三个问题。

第一，《章句》是关乎家法、师法的问题，它是经师向弟子授受经义的重要依据。第二，时代在发展，学术要更新，处于不同语境的经师会对先师的章句进行整理（或许有散佚、错简等需要补充）、修订（新增时代新主题）等。第三，从时间层次上看，韩诗学的发展越来越走向抽象化。《汉志》著录次序就是西汉《韩诗》传承史，先是有《韩故》，这是小学意味的文本讲述，再是《传》《说》等，这是大学意味的诗义推演。到了东汉，从文献名上看，《韩诗》越来越走向了演绎。这也是事物发展的规律，即事物总是从具象到抽象，并走向形式化。这个认识可以结合后面的专题研究一起看。

韩诗学研究还有一个重要意义就是它的发展史贯穿了整个汉代，即我们可以放在一个"长时段"里观察它。虽然它的很多要籍都不能见其全豹，但我们依然可以看到一个事物较为完整的发展过程。于是，它就可以和其他学问比较着看，因为它较为漫长的发展史可以成为照亮"他者"的镜子。比如，从事物发展史的角度看，在《韩诗》的镜像意义的比照下，《毛诗》著作《毛诗故训传》是"故""训""传"的集大成之作。清儒马瑞辰等已经从文本内部找到了考订依据，在此我们不再赘言。我们想说的是：在今文学主流学术的强光下，《毛诗》的发展历程被遮蔽了太多。立了博士官的三家诗走向了中心，偏居在地方的《毛诗》也一定经历了一个完整而内涵丰富的发展历程，而这个历程被遮蔽了。它也应该有和《韩诗》一样的各种著述体式。但是，在三家诗的对照下，它被淹没了。等它走到舞台中央的时候，它一下子展示出了它的成熟性、集成性以及迥异于三家诗的质朴等特征。如何理解这些不同，我想最好的办法是用动态的思维看《毛诗》。有一个合理的想象应该是这样的：《毛诗》也当有"故""传""说"等注疏体式，只是作为藩国（地方）学术，关于它的记录缺失了，所以不见于《汉志》。当然，这是一个学术想象，或者说这是《韩诗》的镜像意义把《毛诗》的内容照亮了。虽然遮蔽了一个丰富的《毛诗》注疏史，但是，从集大成之作《毛诗故训传》的内容上，我们还是可以看到《毛诗》阐释学包括"故"（训诂，以解释字义为特征）、"传"（以推演经学意味为特征）等阐释层次。

所以，我们可以通过辑佚与研究《韩诗》要籍的注疏体式特征，想象到《毛诗》学的这个事实：作为一个事物，它一定有冗长的经义推演，和韩诗说一样。它也应该有"章句""说"等注疏体式。历史的风尘遮蔽了很多东西,历史记录的偶然性、选择性等又丢失了太多的历史细节。我们距古又远,所有这些都成了想象。而韩诗学及韩诗学史为这些"历史想象"提供了一定的可能。

第三章

韩毛诗经文用字研究

在河之洲。

三家诗"洲"作"州"。

今按：三家诗用初文，《毛诗》用后起字。

辗转反侧。

三家诗"辗"作"展"，韩说曰："展转，反侧也。"

今按：《韩诗》《鲁诗》作"展"。敦煌本也作"展"。汉唐古注所引也多作"展转"，比如《楚辞·九歌》王逸注，《后汉书·光武帝纪》注，《文选》王粲《登楼赋》注、潘岳《秋兴赋》注等引《诗》皆作"展转"。今按："展"是初文，"辗"是后起分化字。

参差荇菜，左右芼之。

《韩诗》："芼"作"覒"。

程俊英《诗经注析》："芼"是"覒"的假借字。

今按：《毛传》云："芼，择也。"《说文》云："芼，草覆蔓。"可见"芼"并不训为"择"，是假借之法。《韩诗》作"覒"是用本字，《毛传》是破读，直接给本字之义。桂馥《札朴》引《新唐书·韦陟传》："穷治馔羞，择膏腴地蓺谷麦。以鸟羽择米。"桂氏按语云："芼，从毛，择物以羽毛，古有此训，故毛公用之。"另《玉篇》引作"覒"，又省作"毛"。《群经音辨》录"毛，择也"。其源皆来自毛公之训。今并录之。

窈窕淑女，钟鼓乐之。

袁梅云："明监本作钟鼓。"《韩诗》"钟鼓"作"鼓钟"。韩说曰："后妃房中乐有钟盘。"《外传》五引诗曰："鼓钟乐之。"

今按："钟（鍾）"是古代的酒器或黍稷器。《左传·昭公三年》云："釜十则钟（鍾）。"清人陈奂注意到这个问题，说见《诗毛氏传疏》。《说文段注》也指出"经传多作钟（鍾），假借酒器字。"通检今本《毛诗》,"钟"字出现16次,多为乐器之名,考察《石经》所见《诗》所用"钟"亦指乐器,没有用作本义者。可见"钟(鍾)"(器皿)借为"钟(鐘)"(乐器)早已出现,而《韩诗》用本字,相比《毛诗》更为古雅。

陟彼砠矣,我马瘏矣。我仆痡矣,云何吁矣。

《韩诗》:"砠"作"岨"。

今按:石部字、山部字互用部首。

南有樛木。

《韩诗》:"樛"作"朻"。

今按:阜阳汉简即作"朻"。《韩诗》用字见《释文》引马融《韩诗注》云:"樛,并作朻,音同。"今检《说文》《尔雅》两字音义并同,及后来《玉篇》同录"樛""朻",程俊英《诗经注析》以为是"重文",是。

肃肃兔罝,施于中逵。

《韩诗》:"逵"作"馗"。韩说曰:"中馗,馗中,九交之道也。"

今按:《广韵》录"馗,渠鸠切"。可见"馗"

古读若"仇"。《文选》鲍照《芜城赋》、颜延之《皇太子释奠会作诗》、王粲《从军诗》李善注三次引诗,均作"中馗"。《芜城赋》李善注引《韩诗章句》"馗中,九交之道也"与"中逵"《毛传》云"九达之道"义近。《三国志·魏武帝纪》裴注云:"馗,古逵字,见《三苍》。"裴松之的意见显示:《韩诗》作"馗"是用初文,《毛诗》作"逵"是用后起字。

采采苤苢,薄言有之。

《韩诗》:"苢"作"苡"。韩说曰:"直曰车前,瞿曰苤苡。"

今按:《释文》录《毛诗》一本亦作"苤苡",与《韩诗》用字同。"苢",上海博物馆藏《孔子诗论》作"而",何琳仪举"上古结绳而治",《论衡》引作"上古结绳以治"以证异文之来[1],此说可从。

南有乔木,不可休息。

《韩诗》:"息"作"思"。

---

[1] 何琳仪. 沪简诗论选释[M]//上博馆藏战国楚竹书研究. 上海:上海书店出版社,2002:256.

今按：《外传》卷一引作"不可休思"。《艺文类聚》卷八十八引亦作"思"。"思"为语助。下同。"思"作语助，有放在句首者，比如"思无邪""思皇多士"等，也见诸句中，比如"旨酒思柔"等。

江之永矣，不可方思。

《文选》王粲《登楼赋》李善注引《韩诗》"江之漾矣，不可方思"。《韩诗》"永"作"漾"，亦为《诗考》《诗地理考》存录。《韩诗章句》云："漾，长也。"

今按：王先谦认为："漾，水名。韩借漾为羕，故训为长。"（《诗三家义集疏》53页）程俊英认为：漾是羕的后起字（《诗经注析》23页）。永、羕，字异义同。王、程之说可从。永、羕同源，漾是后起字。

未见君子，惄如调饥。

《释文》存录《韩诗》："惄"作"愵"。

今按：《说文》说："愵，忧貌，读与惄同。"《方言》云："愵，忧也。或谓之惄。"可见"惄""愵"音同通用，所以《说文》《方言》并录"愵"，音义与"恕"同。程俊英(《诗经注析》26页)认为:《韩诗》作㥄,是后起字。聊备一说,存录于此。

麟之趾,振振公子,于嗟麟兮。

《文选》谢朓《八公山诗》李善注引《韩诗章句》"吁嗟,叹辞也"。《太平御览》引诗亦作"吁嗟"。可见《韩诗》"于"作"吁"。

今按:于、吁古今字。

被之僮僮,夙夜在公。

王先谦《诗三家义集疏》:三家"僮僮"作"童童"。鲁、韩说曰:"童童,盛也。"(《诗三家义集疏》71页)

今按:说"三家诗"作"童童"实为推测之词,已无法考实归为哪家。《释文》经文用"僮"字,出校勘异文云:"本亦作童。"可见陆德明所见《毛诗》又有作"童"者。又《射仪》郑玄注亦引作"童童"。郑玄之诗学传承相当复杂,今已无法推测此处郑注所用诗之家法。王念孙云:"僮与童通,童童为盛,盖本三家。"王氏的一个盖字,可见其情实。

于以盛之，维筐及筥。于以湘之，维锜及釜。

今按：《汉书·郊祀志上》有"皆尝鬺亨上帝鬼神"。师古注曰："鬺、亨一也。鬺亨，煮而祀也。《韩诗·采蘋》曰：于以鬺之，唯锜及釜。"可见《韩诗》："湘"作"鬺"。并有训释曰："鬺，饪也。"（《诗三家义集疏》79页）又按：《毛传》云："湘，亨也。"亨即烹字。结合师古注，可以见出《毛传》与《韩诗》之训同。《毛传》是破通假直接训释本字，可见"湘"是"鬺"的假借字。《韩诗》是用本字。

谁其尸之，有齐季女。

韩、齐诗"齐"作"齌"。韩说曰："齌，好也。"

今按：《韩诗》作"齌"，王先谦等依据是《玉篇·女部》所引诗，《韩诗》训"齌"为"好"是据《广雅·释诂》，都是义理推导的结论，古典并无确实之载录。《释文》云："齐，本亦作斋。"按：《韩诗》作"齌"是用本字，齐、斋是假借字。

蔽芾甘棠，勿剪勿伐。

今按：《外传》引诗"蔽芾"作"蔽茀"。王先谦据《说文》《毛传》等内证，揭示了《韩诗》用本字，《毛诗》作"茀"是借字。王氏考据翔实，并揭示古书"苐""绋""绂""黻""茀""韍"等字通用，其说可信。（《诗三家义集疏》86页）

又按：《释文》录《韩诗》"翦"作"划"，《鲁诗》同，见蔡邕《刘镇南碑颂》"蔽芾甘棠，召公听讼。周人勿划，后人乱之"。字又见秦代的《诅楚文》，曰："欲划伐我社稷。""划伐"连文正是《韩诗》用法之例证。字后来又作"铲"。

勿翦勿拜。

"拜"《韩诗》作"扒"。韩说曰："扒，擘也。"

今按："扒"与"拜"音可通，比如"澎湃"，韩愈、孟郊联句作"澎汃"即是一例，陈乔枞有考证，见《韩诗遗说考》。王先谦亦有采信。（《诗三家义集疏》89页）《郑笺》云："拜之言拔也。"陈奂云："本三家义。"可见《韩诗》训诂或为《郑笺》之本。《广雅·释诂》："扒，擘也。"《广雅》又录"擘，分也"。王先谦说："以手批而分之，亦拔取之意。"擘、拔声转而义通。王先谦揣度毛郑诗，指出：《郑笺》不用"拜"之本义而训为"拔"者，见三家作"扒"是正字，毛作"拜"是借字，

故读"拜"为"拔"。王说是。(《诗三家义集疏》89页)

厌浥行露。

"厌"《鲁诗》《韩诗》作"湆"。

今按:"厌"没有"湿"意,《说文》云:"湆,幽湿也。"可见,作"湆"是用本字,《毛诗》作"厌"乃借字。王先谦有考据:《小戎》"厌厌良人",《列女传》卷二"愔愔良人",《湛露》"厌厌夜饮"。《释文》云:"《韩诗》厌厌作愔愔。"可见《鲁诗》《韩诗》"厌"与从"音"字相通。又《安徽大学藏战国竹简》作"厌㙭",整理者采纳李家浩看法,即从"合"和"邑"之字在上古可通[①],解决了这个异文的形成原理。或可信从。

虽速我讼,亦不女从。

《外传》:"女"作"尔"。

今按:"女"即"汝"字。"尔"字又见《左传》"郑伯克段于鄢"篇,庄公云:"尔有母遗,繄

---

① 安徽大学汉字发展与应用研究中心. 安徽大学藏战国竹简(一)[M]. 上海:中西书局,2019:88.

我独无。"可见尔、汝古通用。"尔"又见《诗》"告尔忧恤,诲尔序爵"(见《大雅·桑柔》)。汝、尔为同音替代字,于经典常见。"繄"见《安徽大学藏战国竹简》。

羔羊之皮,素丝五紽。退食自公,委蛇委蛇。

韩说曰:"小者曰羔,大者曰羊。素喻絜白,丝喻屈柔。紽,数也。"

今按:《释文》录《韩诗》异文作"《韩诗》作逶迤,公正貌"。这是随文赋意,和毛、郑一致。汉代《衡方碑》云:"祎隋在公。"王应麟《诗考》说:"祎隋,即委蛇,出《韩诗内传》。"所以,《韩诗》或又有作"祎隋"者,皆音韵相通,字体不同也。

殷其雷,在南山之阳。

《韩诗》:"殷"作"㥯"。韩说曰:"㥯,隐也,雷也。"

今按:韩说是声训,㥯、隐音同。臧镛堂云:"《广韵·六脂》:㥯,雷也。出《韩诗》。"《广雅·释天》云:"㥯,雷也。"正用《韩诗》。陈乔枞考订说:殷声如"衣","㥯"音为"夷",故"殷"

"琪"古通假。

何斯违斯？莫敢或遑。振振君子，归哉归哉。

《韩诗》："遑"作"皇"。

今按：遑，闲暇。《韩诗》作皇，同音相借字。

嘒彼小星，维参与昴。肃肃宵征，抱衾与裯。寔命不犹。

《韩诗》："嘒"作"暳"。

今按：《韩诗》作"暳"是学者据《玉篇》日部、《广韵》所录的推测之辞。（《诗三家义集疏》104页）

又《释文》录《韩诗》："寔"作"实"，云有也。

今按：《韩诗》作"实"，是用借字。字应从《毛诗》。陈乔枞、王先谦辗转相训，不若程俊英（《诗经注析》50页）、袁梅（《诗经异文汇考辨证》28页）说法简洁。

肃肃宵征，抱衾与裯。

三家诗："裯"作"帱"。

慧琳《一切经音义》卷六十三引《外传》曰：

"帱，单帐也。"

今按：王先谦引顾震福云：《文选》潘岳《寡妇赋》李善注引《纂要》曰："单帐曰帱。"《广雅·释器》："帱，帐也。"《后汉书·马融传》注同，并与韩训合。王先谦考正云："《尔雅·释文》云：'帱，本或作裯。'"《说文》无此字。盖即是"裯"之俗体。今按：王说是。初刻《唐石经》作"稠"，后改作"裯"，"稠"乃借字也。一说：写作"禾"部，是"衤"部的俗写。（此为陈才博士意见，今附录于是，以备方家参考。）

何彼襛矣，唐棣之华。曷不肃雍，王姬之车。

今按：《释文》录《韩诗》"襛"作"莪"，云："莪，音戎。"《毛传》云："襛，犹戎戎也。"陈乔枞认为《毛传》用字"戎"即"莪"之省文。字又通作"茸"，见《邶风·旄丘》"狐裘蒙戎"，《左传》引作"狐裘蒙茸"。《说文》："茸，艸茸茸貌。"陈说甚是。"戎"录诸《尔雅·释诂》云："戎，大也。"可知《韩诗》用字"莪"亦有"大"之义。"大"与"美盛"义近，可见《韩诗》正与毛、郑诗合（郑玄说"喻王姬颜色之美盛"）。（《诗三家义集疏》115页）袁梅认为：《韩诗》初或作"戎"，

"艹"疑隶变所增。又说《毛诗》之作"禠",《韩诗》之"茂",其本字皆为"戎",拟状之词也。其说乃猜度之词或是,今附录之。(《诗经异文汇考辨证》33页)

泛彼柏舟,亦泛其流。耿耿不寐,如有隐忧。微我无酒,以敖以游。

《韩诗》:"隐"作"殷"。

今按:《文选》录陆机《叹逝赋》、阮籍《咏怀诗》、刘琨《劝进表》、嵇康《养生论》李善注并引《韩诗》曰:"耿耿不寐,如有殷忧。"又《叹逝赋》李善注录韩说曰:"殷,深也。"可见,《韩诗》确作"殷"。"殷""隐"互为通假古书常见。字又通作"慇",见《小雅·正月》"念我独兮,忧心慇慇"。另外,《易林》有"心怀大忧"。前贤以此推定《齐诗》亦作"殷"。殷有"大"之义,今语"殷实之家"即是证据。《韩诗》训为"深",与"大"之义近。

威仪棣棣,不可选也。

三家诗"选"作"算"。

今按:清惠栋在《九经古义》中考正《后汉

书·朱穆传》载朱氏《绝交论》引诗正作"威仪棣棣，不可选也"。宋王应麟《诗考》引作"不可算也"。王先谦认为今本《后汉书》作"选"是后人据《毛诗》所改。所以说三家诗有作"算"者，此推测之辞。另《汉书·公孙刘田王杨蔡陈郑传》赞云："斗筲之徒，何足选也。"师古注云："言其材器小劣，不足数也。"（《汉书》2905页）。今按：典出《论语·子路》作"何足算也"，郑玄注："算，数也。"（皇侃《义疏本》）宋本《论语集注》亦作"算"。又按：选、算皆心母字，双声可通。

静言思之，寤辟有摽。

《韩诗》："辟"作"擗"，云："擗，拊心也。"

今按：《玉篇·手部》云："擗，拊心也。《诗》曰：寤擗有摽。"王先谦等说：《玉篇》多引《韩诗》，此韩说。今按：此推测或不确。《尔雅·释训》曰："辟，拊心也。"郭注曰："谓椎胸也。"这是《鲁诗》，与《毛传》之训全同。《释文》云："辟，宜作擗。《诗》曰：寤擗有摽。"可见"擗"是"辟"的后起字，两者或都是借字。郝懿行认为本字为"捭"，《说文》云："捭，两手击也，从卑声。"郝氏说可备一说，今录之。（王其和等点校本

《尔雅义疏》449页）"擗"又写作"擘"，本一字也。袁梅认为："辟"是"擗"之假借，故训为"拊心"。袁氏此说或不可从。（《诗经异文汇考辨证》39页）

日居月诸，胡迭而微。

《韩诗》："迭"作"载"，云："载，常也。"

今按：《释文》云："迭，《韩诗》作载，云：载，常也。"陈乔枞、冯登府、王先谦有考正，可从。（参《诗三家义集疏》133页）

胡能有定？报我不述。

《韩诗》："述"作"术"，云："术，艺也。"又云："术，法也。"

今按：《文选》刘峻《广绝交论》注引《韩诗》曰："报我不术。"《释文》云："述，本亦作术。"王先谦的意见是：《韩诗》与毛"亦作"本同。其说是，可从。慧琳《一切经音义》卷九引《韩诗》说："术，艺也。"《绝交论》引薛君说："术，法也。"《左传·昭公十六年》云："而共无艺。"杜注曰："艺，法也。"可见韩说训"术"为"艺"为"法"，一也。

死生契阔,与子成说。

韩说曰:"契阔,约束也。"

《毛传》云:"契阔,勤苦也。"《释文》曰:"契,本亦作挈,同。"又录《韩诗》云:"约束也。"陈乔枞说:《文选》录刘琨《答卢谌诗》李善注引《韩诗章句》:"括,约束也。"

今按:考之《说文·糸部》"絜,麻一耑也",《说文段注》说:"一耑,犹一束也。"又《说文·手部》录"括"字,云"絜也"。可见《韩诗》"絜括"是用本字,《毛诗》"契阔"借字耳。"絜括"《韩诗》训为"约束",亦通。清人胡承珙已揭其秘,云:"生死絜括者,言死生相与约结,不相离弃也。"(《毛诗后笺》160页)

于嗟洵兮,不我信兮。

《毛传》云:"洵,远也。"

"洵"字,《释文》录《韩诗》作"敻","敻亦远也"。(《诗三家义集疏》154页)

今按:《吕氏春秋·尽数》高诱注引《诗》正作"敻",与《韩诗》同。《广雅》录是字,亦训为"远也"。王念孙《疏证》又引《谷梁传》注、《文选》曹大家注等,今不繁录。《释文》"洵"注音为

"呼县切"，正是"夐"之字音。钱大昕说："古读夐为绚。"可见《韩诗》作"夐"是用本字，《毛传》训"洵"为"远"，是破通假以"夐"为本字给出的训诂。

睍睆黄鸟，载好其音。有子七人，莫慰母心。

《太平御览》卷九百二十三引《韩诗》"睍睆"作"简简"。王氏《诗考》引同。

今按：马瑞辰从"简简"二字重文推测《毛诗》当作"睆睆"。段玉裁、严可均亦有此说。或可从。间、完古音同部，"简简"与"睆睆"可通。

雍雍鸣雁，旭日始旦。

《文选》陆机《演连珠》李善注引《韩诗章句》云："煦日始旦。"曰："煦，暖也"。胡承珙注意到《易》"盱豫"《释文》录姚信作"旰"，并引《诗》作"旰日始旦"。胡氏又引《说文》《玉篇》"晔，皓旰也"的故训，说"旰"有"明"义。所以胡氏得出姚信所引《诗》"盱日始旦"当是"旰日始旦"。今按：旭为本字，作煦、作旰皆借字。又按："煦"又作"昫"，载《说文·日部》云："日出温也。"陈乔枞认为《韩诗》作"煦"是借字，本字作"昫"。

黾勉同心，不宜有怒。

《文选》傅亮《为宋公求加赠刘前军表》李善注引《韩诗》"黾勉"作"密勿"，云："密勿，黾勉也。"今按："黾勉"《释文》云："犹勉勉。"可见"黾勉"是个联绵词。音转字又作"文莫""闵免"等。（参程俊英《诗经注析》92页）

采葑采菲，无以下体。

王氏《诗考》引《外传》"体"作"礼"。

今按：作"体"是用本字，《韩诗》作礼乃以借字为之。礼、体古通。比如《释名》即有："礼，体也，得其事体也。"又《外传》卷五有："礼者，则天地之体。"礼、体上古音近，都是脂部字，声母相近，一个来母，一个透母，都是舌音。

行道迟迟，中心有违。

韩说曰："违，很也。"见《经典释文》。

今按：很，即怨恨之恨。

既阻我德，贾用不售。

《太平御览》卷八百三十八引《韩诗》作"既诈我德，贾用不雠"。

今按：此条王先谦《诗三家义集疏》178页不录。在上古：阻、诈为庄母双声；售、雠音同，在上古都是禅母幽部字，所以可通。售为俗字，唐石经初刻作"雠"。另外，"售"，古本作"雠"①。《汉书·宣帝纪》录："每买饼，所从买家，辄大雠。"师古注曰："雠读曰售。"

硕人俣俣，公庭万舞。

《韩诗》"俣俣"作"扈扈"，云："美貌。"

今按：《毛传》云："容貌大也。"《说文》也说："俣，大也。""俣"从"吴"，"吴"即有"大"之义，《方言》即有"吴，大也"之说。《释名·释兵》说"（盾）大而平者曰吴魁"，即是其例。（按一本"大"作"太"，大、太通用。见中华书局影印《四部丛刊》本《释名》102页）"吴"在古代或音转为"吾"，比如《楚辞·九歌》"操吴戈兮被犀甲"王逸注曰："或曰操吾科，吾科，楯之名也。"（宋端平本《楚辞集注》90页）又转为"俣"，即本

---

① 从口与从言字，本能相通。雦，隶定为售。一个从双"隹"（隹为声），一个省为单"隹"。袁梅《诗经异文汇考辨证》认为："售"为隶变。其说是。两字均为禅母幽部字，字形有联系，本为一字。这个认识来自和陈才博士的交流，是为记略。

诗经文用字。"魁"作"科"也是"声之转"。章太炎《新方言》说："蕲州谓大言曰吴，音变作具化反。亦谓以大言震人为誧。《说文》：'誧，大言也。'读若逋。今读如铺。"（全集本53页）又按：检之王念孙《广雅疏证》、钱绎《方言笺疏》都有考辨，文繁不录。这里还要辨析的是《韩诗》之说，看起来韩、毛迥异，其实不然。《后汉书·冯衍传》："扈扈，光彩盛也。"一个"盛大"之"盛"可见《韩诗》之说"扈扈，美貌"不是一般的美，是大美、壮美，今语有"飞扬跋扈"，古义存焉。又"美"字本从"大"，可见"盛""美"同义。所以说韩、毛文异义实同。又按：近读邹晓丽《基础汉字形义释源》给出"吴"字甲金文字形，说：吴从"矢"有"不正"之义，所以古代大声说话叫"吴"，并举例《周颂·丝衣》"不吴不敖"。《世说新语》："桓玄问羊孚，何以共重吴声。羊曰：当以其妖而浮。"可见"娱乐"非正声。因为大声喧哗不合规矩，是一种"不正"的现象。这是"吴"从口从矢之义。《说文》云："矢，倾头也。从大，象形。"邹氏引"不吴不敖"例是说"吴"有大声说话之义。考《毛传》曰："吴，哗也。"《郑笺》解为"讙哗"，朱熹《诗集传》训为"諠哗"，今语作

"喧哗"。而引《世说新语》"妖而浮"是说"吴声"不正。按：邹氏之说极是。又补《鲁颂·泮水》有"不吴不扬"，《郑笺》曰："吴，哗也。"

毖彼泉水，亦流于淇。

《释文》："毖，流貌，《韩诗》作秘。"

今按：考《说文·目部》："毖，直视也。从目，必声。读若《诗》云：泌彼泉水。"《玉篇》引《说文》亦作"泌"。《说文·水部》："泌，侠流也。"《毛传》云："毖，泉水始出，毖然流也。"可见"毖""秘"是借字，"泌"是其本字。

我入自外，室人交遍谪我。

《韩诗》作"讁"，云："讁，数也。"

今按：这处异文，据王先谦说来自《玉篇》，也无法确考。前人多以《玉篇》引诗为《韩诗》，或因韩后亡之故。

王事敦我，政事一埤遗我。我入自外，室人交遍摧我。

《释文》曰："摧，或作催，音同。《韩诗》作'誰'。"

今按:《毛诗》作"摧"是用本字,《韩诗》用借字。一本作"催",是"摧"之异体。

北风其凉,雨雪其雱。

《穆天子传》郭璞注、《广韵十过》《艺文类聚》卷二引《诗》"雨雪其雱"具作"雨雪其霶"。《文选》谢惠连《雪赋》李善注,《太平御览》卷十四、二十四各引《诗》并作"滂"。又《太平御览》卷三百七十所引又与《毛诗》同,即作"雱"。袁梅《诗经异文汇考辨证》引马瑞辰、《玉篇》等资料说:"雱""旁"为本字,"霶""滂"皆为异体。今按:"古无轻唇音",清人钱大昕已揭其秘。雱从"方"声,古读"旁"音。又如"房,旁也"亦是。"雱""霶""滂""磅"等是同源字,都有气势盛大之义。比如今语有"磅礴"。故《说文》有"旁,溥也"。《玉篇》有"雱,雪盛貌"。袁先生之说或可商。又按:《太平御览》三处引此诗句,用字并不稳定,备录于斯,以供方家。

俟我于城隅。

《外传》引作"俟我乎城隅"。又《说苑·辨物》、《文选》曹植《赠丁翼》李善注具作"于"。

今按：据袁梅，于、於、乎古通用。比如"吾十有五而志于学"，"于"唐石经作"乎"。《礼记·王制》"类乎上帝"，"乎"《白虎通》作"于"。《孟子》"同乎流俗，合乎污世"，杨注云："乎，于也。"

搔首踟蹰。

《外传》"踟蹰"引作"跱躇"。另《文选》张衡《思玄赋》、左思《招隐诗》李善注，各书引诗并作"跱躇"。《说文系传》引作"跱躇"。《韩诗章句》引为"踯躅"。今按：袁梅认为"踟蹰"为正字，其他皆同音通用词（袁氏著《诗经异文汇考辨证》63页）。袁先生这个看法过于粗糙，不确。细致研究成果有孙玉文教授的文章。

洵美且异。

《释文》曰："洵，本亦作询。"《尔雅》云："询，信也。"郝懿行云："询者，恂之假借也。《说文》云：'恂，信心也。'《方言》云：'恂，信也。'"郝氏又引《大戴礼记·卫将军文子》卢辩注："恂，信也。"又《诗》"洵吁且乐"《释文》录《韩诗》作"恂盱"。又"洵直且侯"《外传》引作"恂直"。今按：从以上异文角度看，"恂""洵""询"古常通用。

《大戴礼记》卢注又引《尔雅》说："询，信也。"注引《方言》："宋卫曰询。"卢氏所见本《方言》作"恂"。《毛诗》用借字"洵"，《韩诗》作"恂"是用本字。

燕婉之求。

《太平御览》卷九百四十九引《外传》"燕婉"作"嬿婉"，此异文又见《玉篇·女部》。另外《文选》苏武《古诗》、曹植《送应氏诗》、刘琨《答卢谌诗》、张衡《西京赋》李善注具引诗作"嬿婉"。今按：《毛传》云："燕，安。婉，顺。"考之《说文》："晏，安也。"《后汉书·边让传》"展中情之嬿婉"李贤注说："嬿，安也。"又《说文》："曣，目相戏也。"并引此句作"曣婉求之"。可见燕、嬿、曣都是借字，本字是"晏"。《毛传》是破通假，直释本字晏之义。

河水浼浼。

《释文》云："浼，每罪反。《韩诗》作'浘浘'，音尾。云：'盛貌。'"

今按：《韩诗》用字"浘浘"载诸《玉篇》曰："水流貌。"字又作"亹亹"，《礼记·礼器》郑玄注说："亹亹，犹勉勉也。"字又见《文选》左思《吴都赋》"清流亹亹"，李善注引《韩诗》"亹亹，水流进貌"。另外，《说文》载录"澣"字，云："水流浼浼貌。从水，闵声。"清儒马瑞辰注意到这几处经文异字，他的解释是："浼，古音读如门，与澣音近，浼浼即澣澣之假借。"又说："浼浼通作泯泯，犹勉勉通作亹亹，皆一声之转也。"马氏所云是。（参《毛诗传笺通释》160页）钱大昕有"古无轻唇音"说，即中古微母字上古读明母。《毛诗》作"浼"，明母字，《韩诗》作"亹""泯"，皆微母字。可见毛、韩经文用字是同音通假关系。

鸿则离之。

《太平御览》卷九百四十九引《外传》"离"作"罹"。

今按：罹是本字，《毛诗》作离，是用借字。离、罹古通用。《王风·兔爰》"雉离于罿"，《汉书》师古注引作"雉罹于罿"。《文选》张衡《思玄赋》李善注云："离，罹也。"正是破通假给出本字之谊。

髧彼两髦，实维我特。

《释文》说："《韩诗》作直，云相当值也。"

今按:《毛传》云:"特,匹也。"匹就是匹敌之匹,与配、妃、妣等字同源。这正和韩说"当值"吻合。陈乔枞《韩诗遗说考》举出多种书证,比如《史记·叔孙通传》"吾直戏耳",《汉书》正作"特",等等。在《魏风·伐檀》有"河水清且直猗"与"胡瞻尔庭有县特兮"以"直""特"为韵,这些都是"直""特"二字同音之证。今按:这里"直""特"是钱大昕说的"古无舌上音"的一例。"直"是"澄"母字,在上古读定母。陈乔枞等清人之说有不尽之处,今人袁梅之说不确。(《诗经异文汇考辨证》68页)

中冓之言,不可道也。

《释文》:"冓,本又作遘。古候反。《韩诗》云:中冓,中夜。谓淫僻之言也。"

今按:考之《玉篇》"篝,夜也。《诗》曰:中篝之言,中夜之言也。"又云:"篝,本亦作冓。"这里《玉篇》或承《韩诗》之训。《毛传》云:"中冓,内冓也。"可知:《玉篇》所录"篝"是本字,《毛诗》作冓是同音借字。"中冓之言"是什么意思呢?《汉书·文三王传》载有:"是故帝王之意,不窥人闺门之私,听闻中冓之言。"可见,中冓之言即内冓之言，就是（半夜）内寝男女私密之言（淫僻之言）。中冓（中冓）又作"中垢"，见《大雅·桑柔》"征以中垢"，《毛传》说："中垢，言闇冥也。"正和此处之义相合。古音后（匣母）、冓（见母）音近韵同可通，比如邂逅，即邂遘。遘，即有相遇之义。

中冓之言，不可详也。

《释文》引《韩诗》云："扬，犹道也。"

今按：可见"详"《韩诗》作"扬"，宣扬之义。两字音同可通。

展如之人兮，邦之媛也。

《释文》曰："美女曰媛。《韩诗》作援。援，取也。"

今按：检之《说文》曰："媛，美女也。人所欲援也。从女从爰。爰，引也。《诗》云：邦之媛兮。"《韩诗》作援是借字。媛，援也。说明"媛"之所得名在于"人欲援"。另：猿，字亦作猨（见《楚辞》），因善攀援而得名。在"攀援"这个意义上，媛、援、猨是同源字。

人之无良，我以为兄。

《外传》"之"作"而"。

今按：二字叠韵，可通用。

乃如之人也。

《外传》《列女传·陈女夏姬》《说苑·辨物》引诗皆作"乃如之人兮"。以语气词"兮"结尾的诗句，尚有"乃如之人兮"（《邶风·日月》）、"展如之人兮"（《鄘风·君子偕老》）。

怀昏姻也。

《外传》《列女传·陈女夏姬》《说苑·辨物》引诗"昏姻"皆作"婚姻"。

今按：《说文》："昏，日冥也。从日氐省，氐者，下也。一曰民声。"可见"昏"是一个太阳观测时间点。许慎录"一曰民声"，有书证。比如《礼仪·士昏礼》《礼记·昏仪》之"昏"均写作"昬"。"昏"为本字，三家诗作"婚"是后起字。

有匪君子。

《鲁诗》《齐诗》"匪"作"斐"，《大学》《列女传》等引同。（《诗三家义集疏》267页）

《释文》云："匪，本又作斐。《韩诗》作邲，云：美貌也。"

今按：《毛传》云："匪，文章貌。"《礼记》郑注："斐，有文章貌也。"可见，《毛传》是破通假直释本字之义。《鲁诗》《齐诗》正是用本字。《韩诗》训为"美貌"，与"文章貌"义亦近。《韩诗》用字"邲"，字见《说文·邑部》，本是地名，《韩诗》是借音。又见《广韵》，云："邲，好貌。"或袭韩说。

如切如磋，如琢如磨。

《外传》《大学》《荀子·大略》《说苑·建本》《一切经音义》卷十一引《诗》"磋"均作"瑳"。

今按：王先谦说：《说文》无"磋"字，"瑳"下云："玉色鲜白。"治象齿令鲜白如玉，故谓之"瑳"。由此王氏认为三家诗作"瑳"是正字。袁梅从之，即以磋为借字。今按：磋从石，瑳从玉，互易偏旁，造字理据并无变化。瑳、磋当是异体字关系。

《太平御览》卷七百六十四引《韩诗》"如琢如磨"作"如错如磨"。

今按：传本《外传》亦作"琢"。宋绵初解释说：这是后人不明，因毛改易。其说或可从。又按："错"也是治玉之法。如《小雅·鹤鸣》："他山之石，可以为错。"《毛传》云："错，石也，可以琢玉。"《毛传》所云"可以琢玉"正指出了"错"与"琢"二字的音义关系，这正是《韩诗》用"如错如磨"不作"琢"的依据。

瑟兮僩兮，赫兮咺兮。

《释文》录《韩诗》"咺"作"宣"，云："显也。"

今按：这个字的异文较多，有作"喧"（《大学》引），有作"愃"（《说文》引），又有作"諠"，见郝敬《读书通》，而《文粹》卷二十四引李翰文作"煊"。

今按：《毛传》云："咺，威仪容止宣著也。"韩说"显也"，都和《说文》"愃，宽闲心腹貌"相同。又《礼记·大学》郑注："咺，宽绰貌。"可见：《说文》作"愃"是本字，三家诗等所用皆借字。同谐"亘"声，故有以上异文。

考槃在阿，硕人之薖。

《释文》录《韩诗》"薖"作"㛂"，并训为"美貌"。

今按：《韩诗》用字"𠈬"又见《广韵》，训为"美也"。这个字不见《说文》。俞樾认为：这个字当读为"和"，"和"古或以"呙"为之。《淮南子·说山训》"呙氏之璧"高诱注曰："呙，古和字。"字又从"玉"，载《文选》卢谌《古诗》李善注引《琴操》。本诗首章说硕人宽大，此章说硕人和平。俞樾之说甚是。这样，毛、韩诗皆用借字，本字或作"呙"（和）。《毛传》训"薖"为"宽大貌"，《韩诗》训为"美"，都是从"呙"（平和）而来的引申之义。

庶姜孽孽，庶士有朅。

《释文》云："朅，武壮貌。《韩诗》作桀，云：健也。"

今按：《毛传》云"朅，武壮貌"或是《释文》之所本。可见，毛、韩之训并无不同。《说文》录"朅"字，云"去也"。《说文》不录"桀"字，载"杰，傲也"。"傲"与"武壮貌"义近。可见《毛诗》用"朅"是借字，本字为"杰"。桀、杰本一字。"桀"又见《卫风·伯兮》，《韩诗》作"偈"，训为"健"，亦是同音相通。

容兮遂兮，垂带悸兮。

《释文》："悸，《韩诗》作萃，垂貌。"

今按：《毛传》云："垂其绅带悸悸然，有节度。"《郑笺》曰："及垂绅带三尺则悸悸然，行止有节度。"《毛诗》用"悸"，《韩诗》作"萃"，字皆载《说文》，云："悸，心动也。""萃，草聚貌。"可见这两字皆没有"垂"之义，皆借字。不出本字直出其义，这是古注之例，前面已多见。《左传·哀公十三年》有"佩玉繠兮"，杜注说："繠然服饰备也。"马瑞辰认为"繠然即垂貌"，又说"纟、季、卒古音同部，故通用。"其说可从。（参马氏《通释》217页）毛、韩皆用借字，本字是"繠"，《说文》所云"繠，垂也"正是此义。陈乔枞《韩诗遗说考》说亦是，似不若马氏简明。

虽则佩觿，能不我甲。

《释文》云："如字，狎也。《尔雅》同。《韩诗》作狎。"

今按：《毛传》云："甲，狎也。"可见毛用借字，韩用本字。高亨《诗经今注》云："亲昵也。能不我狎，即而不我狎，不懂得和我相亲昵成夫妇之好。"①

伯兮朅兮，邦之桀兮。

《文选》宋玉《高唐赋》李善注引《韩诗》"朅"作"偈"，又见《玉篇》："偈，武貌。《诗》曰：伯兮偈兮。"《释文》《广雅》皆录"偈"字，并云："偈，健也。"

今按：《硕人》亦作"朅"，《韩诗》作"桀"。皆是音同相通。

焉得谖草，言树之背。

《文选》谢惠连《西陵遇风献康乐》李善注引《韩诗》"焉得谖草"作"焉得萱草"。又引《韩诗章句》说："萱草忘忧也。"

今按：《毛传》曰："谖草，令人忘忧。"训"谖"为"忘"，非草名，《毛诗》所用定非本字。陆德明《释文》已揭示其秘，云："谖草，本又作萱。《说文》作蘐，云：令人忘忧也。"《说文》于"蘐"字引《诗》作"安得蘐草"。字又作"萲"（见《尔雅》陆德明《释文》所引）。据陆德明《释

---

① 高亨. 诗经今注［M］. 上海：上海古籍出版社，1980：90.

文》可知，"藼"是本字，韩、毛所用"谖""萱"等皆借字。另：朱熹《诗集传》曰："谖，忘也。谖草、合欢，食之令人忘忧。"（载《诗集传》61页）嵇康《养生论》载"合欢蠲忿，萱草忘忧"。"合欢"一名又见《本草纲目》。又按："忘忧草"之所以借用"谖""蕿""萱"（"藼"）等字，或是因为这些字都和"缓"（舒缓）字有声音关系，因字从爰而有引长之义，进而引申出舒缓（抒缓）之义（"有兔爰爰"《毛传》云："爰爰，缓意。"），而舒缓正与"忘记"相近。这样的话，从"爰""缓""谖""蕿"等的同源关系看，《说文》所录"藼"反而是借字，作"蕿"（或体作"谖"）才是本字。

悠悠苍天，此何人哉。

《外传》卷八引"悠悠苍天"作"悠悠仓天"。《太平御览》卷七百七十引"苍"亦作"仓"。

今按：《韩诗》是借"粮仓"之仓字为之以记音，《毛诗》用本字。"苍"是深蓝，《逍遥游》即有"天之苍苍"等，"苍天"于《庄子》又有"青天"的说法。《荀子》说："青，取之于蓝而青于蓝。"青、苍都是上天之色。"蓝"在上古是草名，不作色彩用，《小雅·采绿》有"采蓝"即用本义，用作"蓝色"是后来的事情。

彼其之子，不与我戍申。

《郑笺》曰："其，或作记，或作己，读声相似。"

今按：《郑笺》所云可正诸古籍。《礼记·表记》引《曹风·候人》："彼记之子，不称其服。"《释文》曰："记，本亦作己。"《外传》、《史记》、《汉书》师古注、《文选》李善注等具引作"彼己之子"。袁梅说："其"为正字，"己""记"为同音假借字。（《诗经异文汇考辨证》114页）

有女仳离，啜其泣矣。

《外传》卷二引"啜其泣矣"作"惙其泣矣"。

今按：《释名》录："啜，惙也。心有所念，惙然发此声也。"《一切经音义》卷四引《声类》："惙，短气貌也。"又卷十九引《字林》云："惙，忧也。"《毛传》云："啜，泣貌。"排比这些故训，可知"惙"正是人有忧伤而哭泣时候气短的样子。《毛诗》用字"啜"或是其借字。

大车啍啍，毳衣如璊。

《玉篇》录《韩诗》"啍"作"𨍓"，云"车盛貌"。《广韵》引《诗》作"大车嘞嘞"。《列子释文》录《内传》"璊"作"虋"，云"异色之衣"。

今按：《毛诗》用字见《说文》："啍，口气也。"这是用本字，《韩诗》及《广韵》所用皆借字，都表示大车之声音气势盛大。另外，《毛诗》所用"璊"，《韩诗》作"虋"，皆借字，而《说文》录"𪓐"或是本字。

谓予不信，有如皦日。

"有如皦日"是誓约之辞。《文选》潘岳《寡妇赋》李善注引《韩诗》"皦"作"皎"。《释文》云："皦，本又作皎。"《列女传·梁寡高行》引诗亦作"皎"。江淹《杂体诗》李善注引《毛诗》亦作"皎"，《太平御览》卷三引《诗》同。《玉篇》云："皎，通作皦。"

今按：诗无定字，可见一斑。袁梅认为："皦"是古文，"皎"为新字，今附录于斯，以备一说。陈奂等未作判断。又今人洪成玉《古今字字典》未收这两字。

将其来施施。

《颜氏家训·书证》云："《韩诗》亦重为施施。河北《毛诗》皆云施施，江南旧本悉单为施。"俞樾认为："当以江南本为正，经文止一施字，而传、笺并以施施释之，所谓以重言释一言也。后人不达此例，增经文作施施，非其旧矣。"俞说甚是。经文用单字，毛、郑以重字训解的例子多见，比如《邶风·击鼓》"忧心有忡"《毛传》曰："忧心忡忡然。"

缁衣之席兮。

《释文》："席，《韩诗》云：储也。"可见韩、毛皆用"席"字。《尔雅·释诂》（影宋本）作"席"，郭注、邢疏各引《诗》"缁衣之席兮"。

今按：考之《说文段注》，"储"有"积""具"等义。《毛传》："席，大也。"可见毛、韩诗训之义近。《说文》说"席"字"从庶省"，正是说席有大之义。

洵美且仁。

洪适《隶释》载《汉太尉杨震碑》引《诗》"洵"作"恂"。又"洵直且侯"（《郑风·羔裘》）

《外传》卷二引"洵"作"恂",另外《郑风·溱洧》"洵讦且乐"《释文》录《韩诗》"洵"作"恂"。又《史记集解》引"洵美且都"(《郑风·有女同车》),"洵"亦作"恂"。前面已录《邶风·静女》之"洵美且异",《韩诗》"洵"亦作"恂"。考之《说文》:"恂,信心也。""洵,过水中也。"可知恂、洵音同互用。

二矛重乔,河上乎逍遥。

《释文》云:"乔,《韩诗》作鷮。"

今按:考之《说文·鸟部》录"鷮,走鸣长尾雉也"。又在《说文·隹部》录"雉有十四种",其中有一种"乔雉"。《尔雅·释鸟》亦作"鷮"。又《释文》云:"毛音桥,雉名。"可见《韩诗》用本字,《毛诗》用借字。另《毛传》曰:"重乔,累荷也。"这是解释"重"字,累荷即负荷。陈奂有细致考订。(见《诗毛氏传疏》254页)

洵直且侯。

《外传》卷二引"洵"作"恂"。

今按:《毛诗》作"洵",《韩诗》作"恂",已多见,可参前文所证。

舍命不渝。

《外传》卷二引作"舍命不偷"。

今按：马瑞辰云："渝，古音如偷，偷即渝之假借，犹《山有枢》他人是偷，笺读为渝。皆谓虽至死而舍命亦不变耳。"马说甚是。"渝，变也"是常训，"偷"训为苟且，多见《荀子》《淮南子》古注等早期书籍。《毛诗》用本字，《韩诗》以借音字"偷"代之。

东门之栗，有践家室。

《艺文类聚》卷八十七、《白帖》卷九十九引《韩诗》作"有竫家室"。又《太平御览》卷九百六十四、《事类赋》注二十七、王应麟《诗考》引"有践家室"作"有靖家室"。

今按：竫、靖音同，均训为"善"。《毛诗》作"践"是用借字。《礼记·曲礼》"日而行事则必践之"郑注云："践读曰善。"马瑞辰据《毛传》"行列貌"认为"有践家室"之"践"读为"笾豆有践"之"践"，就是说：行栗于家室之前，貌如有列整齐也。并说"践""翦"古通用。马说精审或可采信。

纵我不往，子宁不嗣音。

《释文》曰："毛：嗣，习也。郑：续也。《韩诗》作诒。诒，寄也，曾不寄问也。"

今按：《后汉书·班彪传》注云"台读曰诒"，"台"即"诒"之借字。"台"读"诒"的古音，今字"怡"存焉。郑玄曾学《韩诗》，《郑笺》所云："嗣，续也。女曾不传声问我，以恩责其忘已。"此说和《韩诗》所说"曾不寄问"相合。《楚辞·惜诵》王逸注曰："诒，遗也。"又说："诒我德音也。""嗣""诒"音同相借之例又有《虞书》"舜让于德不嗣"，《史记集解》引《今文尚书》作"不台"。

缟衣綦巾，聊乐我员。

据《释文》："员"《韩诗》作"魂"，《韩诗章句》曰："魂，神也。"

今按：对于毛、韩经字之不同，冯登府引出《毛诗正义》："员、云，古今字。"并考正说："魂"亦与"云"通，《释文》本作"云"。今按：《毛诗》所作"员"，《韩诗》所作"魂"，皆为借字，"云"为本字，是一虚词。朱熹《诗集传》即主此说（见《诗集传》86页）。戴震于"聊乐我员"下注曰"音云"，这是直音。又加按语说："员，旋也。言聊乐与我周旋。"并举《小雅·正月》"昏姻孔云"、《左传·襄公二十九年》"其谁云之",皆"周旋"之义。考之本诗下章作"聊可与娱",是"乐""娱"对举,其义已足。可见戴氏之说通,亦有可商之处,其高足段玉裁《诗经小学》即不从师说(详参《段玉裁全书》影抱经堂本498页)。今复核《正义》知:冯氏引文不全,《正义》于"员、云,古今字"的判断下另有半句"助句词也",似宜从段氏不省。今人程俊英释为"员,友、亲爱",实从马瑞辰,今附录于斯,聊备一说。又按:《韩诗章句》训"魂,神也"是未破通假,或不可取用。陈乔枞有调停之说,王先谦采录,有维护三家诗强为之说的嫌疑,或亦不可从。(陈氏说见《韩诗遗说考》,续修四库本,又见王先谦《诗三家义集疏》368页)又按:这里《毛诗》作"员"(音云),《韩诗》作"魂",是典型的"喻三归匣",其中"魂"即匣母字,参曾运乾《喻母古读考》。

溱与洧,方涣涣兮。

《释文》:"涣涣,春水盛也。《韩诗》作洹洹,音丸。"

今按:《史记·郑世家》正义,《后汉书·袁绍传》注，《文选》颜延之《三月三日曲水诗序》注，《太平御览》卷三十、五十九、一百五十九、九百八十三等引《韩诗》"涣涣"亦作"洹洹"。《汉书·地理志》引诗作"灌灌"。《说文》于"潧"字下引诗作"涣涣"，段玉裁校改为"汍汍"并据《汉志》所引认为作"灌灌"即读为"汍汍"。可见：《韩诗》所用"洹洹"（汍汍）为本字，《毛诗》所用"涣涣"、《汉书》所用"灌灌"皆为借字。

洵讦且乐。

《释文》曰："洵，《韩诗》作恂。"

今按：《毛诗》作洵，《韩诗》皆作恂，参见前文考订。

《释文》又录："吁（讦），《韩诗》作盱。云：恂盱，乐貌也。"

今按：从"于"之字多有大之义，比如"芋"等。"盱"训为"乐"也训为"大"。"恂"训为"信"。所以，陈奂说："洵吁（讦）且乐，言溱水之外，其地信广大且以喜乐。"其说可从。

溱与洧，浏其清矣。

《文选》张衡《南都赋》李善注引《内传》作

"瀏"，云："瀏，清貌也。"

今按：《韩诗》作"瀏"，《后汉书·冯衍传》引诗作"溜"，皆与《毛诗》用字"浏"音义并同，可以通用。"刘"与"留"之相假，《诗》亦有证"彼留之子"，"留"即"刘"也。《韩诗》训"瀏"为"清"，此训后录诸《广韵》。

子之还兮。

《释文》："还，《韩诗》作嫙。嫙，好貌。"

今按：《韩诗》用本字。下章作"茂"，三章作"昌"，《韩诗》训为"好"，甚是。细读《毛传》，"还，便捷之貌"，可见"还"读为"旋"，正是《韩诗》用字"嫙"之假借。《释文·庄子》曰："还，音旋，回也。"《汉书·晁错传》师古注曰："还读曰旋。"其实，旋、还、环等是一组同源词，都有"圆圈""返转"等义。凯旋之旋即旋踵之旋，其情正是脚踵在地上打个圆圈返回。马瑞辰《毛诗传笺通释》亦有相关讨论，今不备录。"还""旋"假借例又见《魏风·十亩之间》"行与子还兮"，《释文》曰："还，本亦作旋。"

揖我谓我儇兮。

《释文》录:"儇,《韩诗》作婘,云:好貌。"

今按:《毛传》:"儇,利也。"《韩诗》:"婘,好貌。"毛、韩两家之训也近。根据语境,下章用"好",三章用"臧"字,《韩诗》之训或更嘉。《陈风·泽陂》有:"有美一人,硕大且卷。"《毛传》曰:"卷,好貌。"《释文》曰:"卷,本又作婘。"《毛传》正与此处《韩诗》所训相同。卷、婘、拳等同源,其核心义是弯曲。这里《韩诗》用"婘"是本字,《毛诗》之"儇"是借字。婘、儇音近,意义也近。婘读为卷,有弯曲成圆圈的意思,儇可读还、环,都有圆圈之义。另:拳头也是因弯曲成圆圈才有力量而得名。

衡从其亩。

《释文》云:"衡,亦作横。《韩诗》云:东西耕曰横。"又在"从"下说:"《韩诗》作由,云南北耕曰由。"

今按:考之《一切经音义》卷三、六引《韩诗》"衡从"作"从横"。同书卷二十四引《韩诗说》作"从广"。可见早期古典流传之不稳定。另外《白帖》卷八引诗作"横纵"。《一切经音义》引

《周礼》郑注："广，横也。"《周易》有"由豫""由颐"，虞翻注："由，从也。"可见《韩诗》用字于古有据。

其鱼唯唯。

《释文》："《韩诗》作遗遗，言不能制也。"

今按：《毛传》曰："唯唯，出入不制。"《郑笺》说："唯唯，行相随顺之貌。"考之《玉篇》："澅澅，鱼行相随。"字又见诸《广韵》，云："澅，鱼盛貌。"可见《韩诗》《毛诗》用字音同，可互借。

舞则选兮。

《文选》傅毅《舞赋》李善注、陆机《日出东南隅行》李善注各引《韩诗》作"舞则篹兮"。《韩诗章句》曰："言其舞应雅乐也。"与《毛传》"选，齐"义近。《邶风·柏舟》"不可选也"，《后汉书》引作"算"。又《论语·侍坐章》也有"二三子之撰"，一本作"选"，郑玄训为"诠"。"诠"来自"全"，所以可以训为"完备"，引申为善。本诗"算""选"音近通假，"篹""选"亦通假。"选"为本字，《韩诗》用"篹"是借字。

射则贯兮，四矢反兮，以御乱兮。

《释文》云："反，《韩诗》作变。"

今按：钱大昕说："古读反如变。"陈奂云："反、变古皆平声。"可见反、变古音可通用。

掺掺女手，可以缝裳。

《文选·古诗十九首》注引《韩诗》作"纤纤女手"。《吕氏家塾读诗记》引董逌云："《石经》作攕攕女手。"《说文》《玉篇》引诗亦作"攕攕"。

今按：《韩诗章句》说："纤纤，女手之貌。"高亨《诗经今注》说："形容女子手的纤美，此有瘦细之意。"(《诗经今注》141页)考之《说文》："纤，细也。"可知《韩诗》用本字，《毛诗》等用借字。

彼其之子。

今按：《外传》"其"具作"己"。前文已辨，此不赘言。

蟋蟀在堂，岁聿其莫。

《文选》李善注引《韩诗章句》"莫"作"暮"。《艺文类聚》卷九十二引《毛诗》"莫"亦作"暮"。

今按:"莫"是古字,"暮"是"莫"字加义符"日"之后的分化字,两字是古今字关系。

今夕何夕,见此邂逅。

《释文》著录《韩诗》云:"邂覯,不固之貌。"王氏《诗考》引《韩诗》"邂逅"作"邂遘"。山井鼎《考文》谓古本作"解覯"。

今按:"邂逅"于《毛诗》凡两见。《郑风·野有蔓草》"邂逅相遇",《毛传》曰:"邂逅,不期而会。"再就是《唐风·绸缪》"见此邂逅",《毛传》曰:"邂逅,解说之貌。"胡承珙认为:"邂逅"当作"解构",但为会合之义。《淮南子·俶真训》"孰肯解构人间之事"高注:"解构,犹会合也。"胡氏又说:"盖凡君臣、朋友、男女之遇合,皆可言之。"其说甚是。遘、覯、构(構)、媾等字都是从"冓"而来,是组同源字,核心义为"交合""交错"等。《诗》又有"中冓之言",见前文考订。胡氏又疏通毛、韩之训,亦足可取。他说:《毛传》所云"解说之貌",即因会合而心解意说耳。今按:《毛传》所云"邂逅,解说之貌",其中的"说",可读为"悦",也可以读为"脱",皆通。《韩诗》训为"不固之貌",就是说"不期而遇",猝然会合，是不固定之会。可见毛、韩之诗并无不同，但用字不同，训说有近有远而已。《韩诗》用"邂逅"是本字，其他皆同源字相假借。

悠悠苍天。

《释文》曰："苍，本亦作仓。"

王应麟《诗考》引《外传》作"悠悠仓天"。

今按：韩用借字，毛为本字，前文已有考辨。仓、苍相借多见，比如《礼记·月令》："衣青衣，服仓玉。"

噬肯适我。

《释文》曰："《韩诗》作逝。逝，及也。"

今按：陈乔枞说：毛于《邶诗》"逝不古处"云：逝，逮也。次章"逝不相好"云：不及我以相好。是训"逝"为"逮"，训"逮"为"及"，义皆展转相通。此诗"噬"即"逝"之借字。陈说得之。《尔雅》又录"遾"亦训为"逮"，亦是假借字。

未见君子，寺人之令。

《释文》："令，《韩诗》作伶。云：使伶。"

今按：王先谦云："考案经典，凡命令、教令、号令、法令等用'令'字者，皆尊重之词。至使令，亦间用之，盖出自假借，当以'伶'为正，故韩以'伶'易'令'也。"考之《说文》："使，伶也。""伶，弄也。"可以推见王氏之说是。《韩诗》用本字。

载寝载兴，厌厌良人。

《文选》左思《魏都赋》李善注引《韩诗》云："愔愔，和悦之貌。"

今按：《列女传·楚于陵妻》引《诗》作"愔愔良人"，正与《韩诗》用字同。《毛传》云："厌厌，安静也。"其训与韩说亦不远。考《说文》《尔雅》录有"恹"字，并训为"安"。《广韵》有"愔"字，训为"靖"。可见，"恹"是本字，韩、毛诸家用借字。

宛在水中沚。

《文选》潘岳《河阳县作诗》李善注引《韩诗》作"宛在水中㳅"。《韩诗章句》曰："大渚曰㳅。"《毛传》曰："小渚曰沚。"这个说法又见《穆天子传》"饮于板㳅之中"。郭注曰："㳅，小渚也。"可见"洔""沚"可以通用。"寺""止"音同又见于"诗言志也""诗者志之所之也"等声训资料中。又《毛诗》"之子于归"安大简作"寺子"。

颜如渥丹。

《释文》:"丹,如字。《韩诗》作沰。沰,赭也。"《外传》卷二引"渥丹"作"渥赭"。《郑笺》云:"颜色如厚渍之丹。"

今按:《邶风·简兮》即有"赫如渥赭",《郑笺》曰:"硕人容色赫然,如厚傅丹。"《封氏见闻记》有:"赭,或谓之柘木染。"《本草》有录:"柘木染黄赤色,谓之柘黄。"可见沰、赭音义具同,可以互用。

有纪有堂。

《释文》:"纪,本亦作杞。"

《白帖》"终南山类"引诗作"有杞有棠"。

今按:王引之根据语境有精彩的考订,并说:唐时齐、鲁诗皆亡,唯《韩诗》尚存,则所引盖《韩诗》也。其说通,或可采信。《韩诗》用本字,《毛诗》用"纪""堂"是借字。

䫻彼晨风，郁彼北林。

《外传》卷八引诗"䫻彼晨风"作"鹬彼晨风"。

今按：王褒《四子讲德论》引《韩诗》亦同。"鹬"字见《说文》，曰："知天将雨鸟也。"宋绵初说："鹬，字书作聿，疾飞貌。木华《海赋》：鹬如惊凫之失侣。"《毛传》："䫻，疾飞貌。"可见两字形异义同。《释文》："䫻，《说文》作鴥。"《唐石经》、相台本等作"䫻"。《尔雅》《蜀都赋》等引诗作"鴥"，这是字形不稳定，左右偏旁相互转易造成的。

据《释文》"郁彼北林"，韩、毛同用"郁"字。《易林》作"温"、《周礼·函人》作"薁"等都是用借字。韩、毛用"郁"是本字。比如《易林》："晨风之翰，大举就温。""温"读"蕴"。《大雅·云汉》"蕴隆虫虫"一本作"温"。陈乔枞有细致考订，此不详录。

宛丘之下。

《外传》引诗"宛丘"作"韫邱"。

今按：这句诗还有其他异文，《水经注·濄水》引诗作"菀邱之下"。《淮南子·俶真训》高诱注曰:"苑读南阳苑。"清人庄逵吉云:"南阳苑即宛县字也。"这条可以和上一条联合看。宛、菀、温、蕴、韫等,古可相假借。

谷旦于差,南方之原。

《释文》:"差,王音嗟,《韩诗》作嗟。""旦,本亦作且。"

今按:马瑞辰有考订,他说:"差,当从《韩诗》及王本作嗟。"又说:"谷且吁嗟,犹言善吁嗟也。"

泌之洋洋,可以乐饥。

《外传》卷二、《列女传·楚老莱妻》引诗"可以乐饥"作"可以疗饥"。《太平御览》卷五十八引亦同。

今按:《释文》说:"乐,本又作𤻂。"《郑笺》正作"可饮以𤻂饥"。字见《说文》,训为"治"。"疗""𤻂"古同字。《毛诗》用"乐"是借字,《韩诗》用本字。

可与晤言。

《外传》引诗作"可晤言",夺"与"字。

今按：《列女传》等书引诗"晤"作"寤"。《毛传》云："晤，遇也。"《郑笺》曰："晤，犹对也。"可见毛用本字，余用借字。从"五"音的字多有交午、交遇等意思。比如本诗的"晤言"就是交谈，"语"是相对于"直言曰言"的辩难，"午"是阴阳交午。

歌以讯之。

《释文》："讯，本又作誶，告也。《韩诗》：讯，谏也。"《玉篇·言部》引《韩诗》曰："歌以誶止。"《广韵》引诗同，云："誶，告也。"

今按：王念孙《广雅疏证》说："讯字古读若誶，故经传二字通用。"另外：《释文》所录《韩诗》"讯，谏也"，王先谦认为"谏"是"諫"之误。考订细密，可从。《韩诗》用"誶"是本字，《毛诗》用"讯"是借字。

谁侜予美。

《释文》："美，《韩诗》作娓。"

今按：《说文》："媄，色好也。"又"美，甘也。""媄"字古又作"媺"。"媺"与"尾"音近通用。《韩诗》是借"娓"为"媺"（媄）字。

有美一人，伤如之何。

《玉篇·阜部》引《韩诗》曰："有美一人，阳若之何。阳，伤也。"

今按：《尔雅·释诂》有："阳，予也。"郭注引《鲁诗》正作"阳如之何"，并说：今巴、濮之人自呼为阿阳。《鲁诗》《韩诗》用字同，训解不同。《韩诗》训为"伤"，与《毛诗》同。毛用"伤"或是本字。读"伤"正合郑玄所训"伤，思也。我思此美人，当如之何而得见之"。

匪风发兮，匪车偈兮。

《外传》引诗"匪车偈兮"作"匪车揭兮"。

今按：《白帖》卷十一引诗作"朅"。《说文》不录"偈"而有"揭"（高举也）、"朅"（去也）。至《广雅》录："偈，疾也。"《汉书·王吉传》引诗作"匪车揭兮"，师古注："揭揭，疾驱貌。"《毛传》："偈偈，疾驱。"可见毛、韩说诗义同。《白帖》作"朅"也是义近。古人"往来"多云"朅来"。陈乔枞认为：《毛诗》用"偈"是"朅"之借字。《韩诗》作"揭"亦是借字。其说或可从。《卫风·伯兮》诗所用"朅"，《韩诗》作"桀"，前文已录。

一之日觱发。

《玉烛宝典》引《韩诗章句》:"韩说曰:一之日毕发。"

今按:《说文》引诗"觱发"作"滭冹"。滭,"毕"声旁字,可知《韩诗》直作"毕"是借字,《毛诗》作"觱"亦是借字。许慎所引"滭冹"是本字,训"风寒也"。

彻彼桑土。

《释文》:"土,音杜。《韩诗》作杜,义同。《方言》云:东齐谓根曰杜。《字林》作敁。"董逌引石经亦作"杜"。

今按:《毛传》曰:"桑土,桑根也。"正合《释文》录《方言》所云,可见《韩诗》作"杜"是本字,杜是形声字,读"土"声,正为《毛诗》所省借。《字林》所录也是同音借字。

烝在栗薪。

《释文》:"栗薪,毛如字,郑音列。《韩诗》作蓼,聚薪。"

今按:《郑笺》云:"栗,析也。……古者声栗、裂同也。"郑说有据,厉山氏又作烈山氏。

《韩诗》之训"聚薪",也有旁证。《玉篇》有"藆"字,训为"长大貌"。又检之朱熹《诗集传》说:"栗,周土所宜木,与苦瓜皆微物也。"此直以栗木释之。三家之说,今无法确证,录而存疑。

我觏之子,衮衣绣裳。

《玉篇》引《韩诗》"衮衣"作"绬衣",并云:"绬衣,纁衣也。《仓颉篇》:绬,纮也。"(《玉篇·零本》328页)

今按:《释名·释首饰》曰:"衮,卷也。画卷龙于衣也。"《毛传》曰:"衮衣,卷龙也。"陈奂说:"衮与卷古同声。卷者,曲也,象龙曲形,曰卷龙。"可见"衮"因为曲卷而得名。《韩诗》用"绬"字,《类篇》云:"绬,一曰纁色衣也。"王先谦引陈奂等说,认为:纁衣就是礼服之纯衣。(《诗三家义集疏》543页)韩、毛用字不同,训解方向也大不相同。

和乐且湛。

《释文》录"湛"字又作"耽"。

今按:此句亦见《小雅·常棣》,《中庸》引作"耽",《外传》卷八引同。《释文》录又作"耽",

并录《韩诗》云:"耽,一作妉,乐之甚也。"考之《说文》:"耽,耳大垂也。"其本义是"耳朵甚大"。另载录:"媅,乐也。"可见毛用"湛",韩用"耽",皆借字,本字为"媅"("妉"是其异体字)。

駪駪征夫。

王应麟《诗考》引《外传》引诗作"莘莘征夫"。《楚辞·招魂》王逸注引诗作"侁侁征夫"。

今按:駪、莘古音同可通用。《周南·螽斯》"诜诜",《说文》作"甡甡"。《孟子》《楚辞》等书所载"有莘氏","莘"《左传·昭公元年》作"姺",《吕氏春秋》作"侁"。

傧尔笾豆,饮酒之饫。

《文选》左思《魏都赋》张载注引《韩诗》曰:"宾尔笾豆,饮酒之醞。"

今按:《毛传》曰:"傧,陈。"《广雅·释诂》云:"宾,列也。"可见宾、傧字义相同,古实为一字两形,后来有分工。《说文》:"傧,导也。"另"饫"《韩诗》作"醞",马瑞辰《毛诗传笺通释》有详细考订,认为是音同假借关系,其说可从。

檀车幝幝。

《释文》:"(幝)尺善反。敝貌。《说文》:车敝也,从巾、单。《韩诗》作襢,义同。"

今按:《韩诗》用字见《说文》,曰:"偏缓也。"马瑞辰认为其训本《韩诗》。《说文》又录"繟"("带缓也")、"㚲"("读若行迟㚲㚲")。可见这三个字都有"缓慢"义,而《毛传》曰:"幝幝,敝貌。"马瑞辰说:"物敝则缓,义正通。"可见韩、毛诗音同字相假借,经旨无别。

厌厌夜饮。

《释文》:"厌厌,《韩诗》作愔愔,和悦之貌。"《文选》宋玉《神女赋》、左思《魏都赋》、嵇康《琴赋》三文李善注各引诗亦作"愔"。

今按:《毛传》云:"厌厌,安也。"这是直释本字义。考之《说文》:"恹恹,安也。"可知"恹恹"是用本字。《韩诗》用"愔愔"是音近借字,字见《三仓》云:"愔愔,性和也。"《毛诗》作"厌",三家诗多作"音"或从"音"。"厌浥行露"作"湆湆行露","厌厌良人"作"愔愔良人","厌厌其苗"作"稽稽其苗"等,毛、韩均用借字,《说文》所录"恹"是本字。

菁菁者莪。

《文选》班固《东都赋》载《灵台诗》李善注引《韩诗》"菁菁"作"蓁蓁",《韩诗章句》曰:"蓁蓁,盛貌也。"

今按:音近通假,考《说文》:"菁,韭华也。"其并无茂盛之义,《韩诗》用字或是本字。

东有甫草。

《后汉书·班固传》注、《后汉书·马融传》注、《文选》班固《东都赋》注各引《韩诗》作"东有圃草"。

今按:《毛传》:"甫,大也。"《郑笺》说:"甫草者,甫田之草也。郑有甫田。"细味毛、郑诗,亦是破通假释义。"甫"载《说文》:"男子美也。"《韩诗章句》曰:"圃,博也。有博大茂草也。"薛君是声训,甫、浦、铺(赋)、薄、博等是同源字。《国语·周语中》:"薮有圃草,圃有林池。"韦昭注说:"圃,大也。必有茂大之草以备财用也。"正是用本字"圃"。《毛诗》作"甫"是借字,《郑笺》已明其例,胡承珙曰:"郑之甫田正以广大有草得名。其不破甫为圃,则是申《传》而非易《传》明也。"(《毛诗后笺》871页)胡氏之说甚谛。

有母之尸饔。

《外传》卷七引《诗》"饔"作"雍"。

今按：《周礼》有"内饔""外饔"等职官。《仪礼·少牢馈食礼》"饔"皆作"雍"。此处韩、毛经文用字，亦是同例。字又作"雔"，见《国语》，是假借字。

在彼空谷。

《文选》班固《西都赋》注、陆机《苦寒行》注皆引《韩诗》作"在彼穹谷"。并引《韩诗章句》曰："穹谷，深谷也。"

今按：《毛传》曰："空，大也。"又录"穹，穷也。"《说文段注》曰："穷者，极也。"《小雅·节南山》"不宜空我师"，《毛传》说："空，穷也。"可见空、穹音近可互训通用。又如：《周礼》载"穹者三之一"，郑司农曰："穹，读为志无空邪之空。"再按：袁梅认为"穹"是本字，《毛诗》作"空"是用借字（《诗经异文汇考辨证》399页），或可商。

如鸟斯革。

《释文》："革，如字。《韩诗》作翋，云翅也。"

王应麟《诗考》同。

今按：陈奂说："革，古文鞠。古文假借革为鞠也。"韩用本字，毛为借字。

或寝或讹。

《释文》："讹，《韩诗》作譌。譌，觉也。"

今按：陈乔枞有考订，其学细密，可从。讹、譌、吪三字通。

昊天不佣。

《释文》："佣，均也。《韩诗》作庸。庸，易也。"

今按：韩训为"易"，即"平易"之易。《毛传》曰："佣，均也。"即"平均"之"均"。韩、毛之训近。韩字作"庸"或是"佣"之省文。又《晋书·元帝纪》引诗作"昊天不融"，作"融"是音声相同而假借之故。

番维司徒。

《释文》："本或作潘，音同。《韩诗》作繁。"

今按：《韩诗》"番"作"繁"是音同假借字。《汉书·古今人表》作"司徒皮"。古"番""皮"

音同。比如：《周礼·大司乐》"播之以八音"，郑玄注曰："播之言被也。""繁"与"皮"古音亦同。《仪礼·乡射礼》云："君国中射则皮树中。"郑玄注曰：今文"皮树"为"繁竖"，即是其证。

谗口嚻嚻。

《释文》："嚻嚻，《韩诗》作聱聱。"《吕氏家塾读诗记》《诗考》引同。

今按：《文选》李善注又引"嚻"作"謷"，《潜夫论》引作"敖"。从言从口字多相通，或是一字两体。即"謷"与"聱"本一字。"謷"又写作"嗷"，文字结构不稳定之故。

谋犹回遹。

《释文》："遹，《韩诗》作鴥，义同。"

今按：《文选》班固《幽通赋》李善注引《韩诗》作"谋猷回穴"，载曹大家注曰："回，邪也。穴，僻也。"潘岳《西征赋》注引《韩诗》作"谋猷回沉"，录《韩诗章句》曰："回沉，邪僻也。"《韩诗》作"穴""沉""鴥"皆假借字。再如，"鴥彼晨风"，《韩诗》作"鴪彼晨风"。

是用不集。

《外传》卷六引作"是用不就"。王氏《诗考》引同。

今按：《毛传》曰："集，就也。"古"集""就"通用。比如：《尚书顾命》"克达殷集大命"，汉石经作"可通引就大命"。"集""就"都是"成"（从丁声）义，成即大成之成。《小尔雅》："集，成也。"《左传·成公二年》"可以集事"，杜注曰："集，成也。"《毛传》多因声取义，此处《毛传》所云"集，就也"正是一例。袁梅说：《韩诗》作"就"，乃后人据《毛诗》妄改（《诗经异文汇考辨证》460页）。其说于古无据，或可商。

民虽靡膴。

《释文》："靡膴，《韩诗》作靡腜。犹无几何。"

今按：字又见《大雅·緜》："周原膴膴。"《文选》左思《魏都赋》李善注引《韩诗》"膴"作"腜"。又《左传·僖公二十八年》作"原田每每"。《正义》录王肃读为"幠"，训为"大"。又《周礼·腊人》载"膴胖之事"，后郑注云："膴与大一也。""膴"训为大，与《尔雅》录"幠"通。《韩诗》用"腜"是借字，《毛诗》用"膴"亦是借字，

"幠"或是本字。作"每""脙"都和"膴"声音相转，亦是借字。

翰飞戾天。

《文选》班固《西都赋》李善注引《韩诗》作"翰飞厉天"。《韩诗章句》曰："厉，附也。"

今按：段玉裁下按语说："厉天"犹俗云"摩天"。（《诗经小学》541页）《毛传》："戾，至也。"这是说"鸣鸠"高飞至天，戴震、胡承珙、陈奂均从《毛传》，未置新说。段氏不满足但通经义，考经字是他作为小学家的兴致。韩、毛用字是同音字，意义并无差别。"厉天"之"厉"即"砺"字，磨刀之时，我们把刀面紧贴（附丽）其上，所以《韩诗章句》说："厉，附也。"段玉裁又说俗语作"摩天"，"摩"即"磨"。《论语》"如琢如磨"，《释文》正作"摩"。《说文》："摩，研也。"又《吕览·上农》高注有"厉，摩也"。可见"厉""摩"都有"靠近""贴近"的引申之义。又按：薛君训"厉"为"附"，或是"丽"字之借，就是依附、附丽之义。字后写作"伉俪"之"俪"。《小雅·菀柳》有"有鸟高飞，亦傅于天"。《郑笺》："傅，至也。"就和这里的《毛传》相合。所以"傅"即

"附"也，傅天、附天、摩天，皆近天义也。韩曰近天，毛说至（到达）天，无别。在经文用字上，韩用厉，是本字，《毛诗》用借字"戾"。

哀我填寡。

《释文》："填，徒典反。尽也。《韩诗》作疹。疹，苦也。"

今按：胡承珙认为《毛传》训为"尽"，是读"填"为"殄"的借字。《大雅·瞻卬》有"邦国殄瘁"，《毛传》曰："殄，尽也。"正是其据。马瑞辰考之细密，他考订《韩诗》作"疹"是"胗"之借字。检之《说文》录"胗"字，载录籀文正作"疹"。《大雅·云汉》"胡宁瘨我以旱"，《郑笺》："瘨，病也。"《毛诗》作"瘨"，《韩诗》作"疹"。可见，疹、胗、填、瘨古多通用。

宜岸宜狱。

《释文》："岸，如字，讼也。韦昭注《汉书》同。《韩诗》作犴，音同。云：乡亭之系曰犴，朝廷曰狱。"

今按：《说文》录"犴"下引《毛诗》正作"犴"。《初学记》卷二十、《太平御览》卷六百四十三引《韩诗》，《荀子》杨注、《风俗通义》、《盐铁论》等各引诗，"岸"均作"犴"。犴、岸（古字作厈）都是"干"的分化字。涯岸之岸，《诗》又直作"干"，比如"置之河之干兮"。《毛传》训"岸"为"讼"是直训本字，以"岸"为"犴"之借字。《韩诗》作"犴"乃本字。又按：犴本从"豸"，后来归为"犬"部。再如"猫"从"豸"，苗苗声也，后来归入"犬"部，写作猫。又：岸，古字作"厈"，从"厂"，干声，后来加义符"山"，繁化为"岸"。

僭始既涵。

《释文》："涵，毛音含，容也。郑音咸，同也。《韩诗》作减，减少也。"

今按：郑读"咸"，韩读"减"，一也，减谐"咸"声。《汉书·石奋传》"九卿咸宣"，服虔音"减损"之"减"，《史记·酷吏传》亦作"减宣"，即是明证。又据陈乔枞考订：《礼记·月令》"水泉涵竭"，《吕览·仲冬季》引作"减竭"。可见上古涵、咸、减字相通用。

跃跃毚兔。

《史记·春申君传》引作"趯趯毚兔"，注引

《韩诗章句》同。《文选》张衡《西京赋》注、鲍照《拟古诗》注、《初学记》卷二十九各引《毛诗》同。

今按：字从足，从走，本同，作"趯趯"与作"跃跃"本是一字两形。两字互训更是多有，比如《召南·草虫》有"趯趯阜螽"，《毛传》："趯趯，跃也。"《汉书·李寻传》师古注曰："趯与跃同。"师古之说是。

我心易也。

《释文》："易，《韩诗》作施。"俞樾云："易、施二字古通用。"

今按："易"读"施"，见《左传·隐公六年》："《商书》曰：'恶之易也，如火之燎于原。'""易"即读为"施"，即蔓延之延字。《毛传》曰："易，说也。"陈奂认为是读"易"为"怿"（《诗毛氏传疏》654页）。"怿"见《大雅·板》，《毛传》正训为"说（悦）"。《韩诗》作"施"，训为"善"，用字不同，义理如一。"施于中谷"，《郑笺》读为"移"，也是两字相通之证。

慎尔言也。

《外传》引《诗》"也"作"矣"。

今按：袁梅认为《韩诗》作"矣"非（参《诗经异文汇考辨证》503页）。袁氏说不确。《韩诗》用字正是"也""矣"同源的力证。"也"上古读为"移"，"迆""施"（延）"迆"古音存焉。检之古文字，"也"字象"蛇"正有延展之容。"矣"从"矢"，二字均可作为表示结束之语词。又按："矣"字上部或与"牟"字上部相似，大概是箭矢射中目标扬起的木屑等细小之物。"也"读"施"，即延之古字，延展必有结束处，正如"矣"乃箭矢射出必有极点。二字造字理据亦可以相互联系。

睠言顾之。

《外传》引作"睠焉顾之"。

今按：《荀子·宥坐》引诗作"眷焉顾之"。《文选》陆机《为顾彦先赠妇诗》、江淹《杂体诗》、谢瞻《答灵运诗》各注引诗作"眷然顾之"。《后汉书·刘陶传》引作"眷然顾之"。这条充分见出异文之重要。比较可知：韩用"焉"，毛用"言"，书又用"然"，皆音近相通假也。又按：毛、韩诗均用"睠"，是异体字。"眷"载诸《说文》，曰："眷，顾也。从目，关声。"可见"眷"字形从"卷"省，与"睠"是同字而结构略异耳。又，眷，从卷（可读圈），有"还"（回环）之声义，所以有"顾也"之训。

佻佻公子。

《释文》："佻，往来貌，《韩诗》作嬥嬥。"

今按：《楚辞·九叹》注引作"苕苕公子"。《说文》："佻，愉也。"《说文段注》引《尔雅》读"愉"为"偷"，是。今即有"轻佻"一词。《左传·昭公十年》引诗"德音孔昭，视民不佻"，杜注曰："佻，偷也。"《资治通鉴·汉灵帝中平六年》录"轻佻无威仪"，胡三省注曰："佻，轻薄也。"可见"偷"即"苟且"义，多见《荀子》杨注，由此知"佻"为轻薄、放纵（不拘于礼）、苟且之义。《韩诗》等用借字。朱熹《诗集传》说："佻，轻薄不奈劳苦之貌。"正合诗义。

粲粲衣服。

王应麟《诗考》引《文选》李善注：《韩诗》作"采采衣服"。

今按：《韩诗》用借字。《毛传》说："粲粲，鲜盛貌。"《曹风·蜉蝣》录"采采衣服"，《毛传》曰："采采，众多也。"（《毛诗传笺》186页）《楚辞·怀沙》"众不知余之异采"，王逸注："采，文采也。"可见："粲粲"《毛传》云"鲜盛貌"即说衣服又鲜艳又繁多，与《曹风·蜉蝣》"采采"之训无别。有人认为李善所存《韩诗》当是《曹风·蜉蝣》原文。此说已无法确论，今备一说。

百卉具腓。

《文选》谢灵运《九日从宋公戏马台送孔令诗》李善注引《韩诗》作"百卉俱腓"，鲍照《苦热行》李善注引《毛诗》"具"亦作"俱"。

今按：具、俱古今字。作"俱"是用后起字。

乱离瘼矣。

《文选》任昉《为范尚书让吏部封侯第一表》注引《韩诗章句》作"乱离斯瘼"，《说苑·政理》引同。又潘岳《关中诗》注引《韩诗》作"乱离斯莫"，薛君亦作"莫"。《毛传》："瘼，病也。"《韩诗》有作"莫"者，薛君曰："莫，散也。"今按：诗无定字可见一斑。韩、毛字不同训说亦不同，或各有其本。

睠睠怀顾。

《楚辞·九叹》王逸注引诗作"眷眷怀顾",《文选》王粲《登楼赋》《从军诗》、张衡《思玄赋》、陆机《答张士然诗》各注引诗亦作"眷眷"。

今按：眷上部字形从卷省，所以眷、睠是一字异构，"目"在下、在左之别耳。辨析见前。

靖共尔位。

《外传》卷二引诗作"静恭尔位"。

今按：洪适《隶释》载《帝尧碑》作"竫恭尔位"。"静""靖"古通，如《尚书》"静言庸违"，《汉书·王尊传》引作"靖"又是一例。《说文》："竫，亭安也。"《说文段注》曰："亭者，民所安定也，故安定曰亭安。……凡安静字宜作竫，静其叚借字也。"若遵段氏之论，则《帝尧碑》用字为本字，韩、毛用借字。

忧心且妯。

《一切经音义》卷十二引《韩诗》作"忧心且陶"。《后汉书·杜笃传》注、《文选》枚乘《七发》注各引《韩诗章句》亦作"陶"。

今按：古无舌上音，"彻"母古读"透"母。

《毛诗》有"左旋右抽"，《说文》引作"右搯"；《毛诗》有"上帝甚蹈"，《韩诗》作"甚陶"；皆是如此。"陶"即"䧘"之假借，又如《古文尚书》"皋陶"作"咎繇"。马瑞辰《通释》引《方言》"人不静曰䧘"等，考辨"䧘"有"动"义，可从。

苾芬孝祀。

《文选》苏武《诗四首》注、《一切经音义》卷十四各引《韩诗》作"馥芬孝祀"。

今按：《说文》："苾，馨香也。"《说文段注》说："（字）见《小雅》，《韩诗》作馥……从毛不从韩也。"《说文新附》录"馥"字，曰："香气芬馥也。"可见"苾""馥"两字义可相通，《韩诗》用借字，《毛诗》用本字。

信彼南山，维禹甸之。

《急就章》师古注引《韩诗》"甸"作"敶"。

今按：《周礼·稍人》"丘乘"，郑玄注曰："四丘为甸，甸读与，维禹敶之，之敶同。"贾公彦疏云："此据《韩诗》而言敶。敶是军陈，故训为乘。"胡承珙考订"敶""田""甸"之音通，关系甚细密，可参。《说文》"田"字下段玉裁注曰：

"畇者，列也。田与畇古皆音陈，故以叠韵为训，取其畇列之整齐谓之田。"《毛传》训"甸"为"治"。《周礼·小司徒》注曰："甸之言乘也。"《豳风·七月》有"亟其乘屋"，《郑笺》曰："乘，治也。"综合起来看，畇即是治理使其整齐之义，《说文段注》即揭"田""畇"同源之秘。《毛诗》用"甸"训为"治"是用借字。《韩诗》用古文，其训当与《毛传》无别。

疆场翼翼。

《外传》引诗作"壃场翼翼"。

今按：《说文》曰："畺，界也。从畕；三，其界画也。畺或从彊土。"许慎说"或从彊土"可推见许慎见过"畺""疆"两种写法。《韩诗》作"壃"或是俗体，畺、疆古今字。三字问题又见本诗"疆场有瓜"，王应麟《诗考》引《外传》作"壃场有瓜"，检之今本《外传》作"疆"。《周礼·载师》疏、《一切经音义》卷十三引诗作"畺"。

倬彼甫田。

《释文》："倬，明貌。《韩诗》作箌，音同，云：箌，卓也。"宋本《释文》引《韩诗》作

"莉"。

今按：《释文》作"箌"，宋本作"莉"，实本一字而字形有变化而已。"竹"和"艹"两部首常换用，比如"笑"，宋本有写作"艹"头的。例证见钱锺书《管锥编》"桃之夭夭"条。《毛传》曰："甫田，谓天下田也。""天下田"即"大田"。《说文》："莉，草大也。"又《尔雅·释诂》："箌，大也。"可见《韩诗》作"箌"与《毛传》"天下田"正合。考之《说文》："倬，箸大也。"段玉裁注曰："箸大者，箸明之大也。……《韩诗》：莉彼甫田，音义同也，假莉为倬也。"从《说文段注》可见出"倬"兼有"高明""盛大"之义，《毛传》训为"倬，明貌"，亦是。"倬"是"卓"的分化字，从"卓"声与"箌"古音同部，所以可以通假。《说文段注》也指出"倬"是本字，《韩诗》用"箌"乃借字。

秉畀炎火。

《释文》："秉，《韩诗》作卜。卜，报也。"

今按：《郑笺》曰："持之付与炎火，使自消亡。"训"秉"为"持"，通。《韩诗》作"卜"，训为"报"，这是读"卜"为"赴"（作报丧义，字又作讣），多见《左传》。声训资料又见《白虎通·蓍龟》："卜，赴也。"《小尔雅》："赴，疾也。"这样看《韩诗》"卜畀炎火"即说：赶快取来畀于炎火之上。可见，韩作"卜"亦通。另马瑞辰《毛诗传笺通释》读"卜畀"为"付与"是遵郑说，通，但是并未顾及韩说"卜，报也"之训。细致斟酌，"报"亦与"赴"音近可通假。《礼记·少仪》《礼记·丧服小记》注并有"报读赴疾之赴"，即是明证。

赫赫有奭。

《白虎通·爵篇》引《内传》"奭"作"艳"。《通典·礼》卷五十二引《内传》同。《释文》曰："奭，赤貌。"《说文》："奭，盛也。……此燕召公名，读若郝。"《说文段注》曰：《释诂》"赫赫跃跃"，"赫赫"，舍人本作"奭奭"。《小雅·采芑》另有"路车有奭"，《毛传》曰："奭，赤貌。"按："赫"正字，"奭"假借字。《韩诗》用"艳"，或为"赫"字之异体。

威仪反反。

《释文》："反反，如字，重慎也。《韩诗》作昄昄，音蒲板反，善貌。"

今按：《玉篇》引诗亦作"昄"，曰："大也，善也。"陈乔枞认为《毛诗》作"反"即"昄"之省借。《毛诗》训为"重慎"，也是"善貌"。韩、毛字殊义同。

平平左右。

《释文》："平平，《韩诗》作便便。"

今按：《左传·襄公十一年》引作"便蕃左右。"《毛传》曰："平平，辩治也。"《尔雅》："便便，辩也。"马瑞辰云："平、便、辩三字皆一声之转，古通用。故《韩诗》作'便便'，《左传》引作'便蕃'，《毛传》训为'辩治'。"《说文》："辩，治也。"《荀子·儒效》曰："分不乱于上，能不穷于下，治辩之极也。"《毛传》或遵循荀子之学。《韩诗》"便便闲雅之貌"亦与"治辩之极"合。另外"治辩"为成词，多见上古典册，《毛传》作"辩治"，陈奂认为是倒文。今录其说，以资博雅，可参《诗毛氏传疏》750页。

优哉游哉。

《外传》卷四引诗作"优哉柔哉"。

见晛曰消。

《释文》:"见,如字。《韩诗》作曣,云:曣晛,日出也。"又说:"曰,音越,下同。《韩诗》作聿。刘向同。"

今按:王先谦考之详尽。王氏引颜师古曰:"见,无云也。晛,日气也。言雨雪之盛麇麇然,至于无云,日气始出,而雨雪皆消释矣。""见"本不训为"无云",检之《说文》:"㬮,星无云也。"可见《韩诗》作"曣"是用本字,其字形结构与《说文》所录不同而已。陈乔枞引《文选·羽猎赋》:"天清日宴"李善引许慎《淮南注》曰:"宴,无云之处也。"今按:"宴"即"晏",宴、燕古文通。正可证明《韩诗》用"曣"之确。《荀子》引作"宴然聿消",是又借"宴然""曣㬮"。

莫肯下遗。

《文选》陆机《叹逝赋》注引《韩诗章句》作"隤",云:"隤,犹遗也。"

今按:遗、隤皆谐"贵"声,可通用。《郑笺》曰:"遗读曰随。""随"又作"隧",见《荀子·非相》引。《说文》:"隤,下队也。""队,从高队也。"《广雅》:"遗,坠也。"可见:毛、郑、韩三家之训亦合。

上帝甚蹈。

《外传》引诗"蹈"作"慆"。《一切经音义》卷五引《韩诗》作"陶"。

今按：此条可与前文"忧心且妯"合观，此不赘语。

中心藏之。

《外传》引诗作"忠心藏之"。

今按："中""忠"二字古通。"中心"就是"心中"，这是《诗经》通例，又有"林中"作"中林"等。《韩诗》用借字。

英英白云。

《释文》："英英，如字。《韩诗》作泱泱，同。"

今按：《文选》潘安仁《射雉赋》曰："天泱泱以垂云。"徐爰注曰："泱音英。"李善注引《毛诗》："英英白雪。""英""泱"都从"央"得声，古可通用。《小雅·六月》"白旆央央"，《公羊传·宣公十二年》疏引孙氏作"帛旆英英"。《说文》："泱，滃也。""滃，云气起也。"《毛传》曰："英英，白云貌。"可见《毛传》是破通假直出本字义。《韩诗》用"泱"为本字，《毛诗》用借字。

视我迈迈。

《释文》："迈迈，不悦也。《韩诗》及《说文》并作怖怖。《韩诗》云：意不说好也。许云：很怒也。"王筠曰："怖，专字也。"

今按：许慎所云"很怒也"即"恨怒也"，与韩、毛合。《韩诗》用本字，《毛诗》用借字。

伣天之妹。

《释文》："伣，磬也。《说文》云：譬，谕也。《韩诗》作磬。磬，譬也。"

今按：《正义》曰："此伣字，《韩诗》文作磬。则伣、磬义同也。《说文》云：'伣，谕也。'《诗》云：'伣天之妹。'谓之譬喻，即引此诗。《笺》云：'尊之如天之有女弟。'与'譬喻'之言合，盖如今俗语譬喻物云'磬作然'也。"《说文段注》说："伣者，古语。磬者，今语。"其说是，详参《说文段注》。胡承珙从之。

檀车煌煌。

《外传》引诗"煌煌"作"皇皇"。

今按：皇、煌古今字。《小雅·采芑》"朱芾斯皇"，《毛传》曰："皇，犹煌煌也。"《韩诗》用"皇"或是古字，《毛诗》作"煌"是后起字。

凉彼武王。

《释文》："凉，本亦作谅。《韩诗》作亮，云：相也。"

今按：《文选》史岑《出师颂》注、李康《运命论》注，《太平御览》卷二百六、卷三百三各引诗"凉"作"谅"。《汉书·王莽传》《风俗通义·皇霸》各引诗"凉"作"亮"。《尔雅·释诂》："亮、相，导也。"又："亮，右也。""左、右，亮也。"《广雅·释言》："亮，相也。"可见：《韩诗》作"亮"为本字，作"谅""凉"皆借字。又按：《说文》不录"亮"字，段玉裁据《六书故》所举唐本补字云："亮，明也。从儿，高省。"并训解说："高明者可以佐人，故义为佐。"

古公亶父。

《外传》卷七、《论衡·初皇》、《太平御览》卷八百三十三各引诗"亶父"作"亶甫"。

今按：《释文》："父，音甫。本亦作甫。"阮元《校勘记》认为："父、甫为古今字。"两字古多通用，如"梁甫吟"一作"梁父吟"。

皋门有伉。

《释文》："伉，本又作亢。高也。《韩诗》作闶，云盛貌。"

今按：《玉篇·门部》引《诗》"高门有闶"。《文选》张衡《西京赋》亦同。又有直作"亢"者，见《周礼·阍人》疏引。《说文》录"坑"字，曰："阆也。"又曰："阆，门高也。"《毛诗》用"伉"，陈奂说："《毛诗》之伉，古本作坑。"这样看，作"坑"为经文本字。韩、毛均用借字。韩训为"盛"是说门很盛大有气势，和《毛传》之说合。又按：从"亢"得义字多有高之义，比如"抗之以高志"（见《荀子》）等，今语有"引吭高歌"等。另外："皋门"书多作"高门"，是"高""皋"古音义并同。《释名》曰："高，皋也。"

勉勉我王，纲纪四方。

《外传》卷五引"勉勉我王"作"亹亹文王"。

今按：《荀子·富国》《说苑·修文》《白虎通·三纲五纪》各引诗同。"亹亹文王"又见《大雅·文王》，《毛传》曰："亹亹，勉也。"《大雅·崧高》有："亹亹申伯。"《郑笺》曰："亹亹，勉也。"有人认为：诗本作"亹亹"，有人怀疑作"勉勉"是训诂用字替代了经文。今不可确考，聊备一说。"我王""文王"，钮树玉认为：或是师读不同。

施于条枚。

《外传》引作"延于条枚"。《吕氏春秋·知分》《后汉书·黄琬传》注各引诗"施"亦作"延"。

今按："施""延"古音近通用。"施"读为"移"，即表示蔓延之义。上古汉语多见，如《诗》又有"施于中谷"。

其菑其翳。

《释文》："翳，《韩诗》作殪，云：因也，因高填下也。"

今按：《尔雅·释木》："木自獘（毙），柛。立死，椔。蔽者，翳。"《毛传》曰："木立死曰菑，自毙为翳。"《尔雅·释言》有："弊，踣也。"《释文》曰："弊，字又作毙。"今按："毙"古义即指

"仆倒","多行不义必自毙"即是例证。《韩诗》作"殪",亦是"仆倒"义。《后汉书·光武帝纪》注曰:"殪,仆也。"《韩诗》用字正合《毛传》"自毙为毉"。可见《毛诗》作"毉"正是"殪"字之借。又按:陆德明训"殪"为"因"云云,似可商。

貊其德音。

《释文》出"貊",又录异文曰:"《左传》作莫,音同。《韩诗》同,云:莫,定也。"

今按:《正义》曰:"《左传》《乐记》《韩诗》貊皆作莫。"《尔雅·释诂》:"貊、莫,定也。"郭璞注曰:"皆静定也。"马瑞辰《毛诗传笺通释》考之细密,认为:《说文》《玉篇》所录"嗼"是正字,《毛诗》用借字"貊"。《韩诗》等所引作"莫"也是借字。《文选》潘岳《西征赋》注引《韩诗章句》曰:"寞,静也。"可知,《韩诗》又有用借字"寞"的。又按:从"莫"字多有"静定"之义,比如"漠",《说文》训为"清",《汉书·贾谊传》注曰:"漠,静也。"

与尔临冲。

《释文》:"临,如字。《韩诗》作隆。"

今按：陈奂说："临，临车，攻守具之一。《释文》引《韩诗》作隆。"陈氏引《淮南子·泛论训》"隆冲以攻"，说："隆、临一声之转。"

筑城伊淢。

《释文》："淢，字又作洫。《韩诗》云：洫，深也。"

今按：据陈奂，"城洫"见张衡《西京赋》《东京赋》。薛综注曰："洫，城池。"陈奂注意到《说文》有："淢，读若沟洫之洫。"又《说文段注》："古文閾作閴。"这正是"淢、洫声通之理"。陈氏读书细致，其说甚是。

自西自东。

《外传》卷四引诗作"自东自西"。

今按：东、西二字互易，同书卷五两次引诗同。或是师法不同，传本之异。

诒厥孙谋。

《外传》《晏子春秋》《列女传》各引诗"诒"作"贻"。《文选》班固《典引》注引同。

今按：《说文新附》录"贻"字，曰："赠遗也。从贝，台声。经典通用诒。"郑珍《说文新附考》："经传中多诒、贻互见，作贻皆汉后所改。古亦省作台。""台"古读"遗"，今字"怡""诒"等古音存焉。

时维姜嫄。

《史记集解》（载《周本纪集解》）引《韩诗章句》曰："姜，姓。原，字。"

今按：《大戴礼记·帝系》《史记·周本纪》并作"原"，盖是"嫄"字之省。

茀厥丰草。

《释文》："音弗，治也。《韩诗》作拂。拂，弗也。"

今按：《尔雅·释诂》："弗，治也。"郭注："见《诗》《书》。"《广雅·释诂》："拂，除也，拔也。"《韩诗》作"拂"，《毛诗》用"茀"是借字，"弗"是其本字。

颙颙卬卬。

《外传》引作"颙颙盎盎"。

今按：又有作"昂昂"者，见《文选》班固

《史述赞》引《毛诗》,《一切经音义》卷四、卷十三各引诗。《说文》:"卬,望。欲有所庶及也。""卬"即"仰"之初字。《谷梁传·昭公八年》有"卬车",《释文》曰:"本又作昂。"《韩诗》用"盎"是用借字。

下民卒瘅。

《外传》引"瘅"作"瘁"。

今按:《说文》录"悴"字,曰:"读与瘁同。"瘁、瘅皆病也。《毛诗》用古字,《韩诗》作"瘁"是后起字。

询于刍荛。

《外传》引"刍"作"蒭"。

今按:《盐铁论·刺议》《后汉书·东方朔传》并引"刍"作"蒭"。《说文》录"刍",训为"刈艸也"。可见《毛诗》作"刍"是用古字,《韩诗》用后起分化字。

牖民孔易。

《外传》引"牖"作"诱"。

今按:《礼记·乐记》《史记·乐书》并引

"牖"作"诱"。两字古通用。

天生烝民。

《外传》引作"天生烝明"。

今按:"民""明"古通。上古"民"即读如"萌",比如"氓之蚩蚩"。又音转读"冥"。《韩诗》用借字,《毛诗》用本字。袁梅认为:"殆因唐人传写《外传》避太宗名讳以明代民耳。"(见《诗经异文汇考辨证》720页)今按:李世民之讳,多以"人"代"民",袁氏之说不可确考。聊备一说,供方家取舍。

其命匪谌。

《外传》引作"其命匪忱"。

今按:《说文》录"忱"字,引诗作"天命匪忱"。《说文》曰:"忱,诚也。""谌"下云:"谌,诚谛也。"《说文段注》云:"古忱与谌义近通用。"可见两字音义同,可通用。

远犹辰告。

《外传》引诗"犹"作"猷"。

今按:《尔雅·释诂》曰:"猷,谋也。"《玉篇·犬部》曰："猷，与犹同。"可见，犹、猷古字通。

质尔人民。

王氏《诗考》引《外传》作"告尔民人"。《说苑·修文》引同。

今按：《盐铁论·世务》引诗作"诰尔民人"。马瑞辰《毛诗传笺通释》有考订。"告"（诰）与"质"不通，马氏认为是"诘"之讹。《周礼·大司寇》有"诘四方"，郑注曰："诘，谨也。"可见作"诘"正与下章"谨尔侯度"相合。"人民"，《正义》两见，皆作"民人"，与《说苑》《盐铁论》《外传》所引合。《毛诗》作"人民"，马瑞辰认为是承袭《唐石经》之讹。

无言不雠。

《外传》、《后汉书·明帝纪》及《陈球传》、《文选》张衡《思玄赋》注、《太平御览》卷四百七十九各引诗作"无言不酬"。

今按：《毛传》曰："雠，用也。"《韩诗》等用"酬"，是同音借字。

子孙绳绳。

《外传》引诗作"子孙承承"。

今按：《郑笺》曰："绳绳，戒也。"《大雅·下武》"绳其祖武"，《毛传》曰："绳，戒也。"《韩诗》作"承"是音近通假。"绳其祖武"之"绳"又有作"慎"者，见《后汉书·祭祀志》。这样看训"绳"为"戒"，实为破读为"慎"。《郑笺》曰："绳绳，戒也。王之子孙敬戒行王之教令。"《韩诗》直作"承"，"子孙承承"即说王之子孙承续王之教令，亦通。

征以中垢。

《外传》引作"往以中垢"。

今按：征、往音近可通。

倬彼云汉。

旧本《北堂书钞》卷一百五十引《韩诗》"倬"作"对"。

今按：马瑞辰云："对者，𩛜字形近之讹。"王念孙曰："对当作𩛜。𩛜、倬古字通。"两家之勘定是。《小雅·甫田》有"倬彼甫田"，《韩诗》"倬"正作"𩛜"。

蕰隆虫虫。

《释文》录《韩诗》"蕰"作"郁"。"虫虫"《韩诗》作"烔烔"。

今按:"蕰",字又作"温",《韩诗》作"郁"均为借字。前文已考。"虫虫""烔烔"音同相假借。

崧高维岳。

《外传》引作"嵩高惟岳"。

今按:《礼记·孔子闲居》注、《公羊传·定公四年》注、《风俗通义·山泽》各引诗同。马瑞辰说:"嵩,《尔雅》作崧。韦昭《国语注》:嵩,古通用崇字。"胡承珙亦有考。综合起来看:嵩、崧都是崇字的异体字。"维""惟"古本通。

王缵之事。

《释文》:"缵,《韩诗》作践。践,任也。"

今按:《潜夫论·志氏姓》引作"王荐之事"。缵、践、荐音近相假借。

天生烝民。

《外传》引"烝"作"蒸"。

今按:《孟子·告子》《白虎通·姓氏》《一切

经音义》卷七各引诗亦作"蒸"。《毛传》曰："烝，众。"《尔雅》亦同。《汉书·伍被传》："泛爱蒸庶。"师古注曰："蒸亦众也。"可见"烝民"即众民。《说文》并录"烝"（火气上行也）、"蒸"（折麻中干也）两字。《韩诗》作"蒸"是借字，《毛诗》用"烝"亦是借字，其本字或是"众"。此条写就后，请孟蓬生教授审查，孟先生告示：清儒朱骏声以双声为断，早有此说。今之阐发或有可补疏朱氏之说者，请大方之家批评。

夙夜匪解。

《外传》引"解"作"懈"。

今按：《释文》录："解，本或作懈。"《左传》《孝经》《说苑》等各引亦作"懈"。"懈"见《尔雅》《说文》，均训为"怠也"。朱骏声曰："解，假借为懈。"其说是。《韩诗》等用"懈"是本字，《毛诗》用借字。

有倬其道。

《释文》："倬，明貌。《韩诗》作晫，音义皆同。"

今按：陈乔枞曰："《毛诗》作倬，乃晫之通假。"其说是。"倬彼甫田"，《韩诗》"倬"作"箌"

前文已考。

铺敦淮濆。

《释文》:"铺,陈也。《韩诗》作敷,云:大也。"又:"敦,王申毛如字,厚也。《韩诗》云:迫。郑作屯。"

今按:铺、敷都从"甫",在盛大、多这个意义上是同源字。敦,训为厚;屯,有聚集义;音义并同。所以可以通假。坟、濆亦可通假。

绵绵翼翼。

《释文》:"绵绵,如字。靓也。《韩诗》作民民,同。"

今按:绵、民古可假借。比如"绵蛮黄鸟"亦作"缗蛮黄鸟"。马瑞辰认为是双声假借。《毛传》训为"靓"(静)。这里的"静"有"密"之义。《尔雅·释诂》曰:"密,静也。"陈奂引证"无绵绵之事者,无赫赫之功"(《大戴礼记·劝学》),《荀子》作"恨恨"(《诗毛氏传疏》985页),今按:台州本《荀子》作"冥冥"。可见《毛传》训为"静"是"冥冥不现"之义,正与"秘密"之义近。《毛传》曰:"翼翼,敬也。"这是说"能恭敬其事"。"绵绵翼翼"就是说臣子静密不宣，持事可静。《韩诗》作"民"，是用假借字。

我居圉卒荒。

《外传》卷八引"圉"作"御"。

今按：王先谦曰："言大荒之年，所居所御，尽为之变。与毛训义全异。"《毛传》曰："圉，垂也。"《郑笺》曰："国中至边竟以此故尽空虚。"可见训为"垂"即国之四垂。《尔雅》亦录"圉，垂也"，疏引张炎曰："圉，国之四垂也。"可见韩、毛用字不同，义理迥异。

薄言震之。

《后汉书·李固传》引作"薄言振之"，李贤注引《韩诗》薛君传，《文选》扬雄《甘泉赋》注、张协《七命》注各引《韩诗章句》并同。

今按：振、震、娠在振动义上是同源字，音义皆同，所以可相通假。

贻我来牟。

《外传》引诗作"贻我嘉䵺"。《文选》班固《典引》注引《韩诗》同。

今按：《孟子·告子》赵注引作"贻我来麰"。"麰"，《说文》又引作"䅘"。

率时农夫。

《文选》班固《东都赋》之《灵台诗》注引《韩诗》"率"作"帅"。

今按：潘岳《秋兴赋》注引《毛诗》同，袁梅认为"毛"当是"韩"之讹。今按，此不可确考，存疑为善。王力先生认为"率""帅"是同源字，是。《荀子·富国》："将率不能则兵弱。"杨注云："率与帅同。"《左传·襄公二十五年》："五吏三十帅。"疏曰："帅者，有所率领。"从《郑笺》看，"时"读"是"。《郑笺》说："又能率是主田之吏农夫。"可见《毛诗》用"率"是本字，《韩诗》用借字"帅"。

烝畀祖妣。

《外传》引诗"烝"作"蒸"。

今按：烝、蒸古通用，前文已辨。

潜有多鱼。

《释文》："潜，糁也。《尔雅》作涔。郭音潜，又音岑。《韩诗》云：涔，鱼池。"

今按：从《释文》可知"潜""涔"可通用。马瑞辰考订多条书证，比如：《尚书》"沱潜既道"，《史记》作"沱涔既道"；《春秋·隐公二年》"公会戎于潜"，《公羊传》"潜"作"岑"；《山海经·西山经》录"涔水"，郭音"潜"，皆是其证。《小尔雅》曰："鱼之所息谓之橬。""橬"即"槮"，谓积柴水中，令鱼依之止息。《文选》马融《长笛赋》李善注引《韩诗章句》曰："涔，鱼池。"与之义近。《说文》曰："涔，渍也。"渍与积近。《毛传》用"椮"，字又写作"槮"，是"罧"字之借。《说文》录是字，曰："罧，积柴水中以聚鱼也。"《韩诗》用"涔"或是本字，《毛诗》用"潜"为借字。

自求辛螫。

《释文》："辛螫，《韩诗》作新赦。赦，事也。"

今按：马瑞辰说：赦，《说文》训为"置"，不得训"事"。训为"事"，盖以"螫"为"赦"之同音假借。《尔雅·释诂》："敕，劳也。""事，勤也。"勤、劳同义，故"敕"可训为"劳"，即可训"事"。所以"辛螫"犹言"辛勤""辛苦"。马氏博洽，其说可信。《毛诗》作"螫"是借字。《韩诗》

作"赦"是"螫"之省体。郑玄训"螫"为"毒螫",是如字读,亦通。马氏以为"失之"或不公允。

驿驿其达。

《文选》扬雄《甘泉赋》注引《韩诗章句》"驿驿"作"绎绎"。

今按:《释文》曰:"驿驿,《释文》作绎绎。"《尔雅·释训》曰:"绎绎,生也。"薛君曰:"绎绎,盛貌。"《尔雅》郭注曰:"言种调。"邢疏引舍人曰:"谷皆生之貌。"《毛传》曰:"达,射也。"《郑笺》曰:"达,出地也。"这是说其种均匀,皆出地而生也。这和《韩诗》训为"盛貌"相合。"达"之训"生"又见《大雅·生民》,陈奂已考。(《诗毛氏传疏》1058页)毛、韩用字,音同可通,训诂有近有远,两家之训亦无别也。

自堂徂基,自羊徂牛。

《外传》卷三引"自羊徂牛"作"自羊来牛"。

今按:陈奂说:两"徂"字当读为"且",为句中语助之词,"且"犹"而"也。"自堂徂基"言"自堂而基","自羊徂牛"言"自羊而牛"也。《外传》作"自羊来牛","来"亦语词也。《郑笺》训

"徂"为"往",亦失之。陈氏说是。

以车绎绎。

《韩诗章句》曰:"绎,盛貌。"

今按:《释文》曰:"绎绎,崔本作驿驿。"《正义》本亦作"驿"。按:《毛传》曰:"绎绎,善走也。"韩说"盛貌",即说"连绵不断,气势甚大",亦通。"绎绎""驿驿"音同相假借,前文已见,此不赘言。

憬彼淮夷。

《文选》沈约《齐故安陆昭王碑文》有"强民犷俗",李善注引《韩诗》"犷彼淮夷"并云"犷,觉悟也"。

今按:《释文》曰:"憬,《说文》作懬,音犷,云:阔也。一曰:广大也。"《说文》于"夒"字下引诗曰:"穬彼淮夷。"《韩诗》作"犷",《说文》作"穬""懬",皆音同假借。《毛传》训为"远行貌",《韩诗》训为"觉悟",皆通。

泰山岩岩。

《外传》引"泰山"作"大山",《说苑·杂言》

引同。

今按：《释文》"泰"作"大"，云："本又作泰。""大""太"临纽古音近，"泰"是后起专字。《韩诗》用古字，《毛诗》用后起字。

鲁邦所詹。

《外传》引诗"詹"作"瞻"，日人山井鼎《考文》云：古本作"鲁邦所瞻"。

今按：《风俗通义》《初学记》卷五引诗亦作"瞻"。考之《说文》并录"詹"（多言也）、"瞻"（临视也），朱骏声《说文通训定声》曰："詹，假借为瞻。"可见，《韩诗》用本字，《毛诗》用借字。

奄有九有。

《文选》潘勖《册魏公九锡文》李善注引《韩诗》"九有"作"九域"。

今按：有、域古音近可假借。"囿"即表示"疆域"，这就是《韩诗》作"域"，《毛诗》作"有"的声音上的关系。《韩诗》用本字，《毛诗》用借字。

玄王桓拨。

《释文》:"拨,《韩诗》作发。曰:发,明也。"

今按:马瑞辰考订甚密。他说:拨,《韩诗》作"发","发"当读如"发强刚毅"之发。桓、发二字平列,皆"刚勇"之貌。并说:《韩诗》用本字,《毛诗》作"拨"是借字。本诗下章有"遂视既发",可见《毛诗》以"拨"为字,以"发"为韵,阮元说这是"义同字变"之类。这也就是《韩诗》训为"明"的道理。马说甚是。

率履不越。

《外传》引诗"履"作"礼"。《说苑·复恩》《汉书·宣帝纪》《后汉书·东平宪王传》引同。

今按:《说文》:"礼,履也。所以事神致福也。"这就是履、礼音近相训的例证,上古典籍多以"履"代"礼"。

武王载斾。

《外传》卷三、《荀子·议兵》引作"载发"。

今按:《说文》引作"坺"。王引之说:发为正字。"斾""坺"皆借字也。"发"谓起师伐纣也。按:"载"是语词,可释为"武王则发"。这与《汉书·律历志》所载"癸巳,武王始发"合。陈奂引《周颂·噫嘻》之《郑笺》曰:"发,伐也。"可作为《韩诗》作"发"的理据。《毛传》曰:"旆,旗也。"这是如字读,或可理解为"武王就摇旗号召将士攻打商纣"。

第四章

《韩诗》要籍研究

第一节

《韩诗序》辑佚考订

"序"（亦作叙）是中国古典学问的一个重要体例。它具有提供创制背景、概说大意、训诂要词等功能，是我们进入古典文本的重要途径之一。所以，解读《诗》之大义，一个重要途径就是研读它的《诗序》。《毛诗序》保存完备，三家诗序已无完本，因而散见在汉唐古注的几条《韩诗序》就显得弥足珍贵。今将其辑出并与《毛诗序》等进行比较研究，以认识韩诗学的某些特征。需要说明的是，《韩诗序》前人辑本很多，到清代辑佚之学大隆，马国翰、王先谦等都参与到这项事业中，影响甚炬。现代学术起，今人研究兴趣有了转移，于《韩诗序》用力甚微。今依据前人工作，对今存《韩诗序》进行考订如下。

《韩诗序》曰："《关雎》，刺时也。"

今按：这句为宋王应麟《诗考》所存，不见它籍。

它把《关雎》的诗旨解读引到了"刺诗"层次上，这点迥异于《毛诗序》[1]。这个看法也有支持资料，且是汉代说《关雎》的一大主流看法，比如见诸《后汉书·明帝纪》李注引《韩诗章句》曰："诗人言雎鸠贞洁慎匹，以声相求，隐蔽于无人之处。故人君退朝，入于私宫，后妃御见有度，应门击柝，鼓人上堂，退反宴处，体安志明。今时大人内倾于色，贤人见其萌，故咏《关雎》，说淑女，正容仪，以刺时。"这个意思又见于《后汉书·冯衍传》李注引《韩诗章句》，只是其中有"大人内倾于色"之"大人"作"人君"的异文，其表达的诗旨是完全一样的。更早的《史记》亦载有《关雎》"刺诗说"，见《十二诸侯年表》，其文曰："周道缺，诗人本之衽席，《关雎》作。"在三家诗的另一边，《毛诗序》高举"美诗"之旗，曰："后妃之德也。风之始也。所以风天下而正夫妇也。故用之乡人焉，用之邦国焉。"

---

[1] 主张《关雎》为"刺诗"的尚有多种记录，可参王先谦《诗三家义集疏》，王氏搜集史料极为细密。

看起来这两种看法水火不相容，其实不然。事物总是有两面性。《毛诗》从正面说，认为《关雎》寓色于礼，赞美的是"后妃"的贤德，并彰显"风天下而正夫妇"的女德教化。可见《关雎》创制之时"天下夫妇"有"不正"之情，所以需要进行"风之化之"。从文本角度看：本诗先写淑女之色，君子辗转不眠，最后寓色于礼，钟鼓乐之。这个看法也反映在其他资料上。近年，上海博物馆藏楚简有命名为《孔子诗论》者，曰："关雎之改。"这个"改"字用得甚为精准（依从李学勤释读），即把《关雎》文本节奏显示出来了，寓色于礼的主题也在这个"改"字上得到充分概括。以《韩诗》为代表的其他诗家直面天下夫妇失序，"说淑女，正容仪，以刺时"，可见其经学之用心。阐释的角度有差别，本质如一，即他们都把"男女"看成了天下秩序之基，不可不防微杜渐。比如《列女传》就有"《关雎》豫见"，《杜钦传》有"《关雎》见微"等说法。到了《外传》，这个立意就更为玄远了，它有"《关雎》至矣乎"云云，又说："大哉《关雎》之道也。"这就和"《毛传》匿刺扬美"形成了互补。在这个实例中，我们见出《韩诗序》《毛诗序》可以互为镜像，见出《诗》之阐释的两个面向。

《韩诗序》曰:"《芣苢》,伤夫有恶疾也。"

今按:《列女传·贞顺》录有《芣苢》本事:"蔡人之妻"的丈夫"有恶疾","其母将改嫁之",她"甚贞而壹"乃作《芣苢》之诗。这家诗说的要点之一"夫有恶疾",恰恰和《韩诗序》相合。《文选》刘孝标《辨命论》李善注引《韩诗章句》曰:"芣苢,泽写也。芣苢,恶臭之菜。诗人伤其君子有恶疾,人道不通,求己不得,发愤而作。以事兴芣苢虽臭恶乎,我犹采采而不已者,以兴君子虽有恶疾,我犹守而不离去也。"这些说法都表彰了"贞壹不改"的女德。正是"壹与之齐,终身不改"(载《礼记·郊特牲》)的古礼精神。可见,《列女传》《韩诗序》都把阐释点聚落在"丈夫"身上,"有恶疾"而女子伤之。这是今文经学的阐释角度,再看《毛诗序》,曰:"后妃之美也。和平则妇人乐有子矣。"这里的"和平"不是说人之性情"平和",《郑笺》说:"天下和,政教平。"可见,《毛诗》把这首诗引上迥异于《韩诗》的阐释层次。它把妇人之所以能做到"采芣苢"不已、能"守而不去",而心有寄托"乐有子"等,都归结为"王道之化"。这个阐释则隐蔽了诗本事等朴素的民风底色。它试图在说:个人"小我"的男女家庭之事

（有子）来源于国家"天下和，政教平"的王政，即王政教化好，才有"夫有恶疾女不去"的民风。并用这个观念来教化"后妃"，希望她们能持有这样的美德而不移。而《列女传》《韩诗序》则通过表彰"夫有恶疾"情况下的女德之贞专，由此来传达"壹与之齐，终身不改"的婚姻之谊。在《关雎》中，《毛诗》《韩诗》都表达了男女是王化之基。《毛诗序》即说要"用之乡人焉，用之邦国焉"，亦可见出《芣苢》所强调的"贞专"，其意志是要民德不偷，保证王教政治的底层稳定。这样看，《列女传》《韩诗》更为质朴，保留着《芣苢》质朴的民间底色。而《毛诗序》则是站在更高的层次上讲"用诗之意"，这个阐释淹没了诗之本事，是在"用"的层次上的阐发。又按：《列女传》叙事中有一"终不听其母"的细节值得玩味。这显示了"亲亲"（家）与"执礼"（国）之间的冲突。执，守也。到底是执守礼法，还是亲遵父母之命，《列女传·贞顺》选择了前者。这是个复杂的问题，在汉代文献中多有讨论，比如《外传》就多次讨论这类问题以及忠孝之间的冲突等。此留在以后专文讨论。

　　《韩诗序》曰："《汉广》，说人也。"

今按：这句存于《文选》曹植《七启》李善注中。清人陈启源云："《韩叙》说人，夫说之必求之，然惟可见而不可求，则慕说益至。"其说甚是，王先谦《诗三家义集疏》从之。"汉有游女"，今又存韩说："游女，汉神也。言汉神时见，不可得而求之。"汉代典册有多种或同或异的关于"汉水女神"的记录，涉及"郑交甫""孔子"等历史人物，这些传闻小说都表达了"心悦慕其色"而"不犯于礼"的思想。这正是《毛诗序》所要寄兴的意旨。《毛诗序》曰："德广所及也。文王之道被于南国，美化行乎江汉之域，无思犯礼，求而不可得也。"可见，韩、毛在《周南·汉广》上的看法是一致的，《韩诗序》的"说人"是指悦慕汉之神女，《毛诗序》则把它系在周文王的教化之功上，即之所以女子不为外人所挑逗，根源在王政之教化。其中"求而不得""无思犯礼"等，可见出以礼说诗，强调教化的诗旨。上海博物馆藏《孔子诗论》录"《汉广》之智，则知不可得也"。可见《诗论》也是相同的阐释角度。李学勤说："知足守常，是智慧的表现。"李先生的说法似可商榷。《诗论》所云"知不可得也"，是"礼"不允许，要求"止乎礼义"。可见这是在"不能逾越礼义"层次上说的，未必能和道家等学派主张的"知足守常"建立起联系来。

《韩诗序》曰:"《汝坟》,辞家也。"

今按:《列女传·贤明传》录《周南·汝坟》本事说:这记录的是"周南大夫之妻"之事,是说她丈夫受命"平治水土",过时不来,"恐其懈于王事,盖与其乡人陈素所与大夫言"。又讲述舜耕于历山等史实,说之所以要从事这些不必为的事情,其原因是"为养父母也""家贫亲老,不择官而仕"。《列女传》最后评论说:"君子是以知周南之妻而能匡夫也。"这个看法和《毛诗序》所云"闵其君子""勉之以正"正合。《毛诗序》曰:"道化行也。文王之化行乎汝坟之国,妇人能闵其君子,犹勉之以正也。"有《列女传》《毛诗序》作为背景,《韩诗序》"辞家也"的说法或可理解为"家贫亲老""不得已"而去外地做事。这也可以得到诗文本的支持,《诗》云:"虽则如燬,父母孔迩。"这和"父母在不远游"等古训有关。两相比较,《韩诗序》更为具象,《毛诗序》发挥更为深远。这正是事物发展规律使然。《毛诗》后出,其《序》后出,与《韩诗序》相比较,它更加抽象,而具象的内容几乎全部被覆盖在"君臣"等要义之下。这可以说明《毛诗》在形成过程中吸纳并超越了三家诗说吗？资料阙如，在此我们不做判断，但提出问题，以俟来者给出卓见。比较三家诗说，《鲁诗》《毛诗序》讲经过王政之化的周南地区的女子可以匡正夫之德行。而《韩诗序》指向了"辞家"这个更为具体的诗义。诗说之或远或近，从此可见一斑。

《韩诗序》曰："《螮蝀》，刺奔女也。"

今按：《后汉书·杨赐传》载录"有虹霓昼降于嘉德殿前"，杨赐上书有："妖邪所生，不正之象，诗人所谓螮蝀者也。"这条《韩诗序》为《文选》李善注所存，并云："螮蝀在东，莫之敢指，诗人言螮蝀在东者，邪色乘阳，人君淫佚之微。臣子为君父隐藏，故言莫之敢指。"这个说法和《杨赐传》所云可以合观。《韩诗序》所云"莫之敢指"实为"刺君父"。《毛诗序》也在这个意义层次上阐发，角度却又有不同，它说："止奔也。卫文公能以道化其民，淫奔之耻，国人不齿也。"《毛诗序》也是将《螮蝀》归为止"淫奔"之事，"卫文公"云云则把《诗》之义从刺诗引入了"明君教化"上去了，似不如《韩诗序》及《后汉书》所录之说来得直接。

《韩诗序》曰："《夫枚》，燕兄弟也。闵管、蔡之失道也。"

今按：这则资料载诸吕祖谦《读诗记》卷十七，其中"夫栘"即"常棣"。《毛诗序》曰："燕兄弟也。闵管、蔡之失道，故作《常棣》焉。"《韩诗序》和《毛诗序》全合。《艺文类聚》卷八十九引《诗》曰："夫栘，燕兄弟也。闵管、蔡之失道。"陈乔枞认为《类聚》作"夫栘"必《韩诗》也，《读诗记》所引当即《类聚》本，今本《类聚》不云《韩诗序》，盖脱文耳。古书之因袭异常复杂，陈氏之说不可确考，今聊备一说，一并附录。

《韩诗序》曰："《伐木》废，朋友之道缺。劳者歌其事，诗人伐木，自苦其事，故以为文。"

今按：这条载《文选》谢混《游西池诗》李善注。考之古籍，王先谦认为"此文残缺，不相贯通"，其说或可从。（见《诗三家义集疏》569页）考之蔡邕《正交论》有："《伐木》有鸟鸣之刺，《谷风》有弃子之怨，其所由来，政之失也。"这正和《韩诗》序"《伐木》废，朋友之道缺"合。而《毛诗序》则选择了另外一个阐释方向，即从正面阐发，它说："燕朋友故旧也。自天子至于庶人，未有不须友以成者。亲亲以睦，友贤不弃，不遗故旧，则民德归厚矣。"这正是《毛诗》之通例常转化"刺诗"为"赞美之词",如《关雎》三家多以"刺诗"目之,《毛诗》即朝向"后妃之德"的赞美方向阐发亦是明证。考之《小雅·伐木》文本,曰:"相彼鸟矣,犹求友声。矧伊人矣,不求友生。"玩味诗人情绪,《韩诗序》等以《伐木》为刺诗似更合诗之本义。

以上是汉唐古书古注所存录的《韩诗序》资料,凡八条,都有明确记载,不容置疑和忽略。又有《小雅·宾之初筵》,《后汉书·孔融传》李注引《韩诗》曰:"卫武公饮酒悔过也。"朱子《诗集传》引作《韩诗序》。这个说法倒是有个书证,即《易林·大壮之家人》:"举觞饮酒,未得至口。侧弁醉詾,拔剑斫怒。武公作悔。"而《毛诗序》说:"卫武公刺时也。幽王荒废,媟近小人,饮酒无度,天下化之。君臣上下沈湎淫泆。武公既入而作是诗也。"王先谦考证说:武公入相在平王世,幽王已往,《抑》诗已云"追刺",不应又作此篇。王氏之说(见《诗三家义集疏》782页)是。这样看,《后汉书》所录《韩诗》《易林》所存说法就更为允当。朱熹也认为诗义与《抑》相类,是"武公自悔之作",当从《韩诗》。(《诗集传》254页)。这里要说的是:这句是不是《韩诗序》之言,因为史料阙如,

242

不好定夺了。朱熹引作《韩诗序》或有所凭据。今作为附录也一并保存在这里。

综合以上的条辨，虽然只有这八条，我们还是可以见出《韩诗序》和《毛诗序》的对应关系等。它或提供了诗创作的时代，或提示诗之美刺，或提供诗旨微言等，这都是非常珍贵的史料，可以和《毛诗》作对应性研究。也可以和今存《韩诗》文献相比较，它是韩诗学的重要内容，值得我们深入研究。

第四章 《韩诗》要籍研究

第二节
《韩诗内传》辑佚考订

《内传》是韩诗学的重要内容。它涉及汉代经学史上的诸多问题，都甚为关键，比如：《内传》的体例如何，它和《外传》之体有什么差异。《内传》的性质如何，前贤所云：《内传》主训诂，和经义联系紧密；《外传》主阐释（推演），是"诗之用"，这样的说法尚不能获得确考。回答以上问题，就必须回到《内传》文本以窥探一二。作为汉初的三家诗学，韩诗学很早就由韩婴建立起来，并从地方走向了中央①。至东汉，更是异军突起，压过了《齐诗》《鲁诗》的风头，可谓枝繁叶茂、影响甚大。后马融、郑玄等大儒出，学术范式也发生了转向：《毛诗》日盛，三家诗式微，《韩诗》最后消亡。从宋王应麟《诗考》起，三家诗辑佚工作代不

---

① 前文已有考证，此处不赘言。

乏人，至有清一代成果更是日益繁富。其中马国翰、陈乔枞、王先谦的工作最为完备。今将前贤的工作进行逐条考订，发现有"观念先行"的不足，即把训解诗义类的条目不加辨析地归为《内传》。其实，韩诗学有"内传""章句""说"等注疏体例，未必训解类都是《内传》。汉唐古书古注中还有"《韩诗》曰""韩说""《韩诗》说"等，以《文选》李善注征引为富，其中很多条目都关乎训诂。不加辨析地将之归入《内传》，有"观念先行"之嫌。我们采取保守的研究态度，即以古书明确记录为《内传》及可以考订为《内传》的条目为资料，来讨论《内传》诸问题。经过逐条考订，得18条《内传》文，现条辨如下。

1. 予其惩而毖后患

《内传》曰："惩，苦也。"①

今按：《周颂·小毖》之《郑笺》曰："惩，艾也。"又："我其创艾于往时矣，畏慎后复有祸难。"据《毛诗序》《毛传》可知，这是成王"求忠臣辅

---

① 杨伯峻. 列子集释[M]. 北京：中华书局，1979：159. 按：本作《外传》文，今取陈乔枞说、王先谦，详见《韩诗遗说考》728页、《诗三家义集疏》1043页。

助己"之辞，即说要警戒以往的作为。《史记·乐书》有"推己惩艾，悲彼家难"。《韩诗》训为"苦"，这和《史记》"惩艾"义近。《内传》训"苦"，即"以过去之作为为痛苦"，即含有悔过、谨戒之义，亦通。陈奂《诗毛氏传疏》引此韩训，以为是因下句"自求辛螫"而训为"苦"，是。① 胡承珙（《毛诗后笺》）结合《史记》所录，把"予其惩"解释为"惩戒往日之误信流言、致疑周公"云云，甚通畅，其说可从。今人高亨《诗经今注》"惩"即训为"戒"，亦得之。

2. 溠其清矣

《内传》曰："溠，清貌也。"②

今按：此句出《郑风·溱洧》，《毛诗》作"浏其清矣"。《毛传》云："浏，深貌。"陈乔枞注意到《庄子·天地》有"溠乎其清也"。陆德明《释文》所存录的反切音是"良由反"，正是读"溠"为"浏"。又"浏"见《说文》训为"清深也"。可见毛、韩用字音义并同。

---

① 按："辛螫"，《释文》引《韩诗》作"辛赦"云："赦，事也。"辛事，谓辛苦之事也。（《诗毛氏传疏》1055页）
② 《文选·南都赋》注引，《文选》卷四，70页。原作《外传》，陈乔枞考证当为《内传》之误。详参《韩诗遗说考》572页。

3. 为鬼为蜮

《内传》曰："短狐，水神也。"①

今按：诗出《小雅·何人斯》。《太平御览·虫豸部七·短狐》（卷九百五十）作《外传》。王先谦认为是《内传》之误（《诗三家义集疏》714页）。《毛传》曰："蜮，短狐。"可见韩说与《毛诗》并无二致。

4. 河上乎消摇

《内传》曰："逍遥也。"②

今按：见《郑风·清人》。"逍遥"，古常作"消摇"字，比如《礼记·檀弓》即有"消摇于门"，音声相通也。原作《外传》，陈乔枞考证为《内传》之误，王先谦从之。这是要存疑的一条，清人常有把"关涉训诂"的内容归为《内传》，"关乎经义推演"的内容统统归为《外传》的主观之见，这就是一例。

---

① 《太平御览·虫豸部七·短狐》（卷九百五十），原作《外传》，陈乔枞考证当为《内传》之误。详参《韩诗遗说考》634页。马国翰《玉函山房辑佚书》亦以为是《内传》语。
② 《文选·南都赋》注引，原作《外传》，陈乔枞考证当为《内传》之误。详参《韩诗遗说考》566页。

5. 驾言行狩

《内传》曰:"春曰畋,夏曰獀,秋曰狝,冬曰狩。天子抗大绥,诸侯抗小绥,群小献禽其下,天子亲射之旂门。夫田猎,因以讲道、习武、简兵也。"(《太平御览·资产部十一·猎上》)

今按:见《小雅·车攻》。这是讲冬狩之礼,和《毛传》相合,又略有差异。韩、毛结合起来,冬狩之礼及其功用就更加清楚了。

6. 和鸾雍雍

《内传》曰:"鸾在衡,和在轼前。升车则马动,马动则鸾鸣,鸾鸣则和应。"①

今按:见《小雅·蓼萧》。《毛诗》作"和鸾雕雕"。《韩诗》用本字,《毛诗》用借字。"和""鸾"的名物词训诂,三家诗一致。详参王先谦《诗三家义集疏》599页。

7. 《内传》曰:"舜渔雷泽,雷泽在济阴成阳县。"(《风俗通·山泽》)

8. 《内传》曰:"汤为天子十三年,年百岁而崩。葬于征,今扶风征陌是也。"(《太平御览·皇

---

① 《礼记·经解》注引。(朱彬. 礼记训纂[M]. 北京:中华书局,1996:737)

王部八·殷帝成汤》卷八十三）

9. 圭璧既卒

《内传》曰："天子奉玉升柴，加于牲上。"①

今按：见《大雅·云汉》。宣王遭遇旱灾，《内传》讲述的正是用玉器等求雨的仪式细节。可以和毛、郑联合起来读。高亨《诗经今注》曰："卒，尽也。"（为了祭神，圭璧已经用尽）参高氏《诗经今注》448页。

10. 以雅以南

《内传》曰："王者舞六代之乐，舞四夷之乐，大德广之所及。"②

今按：见《小雅·鼓钟》。又据《后汉书·陈禅传》李注引《韩诗章句》曰"南夷之乐曰南"云云。可见《内传》是以"六代之乐"释"雅"，以"四夷之乐"训"南"。检之《毛传》，则更为细致地考订了"四夷之乐"的名义。其说法和《内传》实同。

---

① 《礼记·郊特牲》正义引。（十三经注疏·礼记注疏［M］. 上海：上海古籍出版社，2007：1445）
② 《文选·魏都赋》注引。［萧统. 文选（第六卷）［M］. 北京：中华书局，1977：105］

11. 韩侯受命

《内传》曰:"诸侯世子三年丧毕,上受爵命于天子。所以名之为世子何?言欲其世世不绝也。"①

今按:见《大雅·韩奕》。《毛传》曰:"韩侯受王命为侯伯。"

另有:

12. 《内传》曰:"诸侯世子三年丧毕,上受爵命于天子。乃归即位何?明爵天子有也,臣无自爵之义是也。童子亦当受爵命,使大夫就其国。命之不与童子为礼也。"②

13. 《内传》曰:"所以为世子何?言世世不绝。"③ 或可系于此句之下。

14. 乃生男子

《内传》曰:"男子生,桑弓蓬矢六,射上下四方,明当有事天地四方也。"④ 今按:见《小雅·斯

---

① 陈立. 白虎通疏证 [M]. 北京:中华书局,1994:29.
② 《礼记·曲礼》正义引。(十三经注疏·礼记注疏 [M]. 上海:上海古籍出版社,2007:1261)
③ 《文选·咏史》注引。[萧统. 文选(第二十一卷)[M]. 北京:中华书局,1977:296]
④ 《文选·杂诗上》注引。[萧统. 文选(第二十九卷)[M]. 北京:中华书局,1977:420],又见《白虎通·姓名》[陈立. 白虎通疏证(卷九)[M]. 北京:中华书局,1994:408]

干》。可见以礼注诗,并不是从毛、郑始。三家诗也多由礼入诗者。

15.《内传》曰:"孔子为鲁司寇,先诛少正卯。谓佞道已行,敌国政也。佞道未行章明,远之而已。"①

16. 鞗革有鸧

《内传》曰:"鸧鸹胎生,孔子渡江见而异之。"② 今按:见《周颂·载见》。又考之《广博物志》卷四十引《韩诗》曰:"孔子与子夏渡江,见鸟而异之,人莫能名。孔子:'鸧,尚闻河上人歌云:鸧兮鸹兮,逆毛衰兮,一身九尾长兮。'"《毛传》曰:"鞗革有鸧,言有法度也。"《郑笺》曰:"鞗革,辔首也。鸧,金饰貌。"两相比较,《韩诗》引传闻小说入诗,似不若毛、郑雅正。

17. 南有乔木,不可休思。汉有游女,不可求思。

《内传》曰:"郑交甫遵彼汉皋台下,遇二女,与言曰:原请子之佩。二女与交甫,交甫受而怀

---

① 陈立.白虎通疏证[M].北京:中华书局,1994:217.又见于郑樵《通志·氏族略》。
② 《大戴礼记》卢辩注引,又见陈乔枞《韩诗遗说考》725页,续修四库全书本。

之，超然而去，十步循探之，即亡矣。回顾二女，亦即亡矣。"①《内传》曰："汉女所弄珠，如荆鸡卵。"(《太平御览·珍宝部一·珠上》(卷八百二))

18.《内传》曰："师臣者帝，友臣者王，臣臣者伯，鲁臣者亡。"②

今按：马国翰以为此句是对"皇王维辟"(《大雅·文王有声》)的解释。陈乔枞则以为是释"燕及朋友"。文献阙如，不可确考，今存疑。又按：从字面上看，《内传》也是借助诗句来传达自己的政治观念，这正是"经学"之义。

通过以上条辨，我们可以讨论以下认识。

第一，《内传》训解多引礼入诗，或者说多解说礼制，这和毛、郑诗说特色一致。上述十八条有第5、6、9、10、11、12、13、14、17、18等条目都是解释诗句涉及礼乐的名物词，或者解释特定礼乐仪式的内涵等。比如第14条"乃生男子"从今天的学术兴致看，这四个字都没有注释的必要。而《内传》则细致、清楚地载录了"男子"出生后所

---

① 《文选·江赋》注引。[萧统. 文选(第十二卷) [M]. 北京：中华书局，1977：189、190]
② 陈立. 白虎通疏证 [M]. 北京：中华书局，1994：326.

举行的特定仪式，这类记录尚可在《白虎通·姓名》《大戴礼记·保傅》中找到佐证。再如第18条，这是讲政治秩序（伦理），也是讲礼的内容。第17条是用孔子的传说故事来讨论女子当有贞德，不为各种外物（挑逗）所动。第16条则是博物知识，也是礼乐名物的知识。第11条则注释了诸侯受爵的礼制。《内传》显示的注释内容和注释旨趣向我们透露：《诗经》在古典学语境中的作用主要是用于礼乐。它是国家意志。援引故事以解经，在解释中注意注释其礼学内涵是汉代经学的一个重要特征。

第二，从辑佚结果看《内传》解诗确实多有字词训诂的内容。第1、2、5条最有代表性。但是它依然有近于《外传》的援引故事解经的体例。第16条引关于孔子的传闻小说，这和《外传》别无二致。第17条所载郑交甫遇汉神女的故事，又见于《外传》。不过故事人物变换成了孔子。保存至今，乃可见到的这类资料，虽然甚少，但是可谓一字千金。因为它是建立《内传》与《外传》联系的确证。这为我们更好地理解司马迁、班固关于内外传的认识提供了依据。同样，前贤所云"《内传》主训诂"的看法并不可信。前人研究成果或是夸大了内外传的差异，这和司马迁、班固的认识不同。这样看，后人的研究或不可从。

  第三，从《内传》看韩、毛之别。在以上18例中，韩、毛经文用字的差异主要表现在通假字上。比如第2、4条即是。在经义上，两家的阐释也是有同有异，表述略有差异，训解的方向还是一致的。比如第1、3、5、9条等。从这个层次上看，汉代经学阐释的今古文问题并不是传统认识说的那样差异分明。前文关于韩、毛经文用字的比勘，也可以见出这个看法来。

第三节

《韩诗外传》研究

"天下并争于战国,儒术既绌焉,然齐、鲁之门,学者独不废也。"西汉初年,齐鲁士人齐浮丘伯、鲁申培公、济南伏生、胶东盖公等都还健在,他们成了国家的文化之宝。秦火之祸发生之时,他们或藏简壁间或隐遁林下,为国家保存了典册和文化记忆。齐鲁之外有燕赵。而燕赵文化的传承多依赖硕儒韩婴,他精《诗》文,通《易》理,成了燕赵地区的文化薪火。到大汉勃兴,这些大儒都走向了中央舞台,汉代诗学也走向了复苏。

关于宗师韩婴及其著述的记录最早见于《史记·儒林列传》,其曰:"韩生者,燕人也。孝文帝时为博士,景帝时为常山王太傅。韩生推《诗》之意而为内、外《传》数万言,其语颇与齐、鲁间殊,然其归一也。淮南贲生受之。自是之后,而燕、赵间言《诗》者由韩生。韩生孙商为今上博士。"

后来，班固修《汉书》增益此文，载诸《汉书·儒林传》：

韩婴，燕人也。孝文时为博士，景帝时至常山太傅。婴推诗人之意，而作内、外《传》数万言，其语颇与齐、鲁间殊，然归一也。淮南贲生受之。燕、赵间言《诗》者由韩生。韩生亦以《易》授人，推《易》意而为之传。燕、赵间好《诗》，故其《易》微，唯韩氏自传之。武帝时，婴尝与董仲舒论于上前，其人精悍，处事分明，仲舒不能难也。后其孙商为博士。孝宣时，涿郡韩生其后也。以《易》征，待诏殿中，曰："所受《易》即先太傅所传也。尝受《韩诗》，不如韩氏《易》深，太傅故专传之。"司隶校尉盖宽饶本受《易》于孟喜，见涿韩生说《易》而好之，即更从受焉。

分析班、马所录，我们可以注意到以下问题。

第一，韩诗学发生的地理空间。

"燕、赵间言《诗》者由韩生"，"颇与齐、鲁间殊"，这告诉我们在燕赵之地产生广泛影响的韩诗学同齐鲁诗学构成了一种对待。从《汉志》著录看，汉初学术主要表现为：鲁学与齐学的分庭抗礼。比如《鲁诗》《齐诗》最为知名，立官学也早。

第二，韩诗学从地方到中央。

这是一种源起于地方（燕赵之地）的学术。宗师韩婴"文帝时为博士"，其孙商为武帝时博士的记录则说明，这种学问最终从地方走向了中央，成了一种国家诗学。这个转变至为深刻，关乎我们对其品性的分析。韩婴历经文、景、武帝三朝，汉文帝时期被立为博士，景帝时期为常山王刘舜的太傅，武帝时期曾与董仲舒论辩于殿上。走到中央，与以董仲舒为代表的显学（齐学）等相为抗礼，"论于上前""仲舒不能难也"等记录则显示了韩学的力量与影响。到后汉，韩诗学达到极盛。淮阳人薛汉、会稽山阴人赵晔、广汉绵竹人任安等都是韩诗学重要经师，且门徒甚众。可以见出韩诗学在地理空间上的广泛性。在学术与政治紧密结合，利禄之途的诱引背景下，可以说走向中央的韩诗学在"博士官"等制度性保证下又完成了从"中央到地方"的学缘辐射。

第三，韩诗学与易学渊源有自。

韩婴平生治《诗》、传《诗》，著有《内传》《外传》《韩故》。当时燕赵间言诗者多由韩生出。作为当时的通经之大儒，韩婴除了传授《诗》外，还精通《易》学。而燕赵间人好《诗》，故《易》成为其家学。从汉代学术史视域看，《韩诗》与《周易》之学的深刻关联，构成了韩诗学的经学底色。从《汉志》《儒林传》看，易学是汉代学术的一大关键。在古文经学家看来，《易经》更是群经之首。韩婴的易学修养使得汉代韩诗学同黄老学、谶纬学诸学问更容易建立联系，这或许也是韩诗学历经几朝而最后才衰败的原因之一。换句话说：韩诗学的易学内涵，使得它更具有同汉代主流学问相融合的特质，因而具有再生性、融通性等。这和汉代经师兼通多经有关系。《后汉书·儒林传》录有："薛汉，字公子，淮阳人也。世习《韩诗》，父子以章句著名。汉少传父业，尤善说灾异谶纬，教授常数百人。建武初，为博士，受诏校定图谶。当世言《诗》者，推汉为长。"又："任安字定祖，广汉绵竹人也。少游太学，受《孟氏易》，兼通数经。又从同郡杨厚学图谶，究极其术。"薛汉、任安都学通多经，精善谶纬之学。另外，会稽山阴人赵晔著有《历神渊》，也当是谶纬视域下的诗学著述。可以说，正是由于开山始祖韩婴学源深厚，精通诗学、易学，后人承续其学，能在齐学式微之后，在东汉走向鼎盛。这和《韩诗》学派的易学渊源有莫大的关系。《外传》所展现出来的与儒学、黄老学、谶纬学、易学等相通贯，都指示了韩诗学的理论气质。兼通数经最有代表性的人物郑玄也传习过《韩诗》，在《毛诗笺》中郑氏多引三家说，《韩诗》最著即是例证。可以想见，韩诗学在东汉时代学术格局中的位置和意义。这和韩诗学内涵丰富、学源深厚分不开。

第四，韩诗内、外《传》本无大区别。

韩婴之传《诗》，班、马皆用一个"推"字，并直举内、外《传》。一曰"韩生推《诗》之意而为内、外《传》数万言"，一曰"婴推诗人之意，而作内、外《传》数万言"。这中间有三个细节需要讨论。第一，"推《诗》之意""推诗人之意"，《汉书》增益《史记》，多了一个"人"字，有学者认为这有本质的区别。本书认为用"诗"也好（创制诗之初义），用"诗人"也好（诗人创制之初的意志），只是表述的差异，在汉初并无二致，其意思即说：韩婴根据《诗》之本义推演它的经世致用之义。从早期文体史的角度看，《诗》是礼乐文化的产物，是诗乐舞的合成品。作家文学尚未萌芽，诗人意识隐藏在集体创制的大背景中尚未成为一种自觉。《楚辞》是这个发展的中间阶段。《后汉书·

文苑传》是个标尺性载录，预示着作家文学的到来。可见在班固檃栝《史记》而成《汉书》的时代，不应有后世意义上的"诗人"。今人研究求之过深，或有牵强之嫌。第二，"推"字。这个字关系到韩诗学的经学品质。"推"即"推演"，可见韩诗学并不关心《诗》之本义，而是看重它在现实政治、士人生活中的现实功用。这体现在《汉志》上就是韩诗学没有以"故""训"为名义的解经之作。后来郑玄出，古文《毛诗》勃兴，千年来学界建立了以《毛诗》为中心的《诗经》学叙事。由"毛传郑笺""孔疏""朱子集传"等构成的"《毛诗》学"几乎成为《诗经》学的代表词，尽管从宋王应麟起学人始治三家诗。《毛诗》的独存及围绕《毛诗》形成的一种以"注疏"为特征的《诗经》学阐释史，造成了对韩诗内、外《传》解经方式的陌生，以致于很多人把《外传》排除在解经行列外。皮锡瑞曾说："论《诗》有正义，有旁义。"（《经学通论》2页）皮氏所云"旁义"即是韩诗学这样的"推演之义"。第三，班、马的记录还暗示一个问题，那就是韩诗内、外《传》的体例、性质的一致性。这是大问题，我们所辑佚的《内传》佚文可以支撑班、马的这一结论。后面，我们会专论这个问题。

通过以上细读，我们可以见出班、马的史家笔法。涉及韩婴、韩诗学的基本问题都蕴含其中了。这段话的丰富内涵如同灯塔一样，是本项研究的指路灯。

在汉初儒学复兴的过程中，最早被立于博士学官的五经之一就是《诗经》。由于传授者地域、传本及各家解释的不同，西汉传授《诗经》的又主要有齐、鲁、韩、毛四家。学随时势移，待马融、郑玄等大师出，特别是郑玄兼采今文注《毛诗》之后，齐、鲁、韩三家诗便渐次式微。烦琐的经传注疏从重视义理阐发转移到了古朴简洁的字句解释。"大道至简"，经过郑玄的努力，以简朴为特色的《毛传》《郑笺》成为新的经学范式走到了中心。《隋书·经籍志》云："《齐诗》魏代已亡，《鲁诗》亡于西晋。《韩诗》虽存，无传之者。"虽然韩诗学派于两汉时期为显学，在西晋后逐渐式微，但其作品并未完全亡佚。陆德明的《经典释文》兼采韩、毛异同，保存《韩诗》用字、《韩诗》故训等实多，为历代辑佚学家重视。李善《文选注》博采群集也是存录《韩诗》资料的宝库。然而，时代风云变幻，学术也是随之沉浮，韩诗学著作还是从各级书目中消失了,唯有十卷《外传》流传至今。

据《汉志》,有《韩诗》二十八卷、《韩内传》四卷、《韩外传》六卷、《韩故》三十六卷、《韩说》四十一卷。至《隋书·经籍志》,《外传》的卷帙由六卷增至十卷,且有《韩诗》二十二卷、《韩诗翼要》十卷。自《唐书·艺文志》起,诸史志书录就仅著录《外传》十卷。作为今文之学唯一的传世之作,《外传》由《汉志》所载的六卷增至《隋书·经籍志》十卷,这一卷帙上的变化,自宋以来已引发多种讨论:晁公武《郡斋读书志》曰:"《汉志》十篇:《内传》四,《外传》六。隋止存《外传》,析十篇。"意即六卷析为《隋书·经籍志》的十卷[1]。王应麟《玉海》也有相同的看法:"隋唐止存《外传》,析为十篇。"到清代修《四库全书》,馆臣因袭此说,指出"自《隋志》以后,即较《汉志》多四卷,盖后人所分也"。[2]

另一种观点则是清人沈家本提出的"《内传》未亡说"。在他看来:"隋唐志之《韩诗》者,《韩

---

[1] 晁公武,孙猛. 郡斋读书志校正[M]. 上海:上海古籍出版社,2011:64.
[2] 见《四库全书总目提要》之《韩诗外传》第136页。

故》也。《内传》则与《外传》并为一编，故其卷适与《汉志》同，非无《内传》也。"① 今人杨树达亦举"未亡说"，他说："《内传》四卷实在今本《外传》之中，今本《外传》第五章实为原本《外传》之首章，因后人为之合并，而犹留此痕迹。"② 第三种看法则认为，今本《外传》十卷是后人在六卷的基础上杂采相关材料续入原书而成。史料阙如，以上说法，并无确考之据，关于《外传》卷次分合诸问题，时至今日依然众说纷纭。中华典册经过多人之手，多时多地传承，其文本衍化情况异常复杂，《外传》也不例外。从汉唐古注所录的《外传》文字看，有不见于今本《外传》者，可见这个问题的复杂性之一斑。今本《外传》虽在篇卷数量上与文献著录存在一定出入，然而其作为汉初经学重要成果的价值是毋庸置疑的。

今存《外传》共十卷，每卷约三十余章，每章约百余字。全书以故事为主，广引古事古语，兼采事理杂说，通过微言大义、通经致用的义理说解之

---

① 沈家本.世说注所引书目［M］.成都：巴蜀书社，1996：530.
② 杨树达.汉书窥管［M］.上海：上海古籍出版社，1984：207、208.

法，对诗句思想主旨进行隐性诠释，以事与诗相互阐发的方式，将诗本义转化为承载儒家义理的载体，讽时劝上，以《诗》为谏书。全书在说《诗》方式上颇具特色，或引用《诗》句作结，或引《诗》后略加阐发，其中印证着韩婴对《诗》义的理解，可以借此探究韩婴的思想面貌。作为两汉三家诗中韩诗学派的一部代表性著作，在汉代今文《诗》学均已亡佚残缺的情况下，对《外传》进行深入探究，对认识汉代经学史上的诸多问题有其独特的价值。

一、《外传》著作性质

宋人王应麟在《汉艺文志考证》中提出，《外传》与《易传》《毛传》《尚书大传》等典籍同为一类，都是"六经异传"，即是为传授传经而作。屈守元更是主张《外传》是"孔门传《诗》的正宗"。另有很多学者认为它只是用诗之作。

考察学术史可以看出，在回答"《外传》一书是不是解《诗》"这个核心问题上，历代学者的观点可分成两派。第一派认为《外传》与《诗经》相关，是部解《诗》的著作，而且从学术发展史的角度看，这个观念代表了人们对《外传》最早的认识。汉代两大史学大家司马迁和班固就有如此之认识，①《汉志》亦有类似的说法。宋王应麟《汉艺文志考证》将《外传》与子夏《易传》《毛传》《尚书大传》等典籍进行比较，认为它们都是传经之著作②。元钱惟善"然观《外传》，虽非解经之详，断章取义，要有合于孔门商赐言《诗》之旨"。清陈澧将《外传》与《韩非子》等进行比较，看其解《诗》特点③。清唐晏《两汉三国学案》卷六"诗"也录出35条，认为是"说诗"的内容④。徐复观、赖炎元、屈守元、汪祚民⑤等先生都认为《外传》一书性质是说解和阐发《诗经》的。特别是汪氏从《外

---

① 《史记·儒林列传》曰："韩生推《诗》之意而为《内、外传》数万言。"《汉书·儒林传》曰："婴推诗人之意，而作《内、外传》数万言。"
② 汉书·艺文志考证（第二卷）[M]//二十五史补编. 北京：中华书局，1956：1396.
③ 《韩非》有《解老》《喻老》篇。引古事以明之，即《外传》之体，其《解老》即内传也。《韩外传》采阿曲处子一事，盖明知此乃杂说，不足信，但欲证明"汉有游女，不可求思"之义耳。（陈澧. 东塾读书记[M]. 北京：三联书店，1998：107、108）
④ 唐晏. 两汉三国学案[M]. 北京：中华书局，1986：283-287.
⑤ 徐复观《两汉思想史》卷三第6页；赖炎元《韩诗外传今注今译·自序》；《韩诗外传笺疏·前言》也以为《外传》"是孔门传《诗》的正宗"；汪祚民《〈韩诗外传〉编排体例考》。

传》编纂体例上拿出了坚实的证据，下文有详述。

另外一派主张则认为，《外传》不是解释《诗经》的典籍。根据对这批学者的分析，与主张《外传》是解《诗》之作的讨论比较，我们知道这类讨论是后起的。其典型代表有：明王世贞《弇州山人四部稿》卷百十二《读韩诗外传》曰："大抵引《诗》以证事，而非引事以明《诗》。"① 清章学诚以为"与《诗》意相去甚远"②，四库馆臣曰："其书杂引古事古语，证以《诗》词，与经义不相比附。"③ 其中《四库全书总目提要》中的评价，为《外传》不是释经之作的代表性说法，影响深远。今人也有类似的讨论，王占山④、龚鹏程⑤、黄震云、袁长江和王硕民⑥五位先生都以为《外传》是

---

① 王世贞. 弇州山人四部稿（文渊阁四库全书本）[M]. 上海：上海古籍出版社，2020.
② 叶瑛. 文史通义校注 [M]. 北京：中华书局，1985：1024.
③ 永瑢，纪昀，等. 四库全书总目 [M]. 北京：中华书局，1965：136.
④ 王占山. 从《韩诗外传》看西汉前期儒家思想的变化 [J]. 齐鲁学刊，1990（6）.
⑤ 汉代文学与思想学术研讨会论文集 [M]. 台北：台北文史哲出版社，1991：46.
⑥ 黄震云《〈韩诗外传〉和汉代文化》；袁长江《先秦两汉诗经研究论稿》；王硕民《〈韩诗外传〉新论》。

一部用《诗》的典籍。以上说法认为《外传》不是解释《诗经》的,而是运用《诗经》来证明自己的主张。也有调停性质的看法:清赵怀玉提出说《外传》著述性质为引《诗》证事或引事明《诗》都可以[①]。

以上是古圣今贤对《外传》著述性质问题的讨论[②],我们还可以从目录学著录的角度看到这两种分歧。自刘向、刘歆开创中国目录学、图书整理学之后,中国传统学术形成了一个一以贯之的特点,那就是:强调对典籍进行学术分类。正如宋郑樵《通志·校雠略》所言:"类例既分,学术自明,以其先后本末具在。"[③] 由此中国学术形成了一种"即类求书,因书究学"[④] 的治学方法及思想。

目录学不仅向我们提供了一个时期的图书保存情况,更为重要的是向我们透露了当时的知识结构、学术风气、学术背景等重要信息。所以具有"辨章学术,考镜源流"[⑤] 作用的目录学成了我们探

---

① 详参《韩诗外传》赵序。
② 按:刘强有更为详尽的综述,参其《韩诗外传研究》。
③ 郑樵. 通志[M]. 北京:中华书局,1987:831.
④ 章学诚《校雠通义·互著》,见《文史通义校注》966页。
⑤ 章学诚《校雠通义·叙》,见《文史通义校注》945页。

究学术史问题的一把钥匙。对于《外传》一书,历代目录书对它著录的细微变化,恰好反映了历代学人对其书性质的不同看法。其中正史《艺文志》《经籍志》的著录则代表了当时官学的意识,是历代正统主流学术认识的集中体现。

在《汉志·六艺略》中著录了四家诗,《外传》同《内传》一起成为韩诗学的代表;在后来的《隋书·经籍志·经部》《旧唐书·经籍志·甲部》《新唐书·艺文志·甲部》《宋史·艺文志·经类》中,《外传》都是著录在《诗经》类里面的。也就是说,在传统史官的学术分类思想里,至少可以保守地说,《外传》是一部与《诗经》密切相关的著作。宋代目录学大家晁公武《郡斋读书志》"韩诗外传"条下注曰:"此书称外传,虽非解经之深者,然文辞清婉,有先秦风。"[1] 南宋陈振孙《直斋书录解题》曰:"多记杂说,不专解《诗》。"[2] 至有清一代,《四库全书总目提要》却说其书:"无关于

---

[1] 晁公武撰,孙猛校证. 郡斋读书志校证 [M]. 上海:上海古籍出版社,1990:64.
[2] 陈振孙. 直斋书录解题 [M]. 上海:上海古籍出版社,1987:35.

《诗》义。"① 且四库馆臣因其书"与经义不相比附"② 把《外传》放在了《诗》类附录的位置上，这一位置的变化，深刻地反映了清代学术对《外传》一书性质的认识，这一分类观念也与《四库全书总目提要》对《外传》的评论相符合，即认为《外传》不是一部解《诗》的典籍。

对于《四库全书总目提要》的这一分类思想，清末学者刘咸炘有一段精彩论述，其在《旧书别录》卷一云："《四库全书总目提要》因置之《经部附录》，是不知《外传》之体也。古经师训诂简质，不多论义，其推衍旁通，大抵口耳相授。……此《班志》所谓采春秋杂说，非其本义者也。"③

写到这里，我们不禁要问：在汉代学者看来，作为韩诗学典型代表的《外传》一书，为何引起这么多议论，而成了一段学术史公案呢？究竟是《外传》一书的哪些特征引发了这两个认识分歧呢？

仔细阅读上述材料，我们可以发现有一个核心问题，是引起历代学者判断分歧的关键，那就是：

---

① 见《四库全书总目》136页。
② 同上。
③ 刘咸炘. 推十书（增补全本）·乙辑［M］. 上海：上海科学技术文献出版社，2009：192.

如何看待《外传》中的"引事"。换句话说，如何看待《外传》"引事"与"引《诗》"的关系。如果以为"引事"以"明《诗》、证《诗》"，那么这类学者即认为《外传》是部与《诗经》紧密相关的作品，是解《诗》的典籍。比如司马迁、班固等；相反，如果以为"引《诗》"以"证事"，那么这些学者即认为《外传》是部与《诗经》关系不大，"无关《诗》意"的作品，是用《诗》的典籍。比如明王世贞，《四库全书总目提要》，今人许维遹、王占山等无不如此。

《韩诗外传集释·出版说明》曰："而现存《外传》的体例却跟刘向的《新序》《说苑》《列女传》等相类似，都是先讲一个故事，然后引《诗》以证。这原是古人著述引《诗》的惯例，创始于《论语》，以后《墨子》《孟子》都有，而《荀子》则最多。《荀子》引《诗》，常在一段议论之后用作证断。"[1] 王占山先生认为《外传》是部用《诗》之作，并与《荀子》等典籍相比较，以为其书改称为

---

[1] 许维遹. 韩诗外传集释［M］. 北京：中华书局，1980：1.

《韩子》更恰当[①]。这一论断，几乎成为定论，代表了当今学界对《外传》著述性质的一般认识。

以上论述，是作为一个学术史问题的述评，此外新近的硕士、博士学位论文多从思想内容、史料来源、美学思想史价值，以及异文比较等角度研究《外传》[②]，也有从三家诗异文比较入手，结合新近出土的《诗经》文献材料进行研究，取得了一些成果[③]，但是在回答《外传》著述性质这个问题上，未见有人拿出坚实的证据或者合理的解释。

我们认为《外传》是部解《诗》的典籍。本书的写作，愿意从一些新的思路出发，进行逐一论证，为解决这些问题做出尝试。

我们认为可以从以下几个角度观察《外传》一书的性质问题。

首先，我们可以找到一个裁决依据，那就是《汉志》。《汉志》著录《外传》在《六艺略》之

[①] 王占山. 从《韩诗外传》看西汉前期儒家思想的变化［J］. 齐鲁学刊，1990（6）.
[②] 参杨柳《〈韩诗外传〉思想研究》、王云飞《论〈韩诗外传〉的性质及其思想意义》。
[③] 参陆锡兴《诗经异文研究》、王建华《〈韩诗外传〉与其他文献异文研究》、程燕《考古文献〈诗经〉异文辨析》。

《诗》类中。仔细阅读《六艺略》我们会发现,《六艺略》著录的典籍都可以看作是对"六经"的解说之作。这一著录特点在《诗》类尤为显著[①]。且其注疏体例有"故""传""记"等。也就可以说,在《汉志》看来,《外传》是汉代三家诗注疏体例之一种。《汉志》代表了那个时期的人们对经传的看法,这是值得重视的。至于后世学人的意见,需要在下文进行考虑。

其次,如果从经典注疏史的角度,参之《汉志》,我们会得到一份简表(表1),该表向我们展示《汉志》编写之时经典注疏的各种体例。

表1

注疏体例	举例	依据
故、解故	《鲁故》;大小夏侯《解故》	《六艺略·诗》;《六艺略·易》
训	《毛诗故训传》;《苍颉训纂》	《六艺略·诗》;《六艺略·小学》

[①] 《汉志》著录三家诗学:"《诗经》二十八卷。鲁、齐、韩三家。《鲁故》二十五卷。《鲁说》二十八卷。《齐后氏故》二十卷。《齐孙氏故》二十七卷。《齐后氏传》三十九卷。《齐孙氏传》二十八卷。《齐杂记》十八卷。《韩故》三十六卷。《韩内传》四卷。《韩外传》六卷。《韩说》四十一卷。《毛诗》二十九卷。《毛诗故训传》三十卷。"

续表

注疏体例	举例	依据
传、传记	《左氏传》；《五行传记》	《六艺略·春秋》；《六艺略·书》
记、杂记	《乐记》；《公羊杂记》	《六艺略·乐》；《六艺略·春秋》
微	《左氏微》	《六艺略·春秋》
说、说义	《鲁夏侯说》；《欧阳说义》	《六艺略·论语》；《六艺略·书》
章句	《公羊章句》	《六艺略·春秋》
议奏、议对	《议对》十八篇	《六艺略·论语》

需要说明的是，为了叙述简洁，这里只提供了一个简表，还有一些诸如"内、外传""杂传"等体例，没有详尽地展示出来，只是列出了大的体例名目。分析该表，我们可以见出一个重要问题，就是作为"传注学"的"注"体例在《汉志》中并没有著录。由此，我们至少可以保守地说，以"注"命名的典籍尚未成为一种流行的注疏体例[1]。且我们做个统计工作，就会发现在《汉志》著录的各种体例中，最多的是"传"体[2]。由这个强烈的对比，

---

[1] "注"最早见于《史记·淮南衡山列传》索隐引刘向《别录》云："《易》家有《救氏注》也。"
[2] 《汉志》著录的典籍中，以"传"命名的图书有11类25种。

我们知道,"传"代表了经典注疏史上的早期形态。

许慎《说文解字·水部》曰:"注,灌也。从水。"《说文段注》曰:"释经以明其义曰注。"《说文解字·人部》曰:"传,遽也。从人。"《说文段注》曰:"凡展转引伸之称皆曰传。"[1] 从训诂学的释义我们可以见出,"注"与"传"两体例的不同在于:"注"是对文本进行注解,犹如水灌入田地里[2]。而"传,从人"是在口头讲习等过程中"展转引伸"其义,两者之不同源于注解对象的不同。而孔颖达《春秋左传正义》曰:"毛君、孔安国、马融、王肃之徒,其所注书皆称为传,郑玄则谓之注。"[3] 这句话可谓高屋建瓴,由此可知汉代注疏学自郑玄起"注"体才开始出现,而正如前文所述《汉志》产生的时代,"传"是最常见的注疏形式。由此,我们也就需要建立一个认识,就是在观察"传"与"注"两种不同体例的时候,需要用两个

---

[1] 段玉裁. 说文解字注［M］. 上海:上海古籍出版社,1981:377、555.
[2] 《仪礼·士冠礼》郑玄注、贾公彦正义曰:"言注者,注义于经下,若水之注物。"
[3] 阮元. 十三经注疏［M］. 上海:上海古籍出版社,1997:1712.

不同的标准。特别需要修正的是，不能拿"注"体例的标准来考核"传"体例。回到古今学人对《外传》一书性质问题的讨论上来，我们发现从时代上看，司马迁与班固是力主解《诗》意见的代表，与反对者相比，他们也是对该书性质做出判断的早期代表。而反对派产生的时间很晚，自有宋一代才见。我们认为，之所以会有这么大的分歧，就在于后世学人使用了"注"体例来观察"外传"一体，才引发了这一学案。前文引述的清末学者刘咸炘批评曰："《四库提要》因置之经部附录，是不知《外传》之体也。"清末学者陈澧将《外传》与《韩非子·喻老》等比较，感叹后人不知"外传"之体例，都是采取不同于"注"的方式看待"传"体，即从注疏史发展的角度看问题，这给我们极大的启示。下文，我们将专章论述《外传》在形式、内容上的解《诗》特色。

再次，我们可以从《外传》全书编撰特点上认识其性质。前文已经表述：该书引起纷争的一个原因是如何看待《外传》中的"故事""道理"等与出示的那句"《诗》曰"的关系。我们要先研究一下作者本人的编撰特点，来看看作者的目的是通过故事来解释《诗》，还是用《诗》的经典力量，来证实事理要表达的主张和思想。换句话说，就是要看两者哪个是全书的主线，哪个是作者的写作本意。

今人汪祚民先生论文《〈韩诗外传〉编排体例考》，是新近《外传》体例研究中最有分量的一篇文章。汪氏通过列表、详尽比较论证得出以下结论："《韩诗外传》各卷之内，每章所引诗句在《诗经》中有对应的篇目，引不同诗篇语句的次序与所引诗句的诗篇在今本《诗经》中的排列先后次序相合。"① 由此，我们可以得到一个认识：《外传》的编撰，是以《诗》句所在篇目为顺序、以《诗》为中心来组织材料的。从这个编撰特点上看，作者心目中所引《诗》与所讲述的故事的关系是明确的。这一认识也可以在比较中得出。刘向编撰的《列女传》《说苑》《新序》中都含有大量的引《诗》。从

---

① 汪氏研究发现，《韩诗外传》各卷之内，每章所引诗句在《诗经》中有对应的篇目，引不同诗篇语句的次序与所引诗句的诗篇在今本《诗经》中的排列先后次序相合。如卷五引用《大雅·板》语句的章节，大都排在引用《大雅·荡》的前面，而今本《诗经》，《大雅·板》排列在《大雅·荡》之前。以卷二为例，如果把各章所引《诗》句所在的篇名依次列出来的话，都符合这一体例，卷四与卷十也是如此。其他各卷，多数符合这一体例，其中的一些特例，可能是由于六卷析为十卷时造成的。所以说，《外传》各卷内每章的排列次序与今本《诗经》有关诗篇先后次序有联系。

形式上看，正如前文已引述的王占山的说法，先讲一个故事，或者发一通议论，最后以《诗经》句子结束。这三本书，从编写目的和书籍的编目，都可以看出他们不是解《诗》的。他们引《诗》的目的是为了说明要表达的观念。比如《列女传》，其书分为"母仪传""贤明传""仁智传""贞顺传""节义传"等内容。全书的编撰顺序围绕在编者需要表达的观念上，而《外传》却是以《诗》的顺序，在这一点上，可以看出著者的不同用意。

再次，如果不承认《外传》的解《诗》性质，那么我们将无法很好地解释以下事实。先秦典籍存在着以"解""喻"为篇题的文字，它们和《外传》在体例上完全一致（详见下文）。我们如何看待它们呢？且《外传》在编撰结构上，正如上文所述，是以《诗》句所在篇目的顺序编集成书的。还有前文引出了王应麟《汉艺文志考证》看法：《外传》的解说《诗》旨的方式与《毛传》《易传》《尚书大传》[①]一致。其实比较可知，与《易纬》[②]也完全一

[①] 详参清人辑校《尚书大传》，今有《汉魏遗书钞》本、《皇清经解续编》本。
[②] 详参丛书集成初编本。

致。对此合理的解释应该是：它们都是解说经旨的作品，反映了注疏史的早期形态。

再次，在《外传》中，存在同一《诗》句被多次引用。合理的解释是，著者从不同的角度使用不同方式解说该句，即或者通过事理，或者在《诗》句后面明确给出其义，所以我们不能将之视作引《诗》以证事理，而将之看作经师从多角度、采取不同故事或者事理讲解《诗》义。

例如：《传》曰：喜名者必多怨，好与者必多辱，唯灭迹于人，能随天地自然，为能胜理而无爱名；名兴则道不用，道行则人无位矣。夫利为害本，而福为祸先，唯不求利者为无害，不求福者为无祸。《诗》曰："不忮不求，何用不臧。"

《传》曰：聪者自闻，明者自见，聪明则仁爱着而廉耻分矣。故非道而行之，虽劳不至；非其有而求之，虽强不得。故智者不为非其事，廉者不求非其有，是以害远而名彰也。《诗》云："不忮不求，何用不臧。"

《传》曰：安命养性者，不待积委而富；名号传乎世者，不待势位而显；德义畅乎中而无外求也。信哉！贤者之不以天下为名利者也。《诗》曰："不忮不求，何用不臧。"（《韩诗外传集释》14、15页）

引文是《外传》卷一第十三、十四、十五章连续解释《邶风·雄雉》"不忮不求，何用不臧"句的例子。分别从"不求福者为无祸""廉者不求非其有""德义畅乎中而无外求"来推衍其义，从这三个义项来解释"不忮""不求"。王先谦《诗三家义集疏》征引《论语·子罕》马融注曰："害也，不疾害，不贪求，何用不为善也。"刘向《说苑·杂言》引《诗》亦云"廉者不求非其有"，证实《外传》的解释与马融合，与《鲁诗》说一致（《诗三家义集疏》161页）。这意味着《外传》的解说被后人接受，刘向更是一字不差地接受它的解释。又《毛传》曰："忮，害。臧，善也。"（《诗三家义集疏》161页）亦与韩义同。

这种同一诗句被反复解释的例子，在《外传》中大量存在，且采取了不同的形式、不同的角度进行解释。按：这一反复解说的特点也透露出《外传》是经师口授经旨活动结果的文化事实。下文讨论了先秦两汉教育学思想，其要求教师需要善"喻"，可与此联系起来思考。

最后，如果将《外传》视为引《诗》证事理的典籍，《外传》存在着的直解《诗》义的例证，就说不通了。例如：《传》曰：夫《行露》之人许嫁矣，然而未往也，见一物不具，一礼不备，守节贞理，守死不往，君子以为得妇道之宜，故举而传之，扬而歌之，以绝无道之求，防污道之行乎！《诗》曰："虽速我讼，亦不尔从。"（《韩诗外传集释》2页）可以说，该段释文既解释了《行露》的主旨，又解释了该《诗》"虽速我讼，亦不尔从"句的含义。《毛传》、鲁说均与此处解说相一致（《诗三家义集疏》89页）。

综合以上六点，我们认为《外传》是解《诗》的作品。其特殊的解说方式，不被后人所熟知，而引发了一段学术公案。下文将从形式及内容上论述其解说《诗》旨的特色。

《汉志》又言："鲁申公为诗训诂，而齐辕固生、燕韩生皆为之传。"点明了《鲁诗》以训诂的方式解《诗》，而《齐诗》和《韩诗》则是以传说的方式说《诗》。训诂的特点在于注重对字句的注释，而传说则主要在于发挥《诗》义，以引述杂说、故事等的方式来阐明《诗》义。齐、鲁、韩、毛四家《诗》，在著录的时候有一定的不同，鲁、毛的训诂，齐、韩的传说，但作为基本上同时期的《诗》学著作，立足于解释《三百篇》的创作意图却是可以肯定的。

二、渊源：《外传》与荀子

《汉志》认为：韩婴为《诗》作传乃"取《春秋》，采杂说"。对照今本《外传》，参考王先谦《荀子集释》以及今人《外传》校注成果等，可以见出《外传》与上古著述的传习关系。表现之一是：《外传》征引先秦旧说、櫽栝前人之语甚多。其中全录、节录、转译（櫽栝）《荀子》的语段更是多有。《汉志》之说极是。我们无法确考韩婴与荀子的师承关系，通过对照《外传》和《荀子》可以发现：全书引《荀子》文多达四十四条，其中部分段落几乎全抄《荀子》。正因此，古人即有《韩诗》出于荀子，乃"荀卿子之别子"的说法等。[①]清人汪中这个说法后来也得到了皮锡瑞等人的响应[②]。今人赵伯雄总结说：通观《外传》全书，其征引诗句同于《荀子》者共有三十多处，在这三十多处引诗中，大多数韩义是与荀义相同的。例如韩氏引《曹风·鸤鸠》，《小雅》之《小明》《楚茨》

---

① 参汪中《述学·荀卿子通论》。
② 皮氏说"韩诗亦与《荀子》合"。（《经学历史》29页）

《角弓》,《大雅》之《皇矣》《泂酌》《文王有声》,《周颂》之《执竞》,《商颂》之《长发》等所要说明的"义",与《荀子》引这些诗所要说明的"义"完全一致或者非常接近。总的来看,就可以进行比较的材料而言,《韩诗》的诗义有相当多的部分是来自荀子的①。今人徐复观在《两汉思想史》中单设《外传》研究②,于《韩诗》之学源,徐氏说:"他(韩婴)在《外传》中共引用《荀子》凡五十四次,其深受荀子影响,可无疑问。"可见,无论在文献征引、传袭及其櫽栝上③,还是在义理的承续发展上,《外传》都与《荀子》有着千丝万缕的

---

① 赵伯雄. 荀子引《诗》考论[J]. 南开学报, 2000 (2).
② 单列《外传》研究专题,可见在徐氏看来《外传》价值之重大。在研究中,他指出了《外传》与荀子的学术链接关系,其论证也细密,可信。在细节考订的基础上,徐氏的另外一个贡献就是对《外传》之用诗做了理论性阐释。他认为《外传》是"将《诗》由原有的意味引申成为象征性的意味"。并把这种"象征性意味"的诗学阐释同"兴于诗""赋诗言志"等做了学理链接性探考,并把《外传》这种引诗用诗的"诗传"体例看作一种思想史形式。可以说,徐氏这个系统性的大格局认识为我们认识《外传》奠定了学术地基。就目力所及,尚没有超越徐氏的新认识出现。
③ 比如《荀子·议兵》引"武王载发",《毛诗》"发"作"旆"。《荀子》《韩诗》同。这种情况,刘立志博士有过统计,说有三十余处。详参其《汉代〈诗经〉学史论》。

联系。下面，我们在前贤研究的基础上，继续讨论一点这个问题及其几处细节。

从《论语》等史籍记录情况看，孔子死后，对《诗》《书》之流传贡献最大的两位高弟即是子夏与曾子。其中曾子传学子思，子思授孟子，形成"思孟学派"。近年出土文献多有与这派相关的史料出现。子夏研学《诗》的记录见于《论语》，并获得了孔子的赞许。《后汉书》更是说：孔子手订五经，而"发明章句始于子夏"。考之《经典释文》《毛诗》传承大略显示：从子夏五传到荀子。据清人汪中考正《易》《诗》《春秋》《礼》等传布都源起荀子。荀子作为战国最后一位宏通大儒，由他开启有汉以降的学术大幕也是情理中之事。清人汪中、严可均根据《外传》中有引《荀子》以说《诗》的44条材料，认为《韩诗》传自荀子。这个说法可以商榷。因为近年的研究成果显示：《外传》采摘上古文献甚多。可谓杂取百家而成是书。所以，汪、严之说或有不严密之处。但是他们的工作开启了一个思路，即它向我们展示了《外传》与《荀子》说《诗》上的学术承续等关系。

第一，从经文用字看《外传》与《荀子》引诗。

今人刘立志做过统计：《外传》征引《诗》句

同于《荀子》者有三十多处，其中大部分释义与《荀子》如出一辙，应该承认《韩诗》有相当多的释义来自《荀子》。今人房瑞丽《〈韩诗外传〉传〈诗〉论》一文也肯定《外传》与《荀子》的师承关系。从细节看来，这些认识还是需要更为细致地建立起来，以看到更多的文本细节。现在从《荀子》与《外传》引《诗》用字细节，也可以见出不少新问题来。

比如《荀子·议兵》引"武王载发"，《毛诗》"发"作"旆"，考之《韩诗》，《荀子》则同《韩诗》。也多有经文用字不同的例证：《荀子·劝学》曰："故君子不傲不隐不瞽，谨顺其身。"并引《诗》曰："匪交匪舒，天子所予。"此之谓也。《外传》卷四几乎全录《荀子》之文，然引的这句《小雅·采菽》经文用字却有两处异文，《外传》作"彼交匪纾"。今按：这样的用字之不同，让我们对《韩诗》源起《荀子》的看法有了怀疑。如果学承没有问题，那么就对汉儒严守家法师法之说又有商榷了。

第二，《外传》对荀子思想的继承。

荀子是战国最后一位大儒。其思想以儒家正统思想为主，也综合了法、道等百家学问。法今王、隆礼劝学、强调君子道德等都是荀学的重要内容。《外传》随处都有征引《荀子》的条目，有全录，有节录，有檃栝其义等，不一而足。比如：

君子崇人之德，扬人之美，非道谀也。正言直行，指人之过，非毁疵也。诎柔顺从，刚强猛毅，与物周流，道德不外。《诗》曰："柔亦不茹，刚亦不吐，不侮矜寡，不畏强御。"（《外传》卷六）

考之《荀子》，可知《外传》这段话是摘录于《荀子》之《不苟》，文字略有差异，《外传》更为精练。这是承袭《荀子》的君子思想以训解《诗》。不同的是两者结尾处引《诗》并不相同。

荀子是在礼法思想上有开创性贡献的大儒，这是他不同于孔孟之学的学术特征。《劝学》云："学恶乎始？恶乎终？曰：其数则始乎诵经，终乎读礼。其义则始乎为士，终乎为圣人。"这是一种"身份自觉"，荀子对它做了精细的论述。在荀学的视野中，读经仅是士人之路的开始，最终要参与到家国的"伦理秩序"（礼）的建设中去。其修养功夫从做"士"开始，其终极所在是成为"圣人"。在这个过程中，研读诗书是其必有之谊。在宗经征圣思想视域下，《诗》《书》是作为上古三代圣王思想遗存而存在的。所以，在《劝学》中就明确标识了儒生进阶之路从读经开始，但是这不是目标。这个观念被汉唐儒生做了贯彻，成为儒学史中的一个重要命题："通经致用。"这个观念在《外传》中也得到了大贯彻。后面，我们拟对《外传》的内容做几个专题研究，可以说，每个主题都是《外传》发挥诗之本义，达到"经世致用"的目的。荀子处于周秦大动荡的时局中，各种学说流行于时，荀子立足儒学，兼采并收，成就了儒学又一次集大成。表现在学说上，就有"隆礼劝学"的特征。"隆礼"本是儒学之正统，至荀子别有新裁：纳法入礼，礼法并重。这和荀子"性恶论"紧密相关，也是周秦汉思想史上的一个大变化。正是在人性论上荀子以"性恶"入题，因此自然引发对外在力量——礼法的强调。进一步发展下去，荀子之学的代表人物——李斯、韩非都成了法家人物，即是这个理路的延续。从文献记录看：汉初的情况也是礼法并重。汉初重视"礼"，比如贾谊《新书》专设一篇讨论"礼"，后来董仲舒更是发展出了"三纲五常"之说。这也容易理解：大战之后，文化凋敝，社会秩序亟待建立起来，礼乐文化自然备受关注。荀子礼法并重的思想自然也更受重视。韩婴在《外传》之中也承续了荀子之学。在《外传》卷一即有明确讨论。其文曰：

凡用心之数，由礼则理达，不由礼则悖乱。饮食衣服，动静居处，由礼则知节，不由礼则垫陷生疾。容貌态度，进退移步，由礼则夷。国政无礼则不行，王事无礼则不成，国无礼则不宁，王无礼则死亡无日矣。

从文本语境看，《外传》言礼的对象是王公贵族。它从饮食衣服说起，一直到国家之存亡，可谓巨细具有。从正反两个层次反复阐释，给予了礼以指导政治伦理的理论力量。其实，这种力量也是约束君权的一种制约力。《外传》这个礼学观念也可以用之士君子，在其他篇章中这个思想就又转移到以士大夫等为对象的论说中去了。后文会对《外传》中的礼法等文本进行专章讨论，此不赘言。

第三，《外传》对《荀子》说诗之损益。

例如，《荀子·劝学》有："问楛者勿告也，告楛者勿问也，说楛者勿听也，有争气者勿与辩也。故必由其道至，然后接之，非其道则避之。故礼恭而后可与言道之方，辞顺而后可与言道之理，色从而后可与言道之致。故未可与言而言谓之傲，可与言而不言谓之隐，不观气色而言谓之瞽。故君子不傲不隐不瞽，谨顺其身。《诗》曰：'匪交匪舒，天子所予。'此之谓也。"

今按：诗出《小雅·采菽》。杨倞注曰："匪交，当为彼交。言彼与人交接，不敢舒缓，故受天子之赐予也。"考之《毛诗传笺》，杨注是[①]。"匪交匪舒"《毛诗》正作"彼交匪纾"。《采菽》诗本义是：来朝君子与人交接过程中，不敢有"解怠纾缓之心"（《郑笺》语），所以天子赐予"赤芾""邪幅"。荀子于《劝学》中引诗是要强调"君子不傲不隐不瞽，谨顺其身"的意思，正与《采菽》之"匪舒"合。又按："谨顺其身"亦可读"谨慎其身"，是约礼于己，慎微其事也。《外传》在卷四第十六章引《荀子》此文（《韩诗外传集释》147页），"谨顺其身"即作"谨慎其序"。《外传》引《诗》同而与《荀子》不同之处有二。第一，《外传》引《诗》作"彼交匪纾"，与《毛诗》同。第二，《外传》在结尾处引《诗》后又补一句云："言必交吾志然后予。"这两处不同暗示我们上古文献传袭过程之复杂。《外传》几乎全录《荀子》文字，却在引《诗》上有所不同。是本就不同，还是后世传抄刻印发生了经字的改易。史料阙如，我们不得而

---

① 杨注实袭《郑笺》。参孔氏点校本《毛诗》333页。

知。《外传》引《诗》与《毛诗》同，而自谓传自荀子的《毛诗》用字又不同于《荀子》，这个细节也不得不察。第二，《外传》结尾处增补之句，把《诗》之用意引向了比《荀子》更为明晰的路径上去了。它似乎在说：君子要"谨慎其序"，交合我之志意（即不隐不瞀，匪懈其事），才会赐予福禄等。即这个补句可以说是对《诗》文本"交"字之义的引申。荀子重视"匪舒"，《外传》强调了"交吾志"。另外，《外传》这个添加之笔，可以正故书之训读。"彼交匪纾"王引之曾读"交"为"姣"，引《广雅》"姣，侮也"为证。说："言（来朝之君子）不侮慢不怠缓也。"（《经义述闻》卷六155页）从《外传》看，王氏之说或不可从。郑笺亦如字读。故训似不可移。从这一处"互见"我们可以窥视到《外传》对《荀子》有承续也有损益，在经文用字上的取舍更是有微言之义存焉。

《荀子·修身》载：礼者，所以正身也。师者，所以正礼也。无礼何以正身？无师，吾安知礼之为是也？礼然而然，则是情安礼也。师云而云，则是知若师也。情安礼，知若师，则是圣人也。故非礼，是无法也；非师，是无师也。不是师法而好自用，譬之是犹以盲辨色，以聋辨声也，舍乱妄无为也。故学也者，礼法也。夫师，以身为正仪而贵自安者也。《诗》云："不识不知，顺帝之则。"此之谓也。

"不识不知，顺帝之则"出《大雅·皇矣》，《外传》卷五亦录此文，且都是强调依据礼法而行事的道理。《荀子》是用诗的比喻义。诗中的"帝"对应《荀子》文本中的"师"。这是特别强调以圣王为师，无师我们是无法知道礼之谓礼，也就无法正身。我们再来看《外传》卷五第十章对这段话的继承与改造。

礼者则天地之体，因人之情而为之节文者也。无礼，何以正身？无师，安知礼之是也？礼然而然，是情安于礼也。师云而云，是知若师也。情安礼，知若师，则是君子之道。言中伦，行中理，天下顺矣。《诗》曰："不识不知，顺帝之则。"

两相比较：《外传》这段话毫无疑问是櫽栝自《荀子》。可谓有继承也有改造。《外传》用荀子的礼学思想，并把礼上升到"天地之体"的高度上去了。从语境看，《外传》更强调的是"天下之顺"与"隆礼""尊师"的勾连。两者都是强调礼法的重要，阐释的层次和细节都有不同。韩婴学承荀子又有损益，可见一斑。在这一则中，《外传》继承了荀子的思想，文字有省减，阐释层次有提升。再看一例：

> 子贡问于孔子曰："赐倦于学矣，愿息事君。"孔子曰："《诗》云：'温恭朝夕，执事有恪。'事君难，事君焉可息哉！""然则赐愿息事亲。"孔子曰："《诗》云：'孝子不匮，永锡尔类。'事亲难，事亲焉可息哉！""然则赐愿息于妻子。"孔子曰："《诗》云：'刑于寡妻，至于兄弟，以御于家邦。'妻子难，妻子焉可息哉！""然则赐愿息于朋友。"孔子曰："《诗》云：'朋友攸摄，摄以威仪。'朋友难，朋友焉可息哉！""然则赐愿息耕。"孔子曰："《诗》云：'昼尔于茅，宵尔索绹，亟其乘屋，其始播百谷。'耕难，耕焉可息哉！""然则赐无息者乎？"孔子曰："望其圹，皋如也，嵮如也，鬲如也，此则知所息矣。"子贡曰："大哉死乎！君子息焉，小人休焉。"（《荀子·大略》）

《外传》几乎全录了这段话。细致对读，我们可以见出《外传》改动了引诗。子贡倦于事君，《荀子》引"温恭朝夕，执事有恪"（出《商颂·那》），意思是说：为君王效力不应懈怠。《外传》改引"夙夜匪解，以事一人"（出《大雅·烝民》）。其中"一人"即君主，似乎又在强调君王的独尊。

又子贡倦于对妻子之事，《荀子》引"刑于寡妻，至于兄弟，以御于家邦"戒之。而《外传》改"妻子"为"兄弟"，又增引《小雅·棠棣》"妻子好合，如鼓瑟琴。兄弟既翕，和乐且湛"。于倦于朋友句，《外传》无引诗。于不可倦于耕种处，《荀子》《外传》都引了《豳风·七月》，《外传》又增引《周颂·敬之》"日就月将"句，以增强立论之深刻：强调一日一月都不可懈怠。可见《外传》用诗之用心。同前文，《荀子》字繁与《外传》精简不同，这里《外传》对《荀子》有更易有增补，使得论述更为饱满。可谓是在荀子思想基础上的增益。

利用屈守元等前辈学者的《外传》研究成果，比对《荀子》，也有参考资料可资利用，即清人王先谦做了细致的文献考异工作。两相比较，我们可以看出《外传》对《荀子》语段多有承袭，以全录、节录、檃栝大义等几种方式。但是《外传》在细节处还是有大的改动，更易《荀子》引《诗》的更是多见。比如：

川渊深而鱼鳖归之，山林茂而禽兽归之，刑政平而百姓归之，礼义备而君子归之。故礼及身而行修，义及国而政明，能以礼挟而贵名白，天下愿，令行禁止，王者之事毕矣。《诗》曰："惠此中国，

以绥四方。"此之谓也。(《荀子·致士》)

文字大略见《外传》卷五，但引诗不同。《荀子》引《大雅·民劳》句，强调"刑政平""礼义备"则"君子归之""王事毕"。《外传》改引《大雅·抑》"有觉德行，四国顺之"，更强调"以德服人"，四方来归。两者阐释层次一致，阐释细节大有区别。这样的例子还是多有，今不繁引。

通过以上资料考订，我们可以见出《外传》同《荀子》的紧密联系。传统说法：韩诗学源起荀子不是面壁虚造之论，它有着坚实的史料基础。可是，进入文本细节处，我们还是发现了这么多的差异。说韩诗学源起荀子似乎尚需更为细致的讨论。可能保守的看法是：韩诗学主要采信了荀子的思想，它和孟子等也大有关系，而"杂取百家"形成了自己的世界。比如在《外传》和《荀子》之间还有一个难以缝合的分歧，不得不察。主"法今王"的荀子是旗帜鲜明地反对士人用心于对《诗》的阐释，看不上那种久浸于经典之中而不知时变的儒生，并把仅关注于诗义阐释和传习的学者称为"腐儒""陋儒"。荀子说"始于诵《诗》"，正是把《诗》看作了士君子的起步，即《诗》是手段或者说工具而已，用心于当下，"法今王"，实现当下的文化价值才是荀学的学术兴趣之根本所在。而在汉儒看来，《诗》是可以成为"谏书"的经世致用的思想资源，是士君子的安身立命之所在，"游艺于六经之中"是也。于是，汉代四家诗都重视温习、阐释诗义并将之同当下政治伦理等建立联系，这是他们的经学之要义。荀子的这个诗学观念也显然与《外传》重阐释、承传《诗》的精神相背离。因为在司马迁、班固看来，《外传》最大的价值恰好在"推诗（人）之意"。又细致分析起来，《外传》继承孟子的诗学内容更是多有。所以，学术思想的承续是个极为复杂的事情，仅说韩诗学来自荀子，或不是历史之实情。这就要求我们不得不进入《外传》与《孟子》构成的世界。

三、渊源：《外传》与孟子

孟子是儒学道统人物。他的古典学修养之高来源于自己的勤奋，也来自生长之地的文化气氛。"周礼尽在鲁。""《诗》《书》《礼》《乐》者，邹鲁之士，搢绅先生多能明之。""济济邹鲁，礼义唯恭，诵习弦歌，于异他邦。"（汉儒韦孟诗），这些话都指出邹鲁之地是诗书之学的源头。生于斯、长于斯的孟子有着研习《诗》《书》的优越条件，自不待言。关于其师学渊源，孟子曾有自述云："乃所愿，则学孔子也。""君子之泽五世而斩，小人之泽五世而斩。予未得为孔子徒也，予私淑诸人也。"（《孟子正义》577页）无缘亲炙孔子，孟子师随孔伋（即子思）①，也是孔学之正传。这都是孟子诗学产生的背景。孟子之学大昌始于宋代，韩愈或是其端头。而汉代初年史书的一个记录细节，我们不能不察。那就是《孟子》立博士官比五经等立学要早。这提示我们：汉初国家学术有孟子之学的面向。不难想见，当时的儒生在传布《诗》《书》等经学要义之时会有孟子学的学理背景或底色。这个判断虽然没有显性文献的支撑，但在《外传》中韩婴对孟子诗学的承续可谓丰富。

战国中后期，儒学式微，《诗经》之流布也因之中衰。据董治安考据：战国时期诗学之传承主要集中在儒家学派内部②。法家等学派很少言《诗》。更有甚者比如庄子对包括《诗》在内的五经充满了

---

① 《史记》明确说：孟子"受业子思之门人"。班固也说"子思弟子"。《风俗通义》及赵岐《孟子注疏》皆从此说，今不繁录。
② 董治安. 先秦文献与先秦文学[M]. 济南：齐鲁书社，1994：64-88.

反讽。在天下道术"不归杨，则归墨"的大背景下，孟子之任甚重，扛起了儒学复兴的大旗，成为儒学道统的中坚力量。孟子在邹鲁之地曾经教授生徒四十余年，深于《诗》《书》的孟子与《诗》学发展自然密不可分。在这个背景之下，汉代诗学承续《孟子》也是其应有之谊。这是文化传承的结果。当然也有着文化地理、时代风尚等多种原因。史料阙如，我们依然可以想见：孟子及其门生对《诗》《书》的传诵之功。学成之后的众门生，分散四地，孟子诗学于是走出邹鲁，走向了更广阔的文化空间。从我们对汉代韩诗学者的籍贯分布看，来自邹鲁及其周边的儒生占据绝对优势。这样说：孟子与汉代韩诗学有莫大关系就有了历史基础。

在汉代，四家诗的传习无疑是先秦诗学传播的延续。据史料记载：《鲁诗》是由荀子传浮丘伯，浮丘伯传申公，而到汉代有《鲁诗》一家。这个说法为后人所接受。王先谦、皮锡瑞、刘师培等皆主此说。后出的《毛诗》也传自荀子，说见《经典释文序录》，其中毛公、河间献王功德亦大。又有讲《毛诗》之源归于子夏者，说见郑玄《诗谱序》、陆玑《毛诗草木鸟兽虫鱼疏》。而今人庞俊《齐诗为孟子遗学证》、蒙文通《汉儒之学源于孟子考》等研究成果则显示孟子给齐学提供了思想资源①。其实，孟子对韩婴的影响也甚炬。表现在《外传》中就是韩婴多采《孟子》说诗之义。例如：

子曰："不知命，无以为君子。"言天之所生，皆有仁义礼智顺善之心，不知天之所以命生，则无仁义礼智顺善之心。无仁义礼智顺善之心，谓之小人。故曰："不知命，无以为君子。"《小雅》曰："天保定尔，亦孔之固。"言天之所以仁义礼智，保定人之甚固也。《大雅》曰："天生蒸民，有物有则。民之秉彝，好是懿德。"言民之秉德以则天也。不知所以则天，又焉得为君子乎。（《韩诗外传集释》219页）

载《外传》卷六第十六章。分析其文可知：《外传》主张人之"仁义礼智"四种好品格（顺善之心）是上天赋予的，是天生而不是后天习得的。

---

① 据钱穆《先秦诸子系年》的考订，孟子两次入齐国，前后在齐国共26年之久。如果对《孟子》进行一个细致分析，我们可以发现孟子与齐国的联系甚为密切。先后提及齐国62次，提到三位齐国君主，又以齐宣王为最多。另外齐人也构成了《孟子》记录的重要内容：齐国大夫，如胡龁、庄暴、景丑、孔距心、王驩、沈同等人；与孟子谈辩的稷下先生淳于髡、宋钘、告子等人；与孟子交游的匡章；被孟子批评的陈仲子；孟子最为得意的齐人弟子公孙丑。还有齐地的风情地名等也多见。可参李华《孟子与汉代〈诗经〉学研究——以四家诗为主要对象》。

这是天之德性，而人又能"则天"以秉持这种"懿德"。可见《外传》是在证成性情论的"人之性"的问题。它把这个问题引向了"天命"（天生）。这个思想是从孟子来的。我们回到《孟子》语境会看到一个细节：孟子讨论"性善"也是用了《大雅·烝民》的这句诗。"天赋善心"是孟子性命之学的起点。孟子还论证了著名的"四端说"即恻隐之心、羞恶之心、恭敬之心、是非之心都源于天性（天命之性）（《孟子正义》232页）。他还说过："仁义礼智，非由外铄我也，我固有之也，弗思耳矣。"这些都是这个层次上的阐说。其中"非由外""固有之"即是说这些善心都是与生俱来的，不是由外在世界获得的。在这里，我们要思考《孟子》《外传》"天命"思想同《大雅·烝民》的关系了。可以说：这句诗成了他们思想的地基。当然，也从另外一个角度看：孟子、《外传》有功于《诗》者大矣。他们把这句诗上升到"性命之学"的层级上去了。这种古今的沟通，经典资源的被发现在这则资料中显露无遗。"求则得之，舍则失之""求其放心"这些说法，以及"不忍人之心"都是这个思想的延伸。这条议论可以见出《外传》与孟子学问的学术演进关系，仅就《大雅·烝民》来说，据王先谦《诗三家义集疏》说：汉代四家诗都和《孟子》之说保持了一致。可见《孟子》在汉代传播的广泛与深刻。申述孟子性情之说如此明晰者，四家诗里就要数《外传》了。所以清人臧琳甚至有这样的评价："孟子之后，程、朱以前，知性善者，韩君一人而已。"（见屈守元《韩诗外传笺疏》）不仅在这处，《外传》讨论了"性情""性命"等达三十余处，更见韩诗学的孟学色彩。

《外传》与孟子的学术联系，还有一个显证。那就是《外传》载录了一个高子向孟子请教的事情。见《外传》卷二第三章：

高子问于孟子曰："夫嫁娶者非己所自亲也，卫女何以编于《诗》也？"孟子曰："有卫女之志则可，无卫女之志则怠。若伊尹于太甲，有伊尹之志则可，无伊尹之志则篡。夫道二：常之谓经，变之谓权。怀其常道而挟其变权，乃得为贤。夫卫女行中孝，虑中圣，权如之何？"《诗》曰："既不我嘉，不能旋反。视尔不臧，我思不远。"（《韩诗外传集释》34页）

这里讨论的"卫女"据陈乔枞考订即许穆夫人，见《鄘风·载驰》。（《韩诗外传集释》34页）许穆夫人曾为国家利益而自求嫁于齐而终未如愿。

其自求嫁娶的做法与礼教观念不合，此事"得编于《诗》"就必须做出解释，不然就会带来学理上的纷争。韩婴在这里用伊尹故事和孟子"权变"思想给这个棘手的问题做了解释。《外传》承袭《孟子》之义理这是一个重要的例证。这里提及的"高子言诗"之事也见于《孟子》。那是借助公孙丑之口的传述，孟子对高子说《诗》进行了批评：

公孙丑问曰："高子曰：《小弁》，小人之诗也。"

孟子曰："何以言之？"

曰："怨。"

曰："固哉，高叟之为诗也。有人于此，越人关弓而射之，则己谈笑而道之；无他，疏之也。其兄关弓而射之，则己垂涕泣而道之；无他，戚之也。《小弁》之怨，亲亲也。亲亲，仁也。固矣夫，高叟之为诗也。"

"高子言诗"又见《毛诗》系统。即《毛诗》《周颂·丝衣序》也存录高子之言："《丝衣》，绎宾尸也。高子曰：灵星之尸也。"可见汉代诗学同先秦诗学的学术链接，孟子是重要的节点[①]。《外传》

---

① 经查证，高子在《孟子》中共出现了两次。

录这段高子问诗于孟子，正是这个学术史演进的例证。

这样的传承在《外传》中多有例证。

再比如《外传》在卷四中对《大雅·桑柔》"其何能淑，载胥及溺"的解说是："令民相伍，有罪相伺，有刑相举，使构造怨仇，而民相残，伤和睦之心，贼仁恩，害上化，所和者寡，欲败者多，于仁道泯焉。"(《韩诗外传集释》143页）这就和诗本义距离甚远。可以说，《外传》在用诗的时候赋予诗句以临时之义。孟子则批评那些想称王于天下而不行仁政的君主。可见韩婴与孟子传达的宗旨是一致的。改造诗之义赋予它一个临时义，这是孟子说诗的一个特点，并为韩婴等汉儒所承袭。又如："自西自东，自南自北，无思不服。"这本是《大雅·文王有声》的句子，赞美的是文王有德，万民来拜。孟子用来说"以德服人者，中心悦而诚服也。如七十子之服孔子也"。可以看出孟子把诗之本义转移到孔子身上。《外传》卷四也恰恰用了这句诗，其阐释层次和孟子如出一辙。也是撇开诗本义，从讨论"以力服人"的弊端开始，归结到"重礼乐轻刑罚""以德治国"的好处，即国君治理天下应当"仁刑义立，教诚爱深，礼乐交通"，然后引出这句诗，一气呵成。从前文《孟子》引诗情况的条辨，我们可以看到：孟子对王道的反复论证可谓博且深矣，这深刻影响了《外传》，例证可谓多矣。王先谦读《外传》有评价："(《外传》)考《风》《雅》之正变，知王道之兴衰。"[①] 王氏之说极是。

以上例证选择的是同一句诗在《孟子》和《外传》都出现了的情况，我们可以清楚地看到无论是阐释内容、阐释角度、阐释层次等，《外传》都和《孟子》有着深刻的学理联系。比如《外传》记录"齐桓公与管仲密谋伐莒而国人尽知之"一事。管仲找到东郭牙询问缘由。东郭先生以"君子有三色"答之。即通过察言观色可知晓心之意志。最后引诗"他人有心，予忖度之"。这个故事带有一定的神秘色彩，这和汉代流行谶纬之学有关。这句诗也见诸《孟子》。那是和齐宣王关于仁政的讨论。孟子说：您哪是吝啬一只羊呢，是有不忍之心。齐宣王听了"心有戚戚焉"，甚为感动。引诗"他人有心，予忖度之"以赞许孟子的"深知我心"。两相对照，可以见出《外传》《孟子》的诗学阐释层

---

① 王先谦. 诗三家义集疏［M］. 北京：中华书局，1987：11.

次完全一致。

在《外传》文本中，还有一个细节引发了前贤的注意。《四库全书总目提要》即说："（《外传》）引荀卿《非十二子》一篇，删去子思、孟子二条，惟存十子，其去取特为有识。"[①] 前文已述《外传》载录、节录、檃栝前代之书甚富，引述《荀子》尤多。这处引文偏偏删除了"子思、孟子二条"的细节似乎在向我们透露：韩婴并不是全承荀子，而是对荀学思想有所保留。从另外一个方面看则是：韩婴是推重孟子之学的。前面的讨论也可以证明这一点。又《四库全书总目提要》评《外传》曰："杂引古事古语，证以诗词。所采多与周秦诸子相出入。"（《四库全书总目提要》136页）过去的研究在《外传》与《荀子》的文字因袭、学理檃栝、思想新开展等方面研究较为充分，对《外传》与孟学的关系注意不够。作为孔子之后最为重要的学统人物，孟子是韩诗学渊源中的一个重要环节，《韩诗》的渊源也应述及孟子。

再看一例，以说明两者在学理承袭上的关联。

《孟子·梁惠王下》载录诗句："畏天之威，于

---

① 四库全书总目提要［M］.北京：中华书局，1965：136.

时保之。"孟子对其的解释是"乐天者保天下,畏天者保其国"(《孟子正义》112页),并无更多的说法。这句诗见诸《外传》二次。一在卷三讲述:周文王时地动,改行重善而免;殷时谷生于汤庭,汤行善政而谷亡。(《韩诗外传集释》81～83页)一次在卷八说及:梁山崩、壅河道,晋君素服哭祠三事,河道始通。(《韩诗外传集释》288页)同引此句诗。与《孟子》比较,我们可以见出:《外传》是承袭了《孟子》之说,只不过增加了"灾异说"(地上君王接受上天的"天赐""天罚"),即地上的君主可以通过推行仁政消除自然灾害等,以保全其国。这是《外传》对孟子"畏天者保其国"之义的承续与开新。说开新是结合了汉代"天人之学"的思想新维度和话语新方式。其底色则来自《孟子》,这是无疑的。

《外传》解《诗》最根本的方法就是"推演"诗义。这与《孟子》也有莫大之关系。孟子也擅长推演。比如在"寡人好色"文本中。《大雅·緜》讲的是古公亶父迁于岐下,与妻子姜氏女选择定居点的史实,并没有"好色"之义。这与齐宣王之好女色迥然有别。孟子巧换概念,把周太王与齐王"好色"联系在一起。古今交通,以强调后王可以推己之"好色"心及于他人，使"外无旷夫，内无怨女"，而天下大治。《外传》这种断章取义，赋予诗句以临时义的做法更是比比皆是。这也是整个汉代诗学的一个重要特征。班固即有"不得已，鲁最为近之"的感叹：今文经学都在辗转演绎，少有忠于本义的。这也造成了"章句之学"日益繁富，最后竟然发展到讲一句下笔三万言的境地。后来，以质朴为特征的《毛诗》出，三家诗即趋向式微也有这个原因。从孔、孟、荀到汉唐《毛诗》的勃兴，在这个学术延长线上，这种阐释诗用之义的说诗方法成了一种学问范式，构成了《诗经》经世致用的一个根本方法，被持续地贯彻了下来，成了汉唐学术的一个特征。孔子如此，孟子如此，荀子亦如此，他们构成了汉代诗学的背景。汉儒激活传统资源，接续前贤，面对时代之问题，其苦心经营，就《外传》文本看，其用心可谓大且诚矣。马上取得天下的大汉皇帝已经拉开了帝国的大幕，面对黄老之学的竞争，面对常年征战带来的世风浇薄，面对三家诗学的分立，韩婴选择了承续孟子等高举的王道之旗，可谓不得已而为之，亦可见其用心之良深。

综上，《外传》对《孟子》的承袭主要表现在

"王道"观念、"权变"思想以及"以意逆志""知人论世"等诗学方法上。在"王道"观念上,《外传》就在"保民"这个问题上一方面继承了孟子"养生丧死无憾,王道之始也"的主张①,另一方面则遵从了孟子所云"使民以时"等主张,即"不夺民力,役不踰时"云云②。又增加了"太平无飘风暴雨"之类的"天人感应"之说。孟子的"王道"观念还表现在"什一,去关市之征"等具体政策上,表现在《孟子》的记录中就是孟子曾经向齐国、宋国等国君宣扬过这种关于减税的主张。这个思想也在《外传》中得到了采纳③。战乱的时局,民生凋敝的战后情形,让这种与民休息的王道之政有了更多的现实需要。孟子王政思想自然容易进入《外传》的视野。在这些情况中,《外传》在用《诗》方面存在"断章取义"的情况,以曲解《诗》

---

① 细致分析起来,前者来源于《论语》所录"慎终追远"之说。大战乱之后,大汉始立,可谓世风浇薄,这个时候推行孝德等王道观念当是最好的方案。
② 这个使民以时的"保民"思想,《外传》还有记录,曰"男女不失时以偶,孝子不失时以养""生不乏用,死不转尸"等。这就把男女婚姻以时也纳入到保民之谊中了。(《韩诗外传集释》102 页)
③ 比如《外传》载有:王者之法,等赋正事……诗曰:"敷政优优,百禄是遒。"(《韩诗外传集释》123、124 页)

之本义以配合其王道主张等，也是可以理解的。《孟子》文本中的用《诗》之法就成了它的一个思想资源。

四、《外传》的结构与内容

关于《外传》的体例结构，前人研究甚多。尤其以《外传》篇卷分合为重点，历来的学者都进行了各种讨论。《汉志》著录《外传》为六卷，后代书目著录为十卷。历来有各种猜测，《四库全书总目提要》认为十卷本《外传》是后人所分。今人杨树达持《内传》未亡说，说是编入了《外传》，此观点尤为引人注意。这些提法都因为实证不足而无法彻底解决这个疑案。《外传》的结构与体例依然是今人关注的一个问题。它关涉甚多问题，比如：《外传》和《诗》是什么关系，其性质如何。"外传"名义如何，《汉志》还著录了多种"外传"，应该如何认识这个注疏体例，等等。这些问题都还是悬而未决的学术史难题。今人围绕这些问题从不同角度进行了研究。其中汪祚民的研究推进了《外传》编撰学的研究。他认为："《外传》每章所引《诗》语，既是组织此书篇章内容的纲目，也是此书章次先后排列的依据和线索。"① 后来也有学位论文专门讨论这个问题的，今不繁录。为了本书的研究，我们有必要在吸取前贤成果的基础上，对《外传》的结构和内容做一个提要式的说明，以方便后面的叙述。

今本《外传》卷一，共有二十八则。除第二十七则有一处引《小雅·北山》"溥天之下，莫非王土"外，其余的三十处引《诗》，全部分布在二《南》《邶》《鄘》等《国风》中。

分析文本卷一，可知这部分引诗以《邶风》为主，所涉诗句有十五处之多。值得注意的是其中第八、九、十、十一、十二相连的五则所引诗全部为《邶风·柏舟》中的诗句，而第八、九、十则引用诗句均为"我心匪石，不可转也。我心匪席，不可卷也"。这显示了《外传》编纂次序的整齐性，是经过系统考虑过的。接下来的每卷也有规律可循。

在本卷反复讨论的"主题"就是士君子的品格等。第八则"王子比干杀身以成其忠"章，引用比干、尾生、伯夷、叔齐的故事，意在推扬"士"所

---

① 汪祚民.《韩诗外传》编排体例考［J］.陕西师范大学学报，2003（3）.

具有的"忠信"品质。第九则"原宪居鲁"章对原宪和子贡的人生境遇做了鲜明的对比，肯定了君子所具有的"安贫乐志"之高格。第十则直接议论、阐发士的性情专一、言行审慎的个性。第十一则谈到君子洁身善言的品行。总之，其围绕着《邶风·柏舟》中的诗句，所选择的故事、所阐发的重点都在于对士君子高尚品质的彰显。

卷二共三十四则，所引之诗来自《邶风》以下，按照《国风》顺序鄘、卫、王、郑、魏、唐、秦、陈、桧、曹、豳依次引证，独不见《齐风》。今人以此说《韩诗》所传《诗经》文本与今本《毛诗》大致是相同的。这个看法似可商。文献之流传极为复杂，今天我们看到的《外传》次序是否是汉代之旧，有没有经过后人的重新编排等都在史料阙如的情况下不得而知。所以据今本得出《韩诗》与《毛诗》文本次序大致相同的结论，似有未安之处。

在本卷讨论的主题还是"君子"。比如讨论了"以诚相告"（第一章），君子要有经有权（第三章），接下来枚举了樊姬、闵子骞、颜无父、颜回、石奢、商容、李离、接舆妻、子路与巫马期等君子的故事，讨论了君子要坚守道义、君子要正直诚信等。

卷三共三十八则，引《诗》以三《颂》为主，而兼有《大雅》《小雅》。本卷则进入了君王之道的讨论。先后以商汤、周文王、魏文侯、楚庄王、周武王、商纣王、齐桓公、晋文公等君王的言行史迹。中间又添加了李离、周公、伯夷、叔齐、孔子、孙卿等人的故事，都围绕王道政治展开，内容涉及民生赋税、礼乐建设、德行宽裕、政令简实、天子亲耕等话题，引诗也和这些内容对应，所以诗句多出"三颂"与"大、小雅"。

卷四共三十三则，除第十则和第十三则引自《大雅》外，其余均出自《小雅》。并且从第十八到第二十四则共七则，均引自《小雅·角弓》。本卷内容大致也是讨论君王政令等。史料来源涉及商纣王、鲁哀公、齐桓公、春申君等。中间夹杂了几条关于君子的讨论。

卷五共三十四则，除有两篇缺脱引《诗》外，以引《大雅》为主，其中共有二十六则所引诗句出自《大雅》。本卷以子夏讨论《关雎》为什么是《国风》之始开篇，先后讨论了《关雎》乃天地之基、礼坏乐崩孔子匍匐救之、王政在崇礼、明君要亲民爱臣、楚成王读书、孔子学琴等。从内容上看，本卷主要是在讨论礼。男女之礼、君臣之礼、臣子之道、中庸之道等都在本卷中反复申述。

卷六共二十七则，除第二十七则引自《小雅·小旻》以外，其余均引自《大雅》。第十六则和第二十则又分别间引《小雅·天保》和《鄘风·相鼠》。从内容上看，本卷主要以孔孟及其弟子言谈为主，讨论了治国（为民之父母）、君子、礼制、国君好士等内容。涉及齐桓公、楚庄王、卫灵公、晋平公等人。本卷内容较为驳杂。

卷七共二十七则，引《诗》全部来自《小雅》。本卷是以士君子为讨论中心的。开篇就以"忠孝难两全"入手。后面又讨论了隐逸、周公能应时（三变）、君子三避、孔子困于陈蔡事、君人要有敬畏心等。涉及君王有齐宣王、齐景公、卫懿公、楚襄王、魏文侯等。对话多以孔子及其弟子为主。本卷也以讨论事亲结束。

卷八共三十五则，其中有二十则出自《大雅》，以《大雅》为主，而兼有《风》《小雅》及《颂》。本卷从内容上看，讨论的主题相对集中，主要讨论了士君子的人格等。其中一则关乎黄帝的故事，带有明显天人感应意味，这是本卷的一个特殊点。"使于四方，不辱君命""明哲保身""夙夜匪懈，以事一人"等士人品格在本卷得到了反复讨论。

"恺悌君子，民之父母"等王政之德也被不断叙说。涉及的君主有齐景公、晋平公、鲁哀公、魏文侯等。

卷九共二十九则。本卷缺《诗》比较多，达十一则。另第十三则"代马依北风，飞鸟扬故巢"或是逸诗，其余所引大部分出自《国风》。本卷主要内容都来自孔孟及其弟子言行语录。养亲是本卷的一个重要主题，前四章都是围绕孝展开的。涉及孟子、田子、孔子、子路等。接下来讨论了礼、邦国之司直、君子与小人、老子知足不辱、君子三乐三费等。涉及君王有齐景公、魏文侯、楚庄王等。

卷十共二十五则，除今本六则无引《诗》之外，也均出自《大雅》。本卷甚齐整。全部内容都围绕君王治国展开。引诗也都出自《大雅》，保持了一种"一致性"。涉及齐桓公、晋文公、齐宣王、魏惠王、齐景公、秦穆公、楚庄王、晋平公、魏文侯等。

从以上略述的《外传》体制与内容，我们可以见出以下事实。第一，今本《外传》每卷内部的诗之序和今本《毛诗》一致。每卷内容较为集中。全书内容关注点较为丰富：关注孝、关注礼制、关注士君子、关注王道政治等。第二，《外传》骤栝上古之书甚多，思想来源多端。其中以孔、孟、荀正统思想为主，也涉及黄老、刑名、阴阳、谶纬等。第三，《外传》是不是韩婴传诗的教学记录，是否经过了后学的整理、润色、编纂等，现在已经无法找到足资坐实此问的史料，已无法做出确切的回答。但是从《外传》引述的史料、叙说对象、讨论问题的指向等角度综合来看，《外传》文本（写作、编纂）的潜在对象是士人和君王。在汉代，这属于"大学"层级的知识。细致分析文本，它所关涉的古之君王有一定的稳定性。这或许和韩婴等韩诗学者的知识结构有关系。因为我们发现，齐桓晋文之事，齐景公、晋平公之言等反复被叙说。这可能和他们的历史地位有关系，所以时至汉代这些还是经师传颂的重要知识。第四，《外传》引《诗》同文本内容保持了一定的"对应性"。比如讨论王政等君王之政之德的时候，引诗多出《雅》《颂》，不见引《风》诗。谈论士君子的时候，诗多出《风》。这也有助于我们理解古典学视野中的《诗》之名义。

五、《外传》内容研究：人性论

《汉志》说：韩婴为《诗》作传，乃"取《春秋》，采杂说"。这就是说：《外传》征引先秦旧说、檃栝前人之语甚多。对照今本《外传》，参考王先谦《荀子集释》以及今人《外传》校注成果等，可以见出《外传》与上古著述的传习关系。《外传》全录《荀子》的语段更是多有。《汉志》之说极是。《外传》在承续大量上古之说的同时，围绕"人性"问题调动《诗》之资源，展开了持续的讨论，所存资料甚富。从这个意义上看：《外传》成了一宗上古资料集。更重要的是它经过了汉人的整理与阐释。散见于其间的"人性论"资料就是一笔财富。从中我们既可以看到上古思想的节录、取舍等，又可以看到汉人对这个问题的新解释。所以今可以就这宗资料做一个专题讨论。

可以说"人性论"是所有学问的起点。它是关于"人之所以为人"的前提性讨论，所有文化的源头性著述都会对之进行专门讨论。对这个问题的回应自然也是先秦中国学问的根本性问题。落实在诸子百家等著述中都有专篇讨论这个问题，或者以此为核心问题专书讨论。在《外传》之前，儒家学统中关于"人性论"最重要的思想资源就是孟、荀的人性论。

徐复观《两汉思想史》专设《外传》研究。徐氏研究了《外传》中的人性论问题。他认为《外传》主要是继承了孟子的性善论，主张"天之所生皆有仁义礼智顺善之心"。但同时也借用了荀子的治气养心之说，认为人的善心需要后天的学习、培养。① 金春峰认同徐氏对于《外传》人性论思想的基本判断，即认为"在人性论方面，韩婴的主导思想是孟子性善的思想"。但是在金氏看来，《外传》对于荀子的人性论思想，并非如徐先生所言，仅仅取用了治气养心之说。《外传》对于治气养心的强调，包含着荀子有关人性恶的预设。因此，《外传》对孟、荀人性论的调和并不彻底②。台湾学者龚鹏程《汉代思潮》则针对徐复观先生的见解提出了尖锐的批评。他认为，《外传》征引孟、荀之言的表象背后，是与孟子性善论、荀子性恶论都不相同的一种人性思想。《外传》所言"放心"，并不是孟子所强调的那种具有道德意识的善心、善性，而是意指人的情、欲。在《外传》看来，人心中根本没有自主的道德意识，人的善行完全依赖于外在的礼。而就以情言性这一点而言，《外传》更接近荀子。

---

① 徐复观. 两汉思想史：第三卷 [M]. 上海：华东师范大学出版社，2001：15.
② 金春峰. 汉代思想史 [M]. 北京：中国社会科学出版社，2006：90.

但荀子主张性恶，《外传》则认为"性可以善、应该善"。[①] 三位汉代思想史研究专家的意见并不一致[②]，《外传》所载录的"人性论"问题需要再进行一下梳理。

这里有一个首要的问题必须先行解决，那就是孟子之"性善说"与荀子所主"性恶说"是不是一个层次上的问题。即两位谈的"性"是不是一回事。张岱年《中国哲学大纲》已发是问。研究发现：孟子的"性善"之"性"，指向的是人区别于禽兽的那种道德本性。比如孟子说："君子所性，仁义礼智，根于心。"荀子所云"性恶"之"性"更接近于"本能"。"若夫目好色，耳好声，口好味，心好利，骨体肤理好愉佚，是皆生于人之情性者也，感而自然，不待事而后生之者也。"这就是荀子对人性的认识。这个认识是建立在"同情"基础上的，即认同人先天而在的各种"情欲"，这种情欲和动物性是没有本质区别的。而孟子也承认这些人天生所有的情欲，但是他认为人之所以有别于

---

① 龚鹏程. 汉代思潮 [M]. 北京：商务印书馆，2008：172，194.
② 以上对三家思想史家的看法的综述，参考了孟庆楠博士的文章《〈韩诗外传〉对旧说的征引与整合》。

禽兽者正是在于人有"仁义礼智"这样的"道德根本",这是根于人心的善良之性。这些善心是被世俗所蒙蔽而不是没有。孟子对之做了反复论证,比如"不忍人之心""四端""求放心"等都是对"性善"的发覆和延伸叙说。这样看来,孟、荀对于人性的认识在本质上并没有那么多的对立。两位占据的层次不同。孟子向内寻觅,发覆被后天遮蔽了的内在善根,并以此善心为基础推己及人,可以成王政。荀子则发现人性未驯化之前的初态。正是发现了人天生的这些弱点,荀子走向了外在约束的道路,以至发现了国家管理的一系列方案。细致阅读《外传》,它在"人性论"问题上则显示多种路线并行的叙说特征。

人有六情:目欲视好色,耳欲听宫商,鼻欲嗅芬香,口欲嗜甘旨,其身体四肢欲安而不作,衣欲被文绣而轻暖。此六者,民之六情也。失之则乱,从之则穆。(《韩诗外传集释》184页)

这是《外传》肯定人之情欲。它名之曰"六情"。情者,实也。即实实在在存有的一种特征,是先天即来的。这和孟子之学接近,因为荀子把这些称为"性"(即本来之性)。《外传》在卷五明确载录"人性善"之说:

茧之性为丝，弗得女工燔以沸汤，抽其统理，则不成为丝。卵之性为雏，不得良鸡覆伏孚育，积日累久，则不成为雏。夫人性善，非得明王圣主扶携，内之以道，则不成为君子。（《韩诗外传集释》185页）

分析这个语境，似乎它杂糅了孟、荀两家的思想。它分别以"茧之性为丝""卵之性为雏"为喻，来说明"人天然具有善性"，这个"善性"不是外在所得，是本性之善。这与孟子学说相近。这个"善性"又必须依赖外力"明王圣主"的扶携，通过努力才能成为君子。这又和荀子之说有一定的相似。

六、《外传》内容研究：诗传特色

作为汉初今文经学的一种成果，《外传》在《诗》义阐释方面有着自己的方式。分析文本我们可以见出主要有三种方式：一个是用诗之本义；一个是用诗之引申义；一个是断章取义，仅仅取诗中的字词，完全不顾诗之本义。这三种方式一方面继承于以孔、孟、荀为代表的先秦儒家对《诗经》的援引、解说等；另一方面又有着韩婴的时代特征。可以说在继承前人的基础上，《外传》说《诗》又有着自己的特征，是对先秦诗学的发展。主要表现在以下层次上。

第一，说《诗》体例的稳定。

《外传》在体制上多或博引古史、古事、古传闻、古人语等，或直接发表议论阐述己说，或引述孔、孟、荀等先贤成说（或以《传》曰引出），然后在每章结尾处引出"《诗》曰"或"此之谓也"等固定格式来表达思想等，也有在引出"《诗》曰"之后又写一句以申述其义。结合前文"孔、孟、荀与《诗》：汉代韩诗学的前背景"那部分的讨论，我们可以见出：《外传》这样的叙述体制，明显受到了孔、孟、荀引《诗》证事、说《诗》之法的影响。在体例上尤其和荀子引《诗》为近。

第一类：事/理＋《诗》曰。

曾子仕于莒，得粟三秉，方是之时，曾子重其禄而轻其身；亲没之后，齐迎以相，楚迎以令尹，晋迎以上卿，方是之时，曾子重其身而轻其禄。怀其宝而迷其国者，不可与语仁；窘其身而约其亲者，不可与语孝；任重道远者，不择地而息；家贫亲老者，不择官而仕。故君子桥褐趋时，当务为急。《传》云："不逢时而仕，任事而敦其虑，为之使而不入其谋，贫焉故也。"《诗》曰："夙夜在公，

实命不同。"(《韩诗外传集释》1页)

按：《外传》在这里明显继承了孟子的"经权"思想。可以说，曾子出仕与否不在于一个绝对的律令，而是一个接近生命的"时间"叙事。在"家贫亲老者"的语境中，荀子"不择官而仕"，这个时候是"重其禄而轻其身"。等父母过世之后，语境变化了，曾子做出了全然不同的选择。在这里《外传》对《召南·小星》这句诗的阐释完全抛弃了诗之本义。用曾子故事同"实命不同"建立起关系。曾子这里确实有"不同"，这点是切合的。在这个语境中，《外传》把这个"命"阐释成"时命"（时运）的意思了。在《毛诗》系统，郑玄把它解释成：诸妾肃肃然夜行，或早或夜在于君所，以次序进御者，是其礼命之数不同也。（《毛诗传笺》27页）两相比较，可见毛、韩阐释层次的不同。王先谦疏曰："任重道远，不择地而息，任事而敦其虑，是'夙夜在公'也。家贫亲老，不择官、不逢时而仕，为之使不入其谋，是'实命不同'也。"（《诗三家义集疏》104页）

《传》曰：夫《行露》之人许嫁矣，然而未往也，见一物不具，一礼不备，守节贞理，守死不往，君子以为得妇道之宜，故举而传之，扬而歌

之，以绝无道之求，防污道之行乎？《诗》曰："虽速我讼，亦不尔从。"（《韩诗外传集释》2页）

按：引用"《传》曰"文讲述了嫁娶礼仪，解释《召南·行露》"虽速我讼，亦不女从"句的涵义："一物不具，一礼不备。"即便是招致官司，也不服从这种违背礼数的要求。三家诗义相同。（《诗三家义集疏》89页）

第二类：事/理＋《诗》曰＋"此之谓也"。

孔子南游，适楚，至于阿谷之隧，有处子佩璜而浣者。孔子曰："彼妇人其可与言矣乎？"抽觞以授子贡，曰："善为之辞，以观其语。"子贡曰："吾北鄙之人也，将南之楚，逢天之暑，思心潭潭，愿乞一饮，以表我心。"妇人对曰："阿谷之隧，隐曲之汜，其水载清载浊，流而趋海，欲饮则饮，何问于婢子？"受子贡觞，迎流而挹之，奂然而弃之，从流而挹之，奂然而溢之，坐置之沙上，曰："礼固不亲受。"子贡以告。孔子曰："丘知之矣。"抽琴去其轸，以授子贡，曰："善为之辞，以观其语。"子贡曰："向子之言，穆如清风，不悖我语，和畅我心。于此有琴而无轸，愿借子以调其音。"妇人对曰："吾野鄙之人也，僻陋而无心，五音不知，安能调琴。"子贡以告。孔子曰："丘知之矣。"

抽绤纮五两以授子贡,曰:"善为之辞,以观其语。"子贡曰:"吾北鄙之人也,将南之楚。于此有绤纮五两,吾不敢以当子身,敢置之水浦。"妇人对曰:"行客之人,嗟然永久,分其资财,弃之野鄙。吾年甚少,何敢受子,子不早去,今窃有狂夫守之者矣。"《诗》曰:"南有乔木,不可休思。汉有游女,不可求思。"此之谓也。(《韩诗外传集释》2~5页)

按:这类均以"此之谓也"结束。讲述的故事或者道理与诗义之间的解释关系,由于"此之谓也"这个结束句而显得更加紧密。上面的引例讲述了孔子、子贡与阿谷女的事迹,用这个故事解释"不可求思"的意思,即通过该故事,推衍"守礼不乱"的诗旨。又按:"此之谓也"句法在先秦两汉典籍中大量存在,我们认为它是一个成语,是经师口授经旨及口头文学创作的特色,保留着口语化的印迹。

第三类:事/理+《诗》曰+"言……也"。

嫁女之家,三夜不息烛,思相离也。取妇之家,三日不举乐,思嗣亲也。是故婚礼不贺,人之序也。三月而庙见,称来妇也。厥明见舅姑,舅姑降于西阶,妇降自阼阶,授之室也。忧思三日,不

杀三月，孝子之情也。故礼者，因人情为文。《诗》曰："亲结其缡，九十其仪。"言多仪也。(《韩诗外传集释》76、77页)

按：此例是典型的以礼乐制度来解说诗旨的例证，这就可以和《毛诗》系统解诗放在一起看。"言多仪也"是对诗义的进一步阐释，这是《外传》传诗的一个体例。

荆伐陈，陈西门坏，因其降民使修之，孔子过而不式。子贡执辔而问曰："礼过三人则下，二人则式。今陈之修门者众矣，夫子不为式，何也？"孔子曰："国亡而弗知，不智也；知而不争，非忠也；争而不死，非勇也。修门者虽众，不能行一于此，吾故弗式也。"《诗》曰："忧心悄悄，愠于群小。"小人成群，何足礼哉？(《韩诗外传集释》14页)

按：引出诗句后，采取以反问句的形式表达正面意思，用孔子的故事解诗，而"小人成群"，即明确指出了孔子不轼的原因，也解释出诗义"忧心"和"愠"的原因，使得诗义在故事的讲解下得以彰显。又按：联系上文讨论的《外传》在体例上存在反复解说同一诗句的特点、大量使用"此之谓也"句法，本例最后的反问句是值得注意的。

需要说明的是,《外传》一书只存在这三类形式。其中第一类最容易辨识,且不容易引起分歧和争议。第二类多数都是明确以"此之谓也"结束该章,也有一些变体,比如:《卷二·第十四章》以"石先生之谓也"结束该章;《卷二·第十九章》以"商先生之谓也";等等。我们也将之归在此类之中。第三类多数是以"言……也"结束该章,然而依旧存有变体,比如:《卷二·第十二章》在《邶风·柏舟》句"忧心悄悄,愠于群小"后,以"小人成群,何足言礼"结束,我们也将这一形式分在第三类之中。

韩婴从讲经的实际需要出发,在沿袭《荀子》引《诗》主要形式的基础上,对其加以融会改造。在篇章末尾以诗句作结的引诗形式,一方面称引《诗经》述己之志,另一方面意在与《孟子》《荀子》等传统的引诗为证的形式加以区分,将更多的注意力集中于故事内容与诗句间的阐释关系上,反映出汉初经师在博采诸家的同时,努力做着构建自己解诗体系的有益尝试。

据许维遹《韩诗外传集释》,其书凡三百一十章,除去《卷三·第三十六章》等二十四章没有给出所释《诗经》文本外,对其他所有章节进行了分类统计，为了醒目和方便比较，我们做了下面的表格：

表2

《荀子》说诗体例	例数	占全书比例
第一类："事/理＋《诗》曰"型	186	60%
第二类："事/理＋《诗》曰＋'此之谓也'"型	32	约10.32%
第三类："事/理＋《诗》曰＋'言……也'"型	68	21.25%

这是《外传》在说诗体制上的稳定。同孔、孟、荀说诗相比，通过这样的系统呈现，《外传》的进步是容易看到的。

第二，表现在《外传》在《诗》义阐发上的贡献。

《汉志》言："汉兴，鲁申公为《诗》训故，而齐辕固、燕韩生皆为之传。"直言《鲁诗》以训诂之法解《诗》，而《齐诗》《韩诗》则是重视诗义的阐发与推演。《外传》说诗的体式就是：或议论在先、引诗在后，或先引出故事、人物对话等，再系联相关诗句。这个传诗的旨趣在于：对原有诗句内涵予以道德化说解，强调《诗经》在礼乐教化、社会道德、伦理教化等方面的重要价值，以这样的方式参与到国家政治中去。不关心本义，不关心《诗》产生的历史背景等，《外传》是在经学阐发的层次上，以微言大义、通经致用的义理说解之法[①]，从不同层次对诗句予以解说，寓诗以治国安邦之法。这就是试图打通古今，构成《诗经》所录之"古之人""古之事"与今王今世的勾连。充分利用经典的权威性参与政治是经师的出发点和归一处。

在《外传》卷二第二十章中，韩婴继续就君子"不素餐"的品行从另一角度进行了论述。

> 晋文侯使李离为大理，过听杀人，自拘于廷，请死于君。君曰："官有贵贱，罚有轻重。下吏有罪，非子之罪也。"李离对曰："臣居官为长，不与下吏让位；受爵为多，不与下吏分利。今过听杀人，而下吏蒙其死，非所闻也。不受命。"君曰："自以为罪，则寡人亦有罪矣。"李离曰："法失则刑，刑失则死。君以臣为能听微决疑，故使臣为

[①] 这个阐释层次来源于先秦时代的赋诗言志等。为完成外交礼节，赋诗者借助相关诗句表达"我方"之意志。诗的本义、指称范围等皆可忽略不计，以述己之志达到外交上的目的为宜，即所谓的"赋诗断章"。班固《汉志》云："古者诸侯卿大夫交接邻国，以微言相感，当揖让之时，必称《诗》以谕其志，盖以别贤不肖而观盛衰焉。故孔子曰'不学《诗》，无以言'也。春秋之后，周道寖坏，聘问歌咏不行于列国。"

理。今过听杀人之罪，罪当死。"君曰："弃位委官，伏法亡国，非所望也。趣出，无忧寡人之心。"李离对曰："政乱国危，君之忧也。军败卒乱，将之忧也。夫无能以事君，闇行以临官，是无功不食禄也。臣不能以虚自诬。"遂伏剑而死。君子闻之曰："忠矣乎！"《诗》曰："彼君子兮，不素餐兮。"李先生之谓也。

今按：李离认为"夫无能以事君，闇行以临官，是无功不食禄也。臣不能以虚自诬"，遂伏剑而死。《外传》活用了"彼君子兮，不素餐兮"，这是对诗义的推演。不能躬行值守，做事有误，去领取国家俸禄，这是李离的品格。这样看来，李离的这种"无功不食禄"和诗之本义"不劳作而用美餐"还是有很好的对应关系的。从这则实例，我们可以见出《外传》在用《诗》层次上的一个特点，它的《诗》说虽然和本义差之甚远，其引申与演绎还是和《诗》保持了根本性的联系。这是我们需要细致体味的。这个情况，在三家诗方面也是如此。再如在卷二第二十九章中，《外传》更换故事，再次申述"君子不素餐"的高格。

其文曰：

商容尝执羽籥，冯于马徒，欲以伐纣而不能，遂去，伏于太行。及武王克殷，立为天子，欲以为三公。商容辞曰："吾常冯于马徒，欲以伐纣而不能，愚也；不争而隐，无勇也。愚且无勇，不足以备乎三公。"遂固辞不受命。君子闻之，曰："商容可谓内省而不诬能矣。君子哉！去素餐远矣！"《诗》曰："彼君子兮，不素餐兮。"商先生之谓也。

商容认为自己愚且无勇，不足以担当三公之职，毅然辞去了武王之封。在这里，《外传》将"不素餐"的内涵引申为"内省而不诬能"。究其本质，《外传》对"不素餐"的理解于诗之本义也是相通达的。即它认为"君子"不是从事稼穑一类工作的"小人"，所以应该以他们是否有益于民，有功于国作为君子"不素餐"的评判准则。可见，《外传》说《诗》的阐释层次，从具象走向了抽象。

清人陈澧曾从学术史的层次上对这一论说方式提出自己的看法，可谓十分精彩。他说："《孟子》云：'忧心悄悄，愠于群小，孔子也。'亦《外传》之体。《礼记·坊记》《中庸》《表记》《缁衣》《大学》引《诗》者，尤多似《外传》，盖孔门学者皆如此。其于诗义，洽熟于心，凡读古书，论古人古事，皆与诗义相触发，非后儒所能及。"（陈澧《东塾读书记》）

陈澧这段话实际上是在儒学系统内部进行了这个用诗说诗的学术史观察。他认为这是源自孔子，传于孟荀等儒家诗教传统，《外传》是儒家诗学之正宗。陈澧说的"与诗义相触发"，是说《外传》的体式注意将古人、古事、古人言等与诗义之间的相互阐发，正是司马迁所云"推诗之意"。我们认同陈澧的这个看法，所以将这个认识引述出来作为本节研究的结论。可见，承续春秋时代"赋诗言志"之风尚而来的《外传》，正是深得"孔门说《诗》之旨"的一部说《诗》之作，其以事证诗、以诗明理这种微言大义的解诗方式，将以事与诗相"触发"的用诗之法发挥到极致，这是汉代诗学史上的一个重要内容。

七、《外传》内容研究：天人关系

《传》曰：善为政者，循情性之宜，顺阴阳之序，通本末之理，合天人之际。如是则天气奉养而生物丰美矣。不知为政者，使情厌性，使阴乘阳，使末逆本，使人诡天，气鞠而不信，郁而不宣。如是则灾害生，怪异起，群生皆伤，而年谷不熟。是以其动伤德，其静无救。故缓者事之，急者弗知，

日反理而欲以为治。《诗》曰:"废为残疾,莫知其尤。"(《韩诗外传集释》262页)

今按:"天人之际"见诸《外传》者,即在本章。它是韩诗学在"天人关系"问题的讨论上的纲领性表达。分析文本,我们可以见出有以下四个关键词语:"循情性""顺阴阳""通本末""合天人"。从逻辑上看:前三者是办法,最后一个是效果。其中"循情性"是尊重自然人性。"顺阴阳"是儒家之谊,说又见《汉志》。调理男女、父子、君臣等伦理秩序,是教化之谊。"合天人"是沟通天人,以天道成人道。用永恒、至简的天之道来规范、安顿有限的人之道。将肉体生命容纳入永恒的天道秩序中去,以安顿人生的短暂、偶然等不确定性带来的痛苦等。这样,人就参与到大道流行的系统中去了,也就获得了超越世俗的文化意义。于是就有"天地奉养而生物丰美"的太平之世。违背这些就会"灾害生,怪异起,群生皆伤,而年谷不熟"。这就涉及"天赐"与"天罚"。这是"天人关系"的核心问题。

天人关系是中国文化的一大叙事。近有《荀子》之载《天论》,开篇即有"天行有常,不为尧存,不为桀亡。应之以治则吉,应之以乱则凶"。

远可追及《尚书》《诗经》等，都有对人君则天躬行之劝。这形成了一个文化叙事。到韩婴亦是如此。于《外传》中，即有一定的篇幅讨论了天人关系这个主题，也可以说韩诗学有"天命观"内涵维度。

具体说来，一方面，《外传》承续了传统天道观叙事。它认为天是有人格意志的神灵，可以明辨是非，掌握着人间的吉凶祸福，并通过"天赐"与"天罚"两种方式影响人间政治。这是天道影响人道的表述。也因此作为一个信仰，敬畏天地、感恩敬畏就成了自有之谊。同样，人道也可以反作用于天道。韩婴极其重视人为，强调人类的道德实践对于天道具有一种反作用力，人道影响天道，人事兴废影响自然变化。详参卷二第三十章。

卷一第二十二章云：

晋灵公之时，宋人杀昭公，赵宣子请师于灵公而救之。灵公曰："非晋国之急也。"宣子曰："不然。夫大者天地，其次君臣，所以为顺也。今杀其君，所以反天地，逆人道也，天必加灾焉。晋为盟主而不救，天罚惧及矣。《诗》云：'凡民有丧，匍匐救之。'而况国君乎？"于是灵公乃与师而从之。宋人闻之，俨然感说，而晋国日昌。何则？以其诛

逆存顺。《诗》曰:"凡民有丧,匍匐救之。"赵宣子之谓也。(《韩诗外传集释》23页)

赵宣子认为宋人是"反天地,逆人道",根据"天人关系"的看法,就会出现"天必加灾"的天罚。最后的结局是"晋国日昌"。在这里,《外传》将天视为有意志的人格神,具有明辨是非、赏善罚恶的能力。传统天道观中"天罚""灾异遣告"的思想显露无遗。

如果上面还是抽象说教,那么卷二第三十章则将包括日月寒暑等在内的自然现象与地上政治的治乱联系起来,构成了"人道"与"天象"(天道)的对应:

《传》曰:国无道则飘风厉疾,暴雨折木,阴阳错氛,夏寒冬温,春热秋荣,日月无光,星辰错行,民多疾病,国多不祥,群生不寿,而五谷不登。当成周之时,阴阳调,寒暑平,群生遂,万物宁。故曰:其风治,其乐连,其驱马舒,其民依依,其行迟迟,其意好好。《诗》曰:"匪风发兮,匪车偈兮。顾瞻周道,中心怛兮。"

在这种思想的逻辑之下:飘风、暴雨、寒暑失序、日月食等"异常"都是"天罚"的征兆。这就是"上下同构",即天人合一。这个思想的基础在于"天"是一种人格神（有喜怒哀乐），又有着绝对权力（可以左右人间，具有征恶扬善的公正心）。人间有所为，上天能感知。这个思想也就是天人互感。所以当"国无道"发生的时候，天降灾难，同样当到了"成周之时"，阴阳调，寒暑平等，这是人间有道，此情上天也会感知到。于是有"其风治，其乐连，其驱马舒，其民依依，其行迟迟，其意好好"等一派吉瑞之象生焉。可见"天人互感"是双向的。"成周之时"就是人间有道影响了天道。于是以"天赐"的方式降人间以福禄。有这样的互感互通，天人合一，地上君王也就有了动力。于是"强调人为""以天约束人君"就有了学理基础。

卷三第十七章曰：

《传》曰：宋大水，鲁人吊之曰："天降淫雨，害于粢盛，延及君地，以忧执政，使臣敬吊。"宋人应之曰："寡人不仁，斋戒不修，使民不时。天加以灾，又遗君忧，拜命之辱。"孔子闻之，曰："宋国其庶几矣。"弟子曰："何谓？"孔子曰："昔桀、纣不任其过，其亡也忽焉。成汤文王知任其过，其兴也勃焉。过而改之，是不过也。"宋人闻之，乃夙兴夜寐，吊死问疾，戮力宇内。三岁，年丰政平。乡使宋人不闻孔子之言，则年谷未丰，而

国家未宁。《诗》曰:"弗时仔肩,示我显德行。"(《韩诗外传集释》99、100页)

此段引文以宋国水灾为议,通过宋国国君关于"不仁"等的自我反思、孔子关于兴亡瞬息转化的议论,呈现了一个"全知全能"的"上天意志"。在这里,我们读出了这个"上天"所具有的"情感",甚至读出这个"上天"人格化的"情绪"。它生气与否,是"天赐"还是"天罚"在于地上之政是否符合天道自然之理。它不是绝对的律令,即在《外传》中的"天人关系"不是单向的。"地上"可以通过"人为"(比如这里的"夙兴夜寐,吊死问疾,戮力宇内")作用于"天的意志",从"天罚"完成朝"天赐"的转移。这与荀子《天论》的"天行有常,不为尧存,不为桀亡"相比有了新的变化。荀子之云"天行有常"就有了绝对律令的意味,仿佛少了甚多"人间味道"。

卷六第二十六章曰:

不知人心,悖逆天理,是以水旱为之不时,年谷以之不升,百姓上困于暴乱之患,而下穷衣食之用,愁哀而无所告诉,比周愤溃以离上,倾覆灭亡可立而待,是狂妄之威也。(《韩诗外传集释》234页)

"不知人心，悖逆天理。"这仿佛在说：天理即民心、民意。"调和民心""顺从天理"就会国泰民安，否则就会出现这里说的"年谷不升"等"天罚"。于是，《外传》之"天人之际"又多了一个维度，即在"天命""君人之政"之间又多了一个沟通管道。这就是在回答一个关键而又棘手的问题。如何看地上"君人之政"是否"顺乎天理"，评判标准在哪里。这处引文给出了回应："人心"（民心）。顺乎民心就是顺了天理。于是，在"天上之理"与"地上之政"之间多了"民意"这个勾连点，让原本抽象的"天人关系"瞬间有了"人间温度"。这样的例子在《外传》中多有载录。又见卷四第十八章，齐桓公与管仲关于"王者何贵"的讨论。（《韩诗外传集释》148页）

《外传》关于"天人关系"的讨论颇零散，我们做了点文献勾连，可以见出它在整合上古"天命观"方面之用心。经学何谓，《外传》关于"天人关系"的述古与开新之用心或是一端。它从《尚书》《诗经》《春秋》等经典处借鉴了"民心""民意"等思想资源，又从孔、孟、荀处汲取了丰富的营养，檃栝其学又有开新。"强调人为""肯定双向互动"等都是它的重要贡献。也因此在限制君权、保障民生之时，它给"天人关系"这个抽象说理注入了"人间向度"。

从以上文献梳理可见：《外传》在一定程度上消解了"天命"的至上性。甚至可以说，它在一定意义上动摇了人对天命的绝对依赖。因为，它增加了"天命之转移"的依据即君人的作为。顺乎民心、循天理行事即掌握了天命。在《外传》这里，人道与天道之所以统一，正是强调了"民心民意"这个勾连点。又如卷三第三章载：

昔者周文王之时，莅国八年，岁六月，文王寝疾，五日而地动，东西南北不出国郊。有司皆曰："臣闻地之动，人主也。今者君王寝疾，五日而地动，四面不出国郊。群臣皆恐，请移之。"文王曰："奈何其移之也？"对曰："兴事动众，以增国城，其可移之乎？文王曰："不可。夫天之道见妖，是以罚有罪也。我必有罪，故此罚我也。今又专兴事动众，以增国城，是重吾罪也。不可以之。昌也请改行重善，移之，其可以免乎？"

发生了地震，如何转移这个"天降异象"。大臣的意见是"兴事动众，以增国城"，这个奏议被文王否决。文王则认为这是"天罚"人主之"有罪"。这个时候兴土木之事以烦扰地震之灾后的百姓是增加他们之苦难。这非但不能转移这个灾祸反而会"重吾罪"。可见，在"君人"与"天罚"之间，文王选择了"民心"，这是一种"不忍人之心"的"同情"。这段引文的最后，《外传》引用"畏天之威，于时保之"总结到：文王敬畏天命，富民行善之举使疾愈而国治，免除了自身祸患。

综合以上《外传》关于天人关系的论述，我们略作总结可以见出：在《外传》中，天人关系呈现出天人相类、上下沟通的特征。即人间之道要遵循天道，即以天道为准则。天之道是人之道的根据性存在，它通过垂"象"给予可规范人间的人道。天是一种具有喜怒哀乐的人格神，通过它的全能力量左右地上的人间秩序，可以通过"天赐"与"天罚"干预人间政治。所以《外传》对于天道和天人关系的阐释最终都落脚于人事上。这就是前面我们所说的"人间温度"。在这里，《外传》既然承认天之强大与神秘性，又强调"事在人为"。在对君子人格、君王品德的规定性要求上又强调人的主体性，即人可以通过德政来和上天对话，获得好的结果。这样的"天命观"即实现了天人同构，用天命以约束帝王之言行。又通过这种人的主观性努力来自求多福，这样就在敬天、畏天的思想之外开辟了自我立命的维度，就形成了"上下沟通""上下互动""上下互感"等天人关系。

落实在人间行为上，《外传》力倡"恭谦""贵柔""循礼"等。比如在卷三即有："德行宽裕，守之以恭者荣；土地广大，守之以俭者安；禄位尊盛，守之以卑者贵；人众兵强，守之以畏者胜；聪明睿智，守之以愚者善；博闻强记，守之以浅者智：夫此六者，皆谦德也。"（卷三第三十章）"守之以恭、守之以俭、守之以卑、守之以畏、守之以愚、守之以浅"，这六者都是谦德的重要表现，若能依谦道而立身行事，"以此终吉者"则君子之道也。接下来的一章则又进一步阐发道："天道亏盈而益谦，地道变盈而流谦，鬼神害盈而福谦，人道恶盈而好谦。是以衣成则必缺衽，宫成则必缺隅，屋成则必加拙。示不成者，天道然也。"（卷三第三十一章）

这就杂糅了道家、儒家思想的"谦"道思想。这个论说沟通了天道、人道、鬼神等，是从根源性上讨论谦道之重要。《外传》认为：这是"天道"对人道的启示。也就是说：人间君王要根据天道的神启以行事。《外传》在这个问题上的论证是成体系的，在后面它又专门引述周公之事以成其说。这就使这个论述既有理论阐发又有现实依据。它记录周公是史实说："假天子之尊位七年，所执贽而帅见者十人，所还质而友见者十三人，穷巷白屋之士所先见者四十九人，时进善者百人。宫朝者千人，谏臣五人，辅臣五人，拂臣六人，载干戈以至于封侯，异族九十七人，而同姓之士百人。"（卷八第三十一章）做到这样，周公凭借了什么道德呢？《外传》曰："能行谦德者，其惟周公乎！"

天人关系，落实到根本处还是"人间问题"。《外传》费了这么多笔墨，最后还是要归结到这句话。其思想之杂糅与综合，上文已经考订。写到最后，我还是想说：思想总是和时代紧密相连。韩婴在《外传》中如此强调对天人关系的讨论，正是那个大一统时代的关键问题的反映。从背景上看：进入帝国时代后，儒家等学者成了国家机器上的一个部件，即成为官吏，而不再是"帝王师"。这就是博士官的本质，从此开启了"利禄之途"。这个问题在战国已经有了影子。这也就是孔孟与荀子在本质上的重要区别，荀子的国家主义意味也要在这个维度上思考。紧接着就有一个问题显得非常棘手，即"谁来约束（规谏）帝王"。从韩婴《外传》中的讨论，到董仲舒的"天人三策"、司马迁的"究天人之际",再到两汉大兴的"阴阳五行"之说等。一代代汉儒似乎都在寻求"天命"的帮助,希望通过"天"以构成对"人"的约束和指引。天人之学其源久矣,而在两汉勃兴如此或许要从这个角度看。

八、《外传》内容研究:礼法问题

礼法问题说到底是权力问题,其本质是政治问题。与之相联系的是关于"人性论""国家管理"等问题的讨论。这是中国学问的核心部分。有怎么样的"人性论"即如何理解人,就有怎么样的"国家方案"。德治(人治)与法治就从这里分端。从民族史的宏观角度看,自汉代以降,礼法并用成为政治意识形态的主流。这里的"礼"是以周公、孔子为代表的儒家所倡导的"周代礼乐"文化。这里的"法"是以商鞅、韩非子为代表的法家主张。它又有刑名、刑法等名号。所以,礼法兼施,又称"儒法互补"。落实到汉初,汉家统治者首先采取的是黄老之学"与民休息"。此后才是搜罗、整理、阐释皇家及地方所残存的文献,同时制定国家礼仪等。自此,礼乐文化日昌,表现在《汉书》中就是

"采诗夜诵""楚辞"等勃兴。我们借助《外传》也可以见出韩婴的礼法观念。

承续先秦儒学之思想，经师韩婴可谓崇礼重礼，《外传》中多篇全录《荀子》"礼论"的文字即可见一斑。《外传》特别强调"顺情作礼"（即充分肯定人之"六情"）、"以礼导情"（并强调经由"师"以安礼）的礼治观，表现了很好的世俗关怀。具体说来，《外传》有以下论述：

"礼者，则天地之体，因人之情而为之节文者也。"（卷五第十章）

从人的自然情欲出发论证礼之源起。它把"礼"上升到"天地之体"的高度。这是说"礼"之本。本于人之"六情"[1]，是从根本处认识人、关心人。可见这里的"礼"观念有了形上的意味。所谓"形上"即它要指向根本，是"形下"的出发点。又说"为之节文"，这是说"礼"之用。即说"礼"是一种约束，约束的目标是帮助人达到

---

[1] 人有六情：目欲视好色，耳欲听宫商，鼻欲嗅芬香，口欲嗜甘旨，其身体四肢欲安而不作，衣欲被文绣而轻暖。此六者，民之六情也。失之则乱，从之则穆。故圣王之教其民也，必因其情而节之以礼；必从其欲而制之以义。义简而备，礼易而法。去情不远，故民之从命也速。（卷五第十六章）

"文"。文雅也，文化也。即从自然属性上升到文明状态。这是从人的角度看"礼"。在《外传》还有这样的记录："在天者莫明乎日月，在地者莫明于水火，在人者莫明乎礼义。故日月不高则所照不远；水火不积则光炎不博；礼义不加乎国家则功名不白。故人之命在天，国之命在礼。"（卷一第五章）这是把"礼"上升到国家命运上去了。又有："礼及身而行修，礼及国而政明。能以礼扶身，则贵名自扬，天下顺焉，令行禁止，而王者之事毕矣。"（卷五第二十一章）又："人无礼则不生，事无礼则不成，国无礼则不宁。"（卷一第六章）又："故自天子无礼，则无以守社稷；诸侯无礼，则无以守其国；为人上无礼，则无以使其下；为人下无礼，则无以事其上；大夫无礼，则无以治其家；兄弟无礼，则不同居。'人而无礼，不若遄死。'"（卷九第八章）。可见，在《外传》中"礼"之用可谓广矣。从个人之"安情"到"家族、国家"的兴衰，都有礼之大用。它当然也是对天子威仪的一种约束。

人，会不会知礼？接下来《外传》就解答了这个问题。说："无礼何以正身？无师安知礼之是也。礼然而然，是情安于礼也。师云而云，是知若师也。情安礼，知若师，则是君子之道。"(《外传》卷五第十章）正身以礼，由师知礼。《外传》很好地解决了"经师"在国家礼乐制度中的位置（意义）问题。这个看法，实际是对荀子"隆礼尊师"的暗用。《荀子》体制中有"礼论"，这是荀子国家主义的重要体现。从以上引文也可见出《外传》的礼论内容也是逻辑缜密的。

有学理讨论，定有现实层次上的"礼学"实践。

《传》曰：不仁之至忽其亲，不忠之至倍其君，不信之至欺其友。此三者，圣人之所杀而不赦也。《诗》曰："人而无礼，不死何为！"（卷一第七章）

君人者，以礼分施，均遍而不偏；臣以礼事君，忠顺而不解。父宽惠而有礼；子敬爱而致恭；兄慈爱而见友；弟敬诎而不慢；夫照临而有别，妻柔顺而听从。若夫行之而不中道，即恐惧而自竦；此道也。偏立则乱，具立则治。（卷四第十一章）

自周室衰坏以来，王道废而不起，礼义绝而不继。秦之时，非礼义，弃《诗》《书》，略古昔，大灭圣道，专为苟妄。以贪利为俗，以告猎为化，而天下大乱。于是兵作而火起，暴露居外，而民以侵渔遏夺相攘为服习。离圣王光烈之日久远，未尝见

仁义之道，被礼乐之风。是以嚚顽无礼，而肃敬日益损，凌迟以威武相摄，妄为佞人，不避祸患，此其所以难治也。(卷五第十六章)

今按：以上三条是从政治社会的层次上要求"循礼以治"。前两条是从正面论述，是对人的规定性要求。第一条指向了事亲之礼、事君之礼、事朋之礼，并用引诗的方式作了评论。"立于礼"，不能值守礼之要求，不死何为。相比起来，第二条就更为细密地讨论了君臣、父子、夫妻等礼义要求。后一条是从周室礼坏以后的情况立说。

《外传》对法家思想极为重视，力倡修礼正法，礼法并重。

廉洁直方；疾乱不治，恶邪不匡；虽居乡里，若坐涂炭；命入朝廷，如赴汤火，非其民不使，非其食弗尝；疾乱世而轻死，弗顾弟兄，以法度之，比于不详：是碌仁者也。(卷一第二十五章)

这里《外传》将仁道按照境界的高低依次分为"圣仁""德仁""智仁""碌仁"四个层次。可以很清楚地看到"法"（刑法）是不得已而选用的外在之策。《外传》还明确讨论了"碌仁"的内涵。比如"仁碌则其德不厚"（卷一第二十五章）。又有"碌仁虽下，然圣人不废者，匡民隐括，有在是中

344

者也"（卷一第二十五章）。这话可以见出《外传》对法律的看法，是礼乐教化之外的一个政治补充，虽在下位也有其用。

所以，它也说"修礼以齐朝，正法以齐官，平政以齐下"（卷三第七章）"法则度量正乎官，忠信爱利刑乎下"（卷三第七章），这都显示了礼法并用、礼法互补的意义所在。卷三第二十四章记载季孙氏治鲁与子产治郑的史料，卷十第二章又专录管仲治齐有方的情况，都显示了它在这个层次上的用心。再如：

原天命，治心术，理好恶，适情性，而治道毕矣。原天命则不惑祸福，不惑祸福则动静循理矣。治心术则不妄喜怒，不妄喜怒则赏罚不阿矣。理好恶则不贪无用，不贪无用则不以物害性矣。适情性则欲不过节，欲不过节则养性知足。四者不求于外，不假于人，反诸己而存矣。夫人者说人者也，形而为仁义，动而为法则。（卷二第三十四章）

凡治气养心之术，莫径由礼。（卷二第三十一章）

若夫明道而均分之，诚爱而时使之，则下之应上，如影响矣。有不由命者，然后俟之以刑，刑一人而天下服。下不非其上，知罪在己也。是以刑罚

竞消，而威行如流者，无他，由是道故也。（卷四第十章）

九、《外传》内容研究：士君子之学

"君子"作为儒家推崇的理想人格，是先秦文献的关键词而被反复论说。可以说，它是中国文化的一个标志性符号而进入了中国学叙事。从文化史的大视野来观察，它的意义更为突出：因为它总是和政治史、思想史的核心问题相联系。比如承认它，就意味着承认"修身"有了学理合法性，即人可以从"自然人"通过外在努力成为"君子"这样的"社会人"且具备"道德"。这样看，它也和"人性观"纠结在一起。而"人性观"是所有学问的起点。可见"君子"在中国文化史的意义之大。仅从先秦来看，它是仅次于"子曰《诗》云"之外的一个关键，不独儒家，百家之学也围绕它建立了各自的学说。关于它的问题和讨论可谓持续久矣。《论语》首章即谈"君子"，朱熹《四书章句集注》云"成德之名"。孟子更是大昌"士大夫"之人格，熠熠生辉。在荀子处，"君子"也被赋予了更多的文化职责。可见在儒家视域中，君子是人格修养的重要层次。在《外传》中韩婴把人分为俗人、士人、君子、圣人四个等级。分析《外传》文本，我们可以随处即见其说"士人"可以通过学（五经、圣贤）与养（养心、养志、养情）等达到"君子"的记录，比如就有这样的记录："君子务为学也""虽有美质，不学则不成君子""士必学问，然后成君子"（《韩诗外传集释》158、295、296页）。而少见"君子"学以成圣的记录。这显示了《外传》的潜在对象即"士人"。《外传》关心"士君子"之学的问题，也让它进入了思想史叙事。徐复观在其名著《两汉思想史》中专设一章研究《外传》，这或许是他的用心之所在。

我们不能说"君子之学"是《外传》的核心问题，但它确实是一个重大问题。因为从《外传》编纂结构看，在第一卷主要讨论的问题就是这个"君子之学"。分析文本卷一，可知这部分引诗以《邶风》为主，所涉及诗句有十五处之多。值得注意的是其中第八、九、十、十一、十二相连的五则所引《诗》全部为《邶风·柏舟》中的诗句。而第八、九、十则引用诗句均为"我心匪石，不可转也。我心匪席，不可卷也"。这显示了《外传》编纂次序的整齐性，是经过系统考虑过的。它反复讨论的

"主题"就是"士君子"的品格等。第八则"王子比干杀身以成其忠"章,引用比干、尾生、伯夷、叔齐的故事,意在推扬"士"所具有的"忠信"品质。第九则"原宪居鲁"章将原宪和子贡的人生境遇做了鲜明的对比,肯定君子所具有的"安贫乐志"之高格;第十则直接议论、阐发士的性情专一、言行审慎的个性;第十一则谈到君子洁身善言的品行。总之,其围绕着《邶风·柏舟》中的诗句,所选择的故事、所阐发的重点都在于对"士君子"高尚品质的表彰。这是一个有意味的形式,大不同于《论语》《荀子》以"学习"为开端。这里一开头就讨论"君子人格"问题,似乎另有深意。这个主题也在《外传》中得到了全面讨论。

《外传》卷二第三十二章:

玉不琢,不成器。人不学,不成行。家有千金之玉,不知治,犹之贫也。良工宰之,则富及子孙。君子谋之,则为国用。故动则安百姓,议则延民命。

《外传》卷五第三章:

虽庶民之子孙也,积文学,正身行,能礼义,则归之士大夫。

《外传》卷五第二十八章:

哀公问于子夏曰:"必学然后可以安国保民乎?"子夏曰:"不学而能安国保民者,未之有也。"哀公曰:"然则五帝有师乎?"子夏曰:"臣闻黄帝学乎大坟,颛顼学乎禄图,帝喾学乎赤松子,尧学乎务成子附,舜学乎尹寿,禹学乎西王国,汤学乎贷乎相,文王学乎锡畴子斯,武王学乎太公,周公学乎虢叔,仲尼学乎老聃。此十一圣人,未遭此师,则功业不能著乎天下,名号不能传乎后世者也。"《诗》曰:"不愆不忘,率由旧章。"

《外传》卷六第九章:

子曰:"不学而好思,虽知不广矣。学而慢其身,虽学不尊矣。"

《外传》卷六第十五章:

孔子曰:"可与言终日而不倦者,其惟学乎?其身体不足观也。勇力不足惮也。族姓不足称也。宗祖不足道也。然而可以闻于四方,而昭于诸侯者,其惟学乎?"《诗》曰:"不愆不忘,率由旧章。"夫学之谓也。

以上五章显示《外传》得儒学真传。这五章的核心之义是强调"学以成君子"。而"安百姓、延民命""安国保民""昭于诸侯"这些词句则显示《外传》倡导之学的内涵意义在于经世致用。通过比喻（士人从学好比工人治玉）、讲义（讲述学与思、学与治国等关系）、引证（引述古十一圣都有师承）等方式来强调"学"在"士人"到"君子"进度上的意义。从思想史视域看，它更像是荀子"道问学"的路子。这也是儒学之正宗，表现在文献上就是《论语》从"学而"起步，《荀子》以"劝学"开篇。《外传》可谓得儒学正宗之传。

为什么要学习，学习的目标又是什么。韩婴在《外传》中也是有明确说法的。它又走到了孟子思想那里去了。即它认为修己成德就是要"求其放心"，文字见诸《外传》卷四第二十七章：

孟子曰："仁，人心也，义，人路也。舍其路弗由，放其心而弗求。人有鸡犬放，则知求之。有放心而不知求，其于心为不若鸡犬哉！不知类之甚矣。悲夫，终亦必亡而已矣。故学问之道无他焉！求其放心而已。"《诗》曰："中心藏之，何日忘之。"

这段话很显然是櫽括《孟子·告子上》。可见韩婴对孟子之学的吸纳与接受。写到这里我们有必要对《外传》的君子之学略做一个检讨。我们可以见出：《外传》在积极吸收孟子、荀子学说。在人性论上韩婴择取了孟子的思想，这在上文的讨论中也可以看出来。在实践功夫论上《外传》则吸纳了荀子道问学之一端。再举一例具体说法的例证，韩婴吸收了荀子思想"隆礼重师"的说法。这个记录在《外传》卷五第十章：

无礼何以正身？无师安知礼之是也。礼然而然，是情安于礼也。师云而云，是知若师也。情安礼，知若师，则是君子之道。

这段修身功夫的论述又是转录《荀子·修身》。其文曰："礼者，所以正身也；师者，所以正礼也。无礼，何以正身？无师，吾安知礼之为是也？礼然而然，则是情安礼也；师云而云，则是知若师也。情安礼，知若师，则是圣人也。"

在《外传》看来：君子正身、安情，必须依靠礼与老师才能完成。在卷五第十七章又增加了明王圣主的扶携这一要素，即"非得明王圣主扶携，内之以道，则不成为君子"。

在君子的内涵阐发上，《外传》也是一宗丰富的史料。

在《外传》看来要成为"君子"必需具备仁、义、礼、智等"君子之质"，"君子之闻道，入之于耳，藏之于心。察之以仁，守之以信，行之以义，出之以逊。故人无不虚心而听也"（《外传》卷九第十四章)。这是建立在天命懿德角度上的立论,这与孟子的"性善说"相近。细致分析可以见出《外传》认为君子有"君子之质"可以"闻道",这种天命懿德还需要后天品德的持养,即"察之以仁,守之以信,行之以义,出之以逊"。

另一方面落实在实践功夫上有所谓的"君子之行",即要做到:外宽而内直(直己不直人),既坚守伦理道德,又能做到权变通达。具体论证见诸《外传》卷二第十五章:

外宽而内直,自设于隐括之中,直己而不直人,善废而不悒悒;蘧伯玉之行也。故为人父者则愿以为子,为人子者则愿以为父,为人君者则愿以为臣,为人臣者则愿以为君。名昭诸侯,天下愿焉。《诗》曰:"彼已之子,邦之彦兮。"此君子之行也。

这里《外传》特别提及的蘧伯玉是春秋时期闻名于世的贤德高人。《论语·卫灵公》载录孔子评价他的话说:"君子哉蘧伯玉。邦有道则仕,邦无道则可卷而怀之。"这就是孔子主张的"用之则行,舍之则藏"的思想,这和孟子的"权变"思想也相吻合。这则史料也可以见出《外传》思想的综合性:既坚持了早期儒家的"直己不直人""外宽而内直"的"克己"思想，又坚守了儒家所规定的社会伦理道德，即文本所云的父子君臣问题，还融合了孔孟思想中的权变思想。这样的君子人格是丰富而圆满的，不是偏执的，而是可以落地的一种综合思想。分久必合，荀子思想可以说是战国学术的集大成，也可以说表现了一种大道归一的气质。它的这个属性也影响了汉初各大诗学宗师。韩婴的学术从史书记载看，主要有两端：一曰诗，一曰易。但是从上文分析《外传》看，韩婴也是吸纳了先秦儒学及百家之学，兼收并蓄，形成了这样一种特征。前贤所云：韩婴所代表的韩诗学是荀子学问的延伸。抑或说，韩婴的诗学来自荀子。这样的看法或许有思想史研究上的方便，但是我们不得不说：从史料分析来看，这种说法有简单化的弊病，或许可以完善它。前文我们讨论的《外传》与孟子等都可以见出这个问题的复杂性。

附录：《外传》关于君子品格的讨论

（材料一）易和而难狎也，易惧而不可劫也，畏患而不避义死，好利而不为所非，交亲而不比，言辩而不乱。荡荡乎，其易不可失也。磏乎，其廉而不刿也。温乎，其仁厚之光大也。超乎，其有以殊于世也。《诗》曰："美如玉，美如玉。殊异乎公

族。"(《外传》卷二第十八章)

这是韩婴借助《魏风·汾沮洳》"彼其之子，美如玉，美如玉，殊异乎公族"以赞美君子之高尚品德。如果对这则资料做"知识考古"，我们可以见出：这段话的核心词皆有来历。"易和而难狎"之"狎"多见《荀子》。"不可劫"又和《孟子》士大夫有"舍生取义"之精神相近。"不避义死"和《老子》所云义近。"亲而不比"即不结党，又是《论语》所倡导的品格。"其温如玉"又是《诗》之文句。这可以见出韩婴之学的博通。这也就是思想史家重视这部《外传》的根源之一。《外传》在同卷第十七章又有这样的记录：

君子有主善之心，而无胜人之色。德足以君天下，而无骄肆之容。行足以及后世，而不以一言非人之不善。故曰：君子盛德而卑，虚己以受人，旁行不流，应物而不穷。虽在下位，民愿戴之。虽欲无尊，得乎哉！(《外传》卷二第十七章)

这段文字除了"主善""德足""无肆""不非人"等君子品德之外。《外传》还特别说："盛德而卑，虚己以受人，旁行不流，应物而不穷。"这有很强的易学气质，也和老庄之说相近。"在下位""欲无尊"也是老庄之学的关键问题。其中的一个重要细节即"应物而不穷",这是对孔孟"权变"思想的吸纳和开新。

(材料二)《传》曰:所谓士者,虽不能尽备乎道术,必有由也。虽不能尽乎美善,必有处也。言不务多,务审其所谓,行不务多,务审其所由而已。行既已尊之,言既已由之,若肌肤性命之不可易也。《诗》曰:"我心匪石,不可转也;我心匪席,不可卷也。"(《外传》卷一第十章)

这是一个有代表性的史料,这类资料《外传》中多见。这是借助《诗经》以阐释《外传》关于士人品格的理解。这则记录则显示了《外传》对士人坚守道义的要求。言行举止都"不务多",关键在坚守道义。即"不可转""不可卷",可见引诗也极为得当。这和孟子的思想如出一辙,都强调了士君子在道义方面的坚守和担当。孟子曰:"居天下之广居,立天下之正位,行天下之大道,得志与民由之,不得志独行其道,富贵不能淫,贫贱不能移,威武不能屈,此之谓大丈夫。"(《孟子正义》419页)类似的话见诸《外传》者尚有:"士不能勤苦,不能轻死亡,不能恬贫穷,而曰我能行义,吾不信也。"(《韩诗外传集释》66页)这也是孟子学说的延伸。孟子说"无恒产而有恒心者,唯士为能",

又说"尚志",又说"舍生取义"等。《外传》显然都继承了这些士大夫精神,所谓"能勤苦"即没有"恒产"也会操劳于斯。所谓"轻死亡"即"舍生取义",所谓"恬贫穷"即"贫贱不能移"。可见,有关士大夫精神的养成方面的论述,《外传》走在了孟子之学的延长线上。

原宪居鲁,环堵之室,茨以蒿莱,蓬户瓮牖,揉桑而为枢,上漏下湿,匡坐而弦歌。子贡乘肥马,衣轻裘,中绀而表素,轩不容巷而往见之。原宪楮冠黎杖而应门,正冠则缨绝,振襟则肘见,纳履则踵决。子贡曰:"嘻!先生何病也?"原宪仰而应之曰:"宪闻之,无财之谓贫,学而不能行之谓病。宪贫也,非病也。若夫希世而行,比周而友,学以为人,教以为己,仁义之匿,车马之饰,衣裘之丽,宪不忍为之也。"子贡逡巡,面有惭色,不辞而去。原宪乃徐步曳杖歌《商颂》而反,声满于天地,如出金石。天子不得而臣也,诸侯不得而友也。故养身者忘家,养志者忘身。身且不爱,孰能忝之?《诗》曰:"我心匪石,不可转也。我心匪席,不可卷也。"

这则短文很有文学张力。它用对照之法写出了原宪与子贡的人生。君子人格在这个比对中彰显无疑。在当下语境读这段话让我们唏嘘不已。有人会问：原宪过得这么苦，何必。这样的坚守又为何。这让人不禁联想到《庄子》所录尾生的故事。这种坚守是一种道德力量，是有超越性的。孟子云："非其义也，非其道也，禄之以天下，弗顾也。"

十、《外传》内容研究：韩婴与黄老

从《史记》《汉书》记录的情况看，宗师韩婴主要活动于文、景两朝，历史上称为"文景之治"。当时社会上流行的学术空气主要是黄老思想。这是历史的选择。但凡大战即熄，与民休息都是统治者的最好选择。所以，刘邦时代即是黄老"无为而治"学问最为流行的时代。当时的陈平、萧何都信奉黄老之学。后来，曹参接班，也高举"萧规曹随"这样的国策。这是黄老之学在西汉初发生的历史大幕。至汉惠帝时代也是如此。在窦太后的强势之下，君臣上下迎合其好。陆贾、司马谈等名家也都在尊尚黄老之学之列。

在这个大背景下，儒家学者的地位可想而知。景帝时期，甚至发生了黄生（黄老学者）与儒家辕固生的争论。辕固生因怒贬老子被窦太后罚到猪圈。斯文之扫地莫衰于斯。这种情况直到少年天子汉武帝出场、窦太后去世才得到改观。从上文讨论，我们也清楚地知道韩婴并非"醇儒"，其思想不可避免地受到了黄老思想的影响，表现在《外传》中就是《外传》存录很多关涉黄老的学问。

"黄老之学"是汉初的主流学问，当年大儒都有参与讨论。贾谊、陆贾、司马谈、晁错等都有参与其中。比如贾谊不仅有《过秦论》，还有《鹏鸟赋》。司马谈在《论六家要旨》中表现出来的黄老之学修养以及对儒家在内的百家学问的深情着实让人感动。黄老之学的勃兴表现在《汉志》中就是著录了多种"黄老言"之类的典籍。班固自注多说"托名黄帝"。其实在先秦，作为五帝之首，黄帝早就是百家学问的公共资源。百家围绕他形成了各种讨论又趣味不同。《外传》承续前说，又有新变。它所存黄帝故事则表现出了杂糅的特征。比如《外传》卷八曰：

黄帝即位，施惠承天，一道修德，惟仁是行，宇内和平。未见凤凰，惟思其象。凤寐晨兴，乃召天老而问之曰："凤象何如？"天老对曰："夫凤之象、鸿前麟后，蛇颈而鱼尾，龙文而龟身，燕颔而鸡啄。戴德负仁，抱中挟义。小音金，大音鼓。延颈奋翼，五彩备明。举动八风，气应时雨。食有质，饮有仪。往即文始，来即嘉成。惟凤为能通天祉，应地灵，律五音，览九德。天下有道，得凤象之一，则凤过之，得凤象之二，则凤翔之，得凤象之三，则凤集之，得凤象之四，则凤春秋下之，得凤象之五，则凤没身居之。"黄帝曰："于戏！允哉！朕何敢与焉！"于是黄帝乃服黄衣，带黄绅，戴黄冕，致斋于中宫，凤乃蔽日而至，黄帝降于东阶，西面，再拜稽首曰："皇天降祉，敢不承命！"凤乃止帝东园，集帝梧桐，食帝竹实，没身不去。《诗》曰："凤凰于飞，翙翙其羽，亦集爰止。"（《韩诗外传集释》277～279页）

这段文字在《外传》中具有典型性。韩婴将儒、道、阴阳等多家品质杂糅在黄帝一身。其中黄帝服黄衣、戴黄冕之说等，上天感应而降下祥瑞很明显带有天人感应与邹衍五德之说的特征。凤凰是儒家的祥瑞，《论语》中就有相关记录。早期文献中又有把孔子比拟成凤，将老子视作龙的记录。这段话强调圣王之德、天下有道，这是儒道都有的观念。这样看来，《外传》的"黄老"杂糅了儒家、阴阳等学说。

这种儒道融合的思想更明显地表现在《外传》

对孔子的描写。《外传》卷五第二章载录：

> 孔子抱圣人之心，彷徨乎道德之域，逍遥乎无形之乡，倚天理，观人情，明终始，知得失。故兴仁义，厌势利，以持养之。于时周室微，王道绝，诸侯力政，强劫弱，众暴寡。百姓靡安，莫之纪纲，礼仪废坏，人伦不理。于是孔子自东自西，自南自北，匍匐救之。（《韩诗外传集释》165页）

"彷徨""逍遥""倚天理"等显然都是从道家那里转录过来的语词。《庄子》在《逍遥游》《大宗师》中多有类似之语①。这就把老庄的逍遥无为与儒家的仁义道德融合在一起，以描写了一个新的孔子形象。其中化用《诗经》的"自东自西，自南自北，匍匐救之"，将孔子在"周室微，王道绝，诸侯力政"的大时局下救世济民的形象表现得淋漓尽致。这个形象是丰富的，比儒学文献系统中的孔子符号更为圆满，或是历史的真实。孔子关于隐退、避世的思想，在《论语》中也有残存，但最终被仁义道德等进取思想淹没了。我想，晚年的孔子手订五经，经历了一生的浮沉，晚年好《易》（新出文

---

① 《逍遥游》录"彷徨乎无为其侧，逍遥乎寝卧其下"。《大宗师》亦有"芒然彷徨乎尘垢之外，逍遥乎无为之业"等类似说法。

献已证实其真有），自然有这样的逃遁之想。《外传》的这个记录或更接近真实的孔子思想。

《外传》对黄老之学吸纳可谓是多方位的。比如《外传》卷一第十三章有关处世的讨论，就很明显檃栝了老子之学。其言云：

《传》曰：喜名者必多怨，好与者必多辱。唯灭迹于人，能随天地自然，为能胜理而无爱名。名兴则道不用，道行则人无位矣。夫利为害本，而福为祸先。唯不求利者为无害，不求福者为无祸。《诗》曰："不忮不求，何用不臧。"（《韩诗外传集释》14、15页）

这里涉及"名""天人""道""福祸"等处世之学。《外传》在这些世俗生活的具体问题面前，它选择了老子之学以获得解答。它认为只有和"道"在一起，即"随天地自然""不爱名""不求利"等才可以得福远祸。最后引诗断章取义，也很好地融合了这个观念。这个问题又见诸卷一第十四章，可以说是在这个层次上的进一步申述：

《传》曰：聪者耳闻，明者目见。聪明，则仁爱著，而廉耻分矣。故非其道而行之，虽劳不至；非其有而求之，虽强不得。故智者不为非其事，廉者不求非其有，是以害远而名彰也。《诗》云："不

忮不求，何用不臧。"（《韩诗外传集释》15页）

"聪者耳闻，明者目见"很明显是转译于《老子》一书。在这里《外传》把人生福祸之得归结在"不忮不求"，但是所立论的角度又和上一语段不同。在这里，它把这个意思归为是否顺应了"道"，又有一种天命的意味。似乎在说：不符合道的不要去求索，不该你拥有的不要去强求。这种"顺天""尊道"的看法尚有：

夫霜雪雨露，杀生万物者也。天无事焉，犹之贵天也。执法厌文治官治民者有司也。君无事焉，犹之尊君也。夫辟土殖谷者后稷也，决江疏河者禹也，听狱执中者皋陶也，然而有圣名者尧也。故有道以御之，身虽无能也，必使能者为己用也。无道以御之，彼虽多能，犹将无益于存亡矣。《诗》曰："执辔如组，两骖如舞。"贵能御也。（《韩诗外传集释》42页）

昔者不出户而知天下，不窥牖而见天道者。非目能视乎千里之前，非耳能闻千里之外，以己之度度之也，以己之情量之也。己恶饥寒焉，则知天下之欲衣食也。己恶劳苦焉。则知天下欲安佚也。己恶衰乏焉，则知天下之欲富足也。知此三者，圣王之所以不降席而匡天下。故君子之道，忠恕而已矣。夫饥渴苦血气，寒暑动肌肤，此四者，民之大害也。大害不除，未可教御也。四体不掩，则鲜仁人。五藏空虚，则无立士。故先王之法，天子亲耕，后妃亲蚕，先天下忧衣与食也。《诗》曰："父母何尝？心之忧矣，之子无裳。"（《韩诗外传集释》127、128页）

可见《外传》对老子之学的吸纳之丰富多元。再如"昔者司城子罕相宋"章：

昔者司城子罕相宋，谓宋君曰："夫国家之安危，百姓之治乱，在君之行赏罚。夫爵赏赐与，人之所好也，君自行之。杀戮刑罚，民之所恶也，臣请当之。"君曰："善。寡人当其美，子受其恶。寡人自知不为诸侯笑矣。"国人知杀戮之刑专在子罕也，大臣亲之，百姓畏之，居不期年，子罕遂劫宋君而专其政。故《老子》曰："鱼不可脱于渊，国之利器不可以示人。"《诗》曰："胡为我作，不即我谋？"（《韩诗外传集释》251页）

黄老之学除了主张"无为而治"，"与民休息"则是它另一重要思想维度。《外传》卷二即借御马对"治国使民"当让人民劳逸有度展开了论说。

颜渊侍坐鲁定公于台，东野毕御马于台下。定公曰："善哉！东野毕之御也。"颜渊曰："善则善矣!其马将佚矣。"定公不说,以告左右曰:"闻君子不谮人,君子亦谮人乎?"颜渊退,俄而厩人以东野毕马佚闻矣。定公躐席而起,曰:"趣驾召颜渊。"颜渊至,定公曰:"乡寡人曰:'善哉!东野毕之御也。'吾子曰:'善则善矣!然则马将佚矣。'不识吾子何以知之?"颜渊曰:"臣以政知之。昔者舜工于使人,造父工于使马,舜不穷其民,造父不极其马,是以舜无佚民,造父无佚马。今东野毕之御,上车执辔,衔体正矣,周旋步骤,朝礼毕矣,历险致远,马力殚矣,然犹策之不已,所以知佚也。"定公曰:"善。可少进乎?"颜渊曰:"兽穷则啮,鸟穷则啄,人穷则诈。自古及今,穷其下能不危者,未之有也。《诗》曰:'执辔如组,两骖如舞。'善御之谓也。"定公曰:"寡人之过矣。"(《韩诗外传集释》43～45页)

这个思想的内核是黄老之学,而外貌却饰以儒家人物颜渊等。这是用御马之法来影射明君要爱民、安民、富民,不能要人民过于操劳。这是对赋敛无度、使民无节的警示。汉初建国,常年征战,民不聊生,在这个背景下,《外传》提倡黄老之学,鼓吹与民休息可谓是应时之变,是一种重要的现实之策。在黄老之学的视域中,《外传》多谈"无为"

"与民休息",它并征引了大量上古圣王的史料,这又涉及黄帝、大舜等。在叙说中,它又融合儒家思想,呈现出了思想的融通性。这是《外传》所录黄老之学的一个显著特征。

第四章 《韩诗》要籍研究

第四节
《薛君章句》辑考

考索《汉志》、清人姚振宗等人《补后汉书艺文志》《隋书·经籍志》等著录的经书目录,可以见出早期经学注疏体例有"故""传""训""说""序""微""杂记""记""笺""问""故""议""章句""注"等。这些名目繁复的注疏体例显示了经学传承过程之复杂,它们也似乎在向我们透露经学传布的学术史历程。关于这个问题,今人刘立志博士有讨论"注疏体式与诗经学"的论文首唱其谊。本人也有文章讨论郑玄前后时代的传注学发展情况,也是这个思路上的拓展,特别考察了从"传"体到"注"体转变的发生。从经学注疏史的宏观层面上看:其中最重要的经学注疏体例非"传""章句"和"注"三种莫属。但是,究竟什么是"章句","章句"同"师法家法"联系如何,因为文献阙如，时至今日这些问题都没有得到很好的解决。现有成果说：章句就是分章断句。家法不同，断句等也不同。可是"故""传"等先出体例就不分章断句了吗？所以，这个问题相当棘手。现在的"章句"一体尚有《王逸楚辞章句》《赵岐孟子章句》等，也数量不多。韩诗学也有"章句"之体，可惜都散佚千年，其中有《韩诗薛君章句》者多为汉唐古书古注所征引，清人辑佚成果甚多，今人以马昕博士的工作最为细密。今以陈乔枞、王先谦等人的辑佚成果为中心，参之马昕等今人的工作，援引毛、郑诗，对薛君《韩诗章句》在经文用字、训诂、诗说等层次上的贡献做一个综合研究，并留心于"章句之为体"这个问题。

《宋书·符瑞志》引《韩诗》云："霰，英也。"又见《文选·雪赋》注和《太平御览》卷一二引《韩诗章句》作："霰，霓也。"三处引文相同，作"英"作"霓"是通假字关系的异文。引文的细节值得注意：前者引作《韩诗》，后者作薛君《韩诗章句》。一种解释说：沈约所引的《韩诗》文句其实出自《韩诗章句》，他引用时只称《韩诗》，这就说明沈约所见之《韩诗章句》是附入《韩诗》中的。在没有更多信息的情况下，我们不同意这个看法，还是要慎重点。我们的解释是《宋书》引作《韩诗》是简称。《召南·羔羊》曰："羔羊之皮，素丝五紽。"《韩诗章句》曰："小者曰羔，大者曰羊。素喻洁白，丝喻屈柔。紽，数名也。诗人贤仕为大夫者，言其德能，称有洁白之性，屈柔之行，进退有度数也。"(《后汉书》2470)今按：《韩诗》以《羔羊》美召南大夫，这正与《毛诗序》"在位皆节俭正直，德如羔羊也"相合。

《文选·答卢谌诗》注、《辩亡论》注引《韩诗章句》："括，约束也。"今按：出《邶风·击鼓》"死生契阔"。《经典释文》录有韩说："约束也。"《毛传》曰："契阔，勤苦也。"两相比较，《韩诗》之训为近。《韩诗》用字为"括"，是读"契阔"为"挈括"，括、阔为假借字关系。王先谦《诗三家义集疏》亦主此说，是。《郑笺》云："从军之士与其伍约：死也生也，相与处勤苦之中。"可见，这里的"死生契阔"就是生死相连（捆束在一起）的意思。所以，《韩诗》用本字，训诂也更为切近。毛训为"勤苦"，是解引申之义，也对。《太平御览》卷八三二引《韩诗》"张罗车上曰罝"。今按：出《王风·兔爰》"雉离于罝"。此条佚文又见《释文》"张"作"施"。与《毛诗》之训相比，韩诗说更为具体，它指出：张布在车子上的鸟网叫"罿"。

《文选·东征赋》注、《舞鹤赋》注、《乐府八首》注引《韩诗章句》："魂，神也。"今按：出《郑风·出其东门》"聊乐我员"。《释文》曰："员，本亦作云。"对于毛、韩经字之不同，冯登府引出《毛诗正义》"员、云，古今字"，并考正说："魂"亦与"云"通，《释文》本作"云"。今按：《毛诗》"员"、《韩诗》"魂"皆为借字，"云"为本字，是一虚词。朱熹《诗集传》即主此说（《诗集传》86页）。戴震于"聊乐我员"下注曰"音云"，这是直音。又加按语说："员，旋也。言聊乐与我周旋。"并举《小雅》"昏姻孔云"、《左传》"其谁云之"，皆"周旋"之义。考之本诗下章作"聊可与娱"，是"乐""娱"对举，其义已足。可见戴氏之说通，亦有可商之处，其高足段玉裁《诗经小学》即不从师说（详参《段玉裁全书》影抱经堂本，498页）。今复核《毛诗正义》知：冯氏引文不全，《毛诗正义》于"员、云，古今字"的判断下另有半句"助句词也"，似宜从段氏不省。今人程俊英释为"员，友、亲爱"，实从马瑞辰，今附录于斯，聊备一说。又按：《韩诗章句》训"魂，神也"是未破通假，或不可取用。陈乔枞有调停之说，王先谦采录，有维护三家诗强为之说的嫌疑，或亦不可从。[①] 又按：这里《毛诗》作"员"（音云），《韩诗》作"魂"，是典型的"喻三归匣"，其中"魂"即匣母字，参曾运乾《喻母古读考》。

《后汉书·袁绍传》注引："郑国之俗，三月上巳之辰，两水之上，招魂续魄，拂除不祥，故诗人愿与所说者俱往也。"今按：出《郑风·溱洧》。《太平御览》卷八八六引作《内传》文。《韩诗》所云是对"三月上巳节"风俗知识的解释。王先谦有比较研究，三家诗没有区别。（《诗三家义集疏》371页）。《文选》谢庄《月赋》注引《韩诗章句》："从流而风曰沦。"今按：出《魏风·伐檀》。《释文》亦有载录，《韩诗》曰："顺流而风曰沦，沦，文貌也。"可见两引并无二致，"从流"即"顺流"。这样看：李善注也是节引。《释名·释水》说："小波曰沦。"正与韩说相合。顺流而下又遇到风，自然会有小波纹。《释文》说"文（纹）貌"是也。两相比较，《释文》称引自《韩诗》当是书名减省之说。

---

① 陈氏说见续修四库本《韩诗遗说考》，又见王先谦《诗三家义集疏》368页。

《文选》潘岳《关中诗》注引《韩诗章句》："何谓素飡。素飡者，质人但有质朴而无治民之材，名曰素飡。尸禄者，颇有所知，善恶不言，默然不语，苟欲得禄而已，譬若尸焉。"（《文选》281页）[①]今按：出《魏风·伐檀》。这个注释和《毛诗》有大不同。它指向了"质人无材"，而《毛诗》是讽刺不劳而获的贵族。《文选》左思《魏都赋》注引《韩诗章句》："愔愔，和悦之貌。"今按：出《小雅·湛露》。《列女传·楚于陵妻》引《诗》作"愔愔良人"，正与《韩诗》用字同。《毛传》云："厌厌，安静也。"其训与韩说亦不远。考《说文》《尔雅》录有"恹"字，并训为"安"。《广韵》有"愔"字，训为"靖"。可见，"恹"是本字，韩、毛诸家用借字。《文选》潘岳《在怀县作》注引《韩诗章句》："瓞，小瓜也。"今按：出《大雅·緜》"绵绵瓜瓞"。字载《说文》，又见《尔雅·释草》孔疏引孙炎说："瓞，小瓜子名。"正与韩说合。

《后汉书·窦皇后纪》注引《韩诗章句》："耗，

[①] 这条佚文与王先谦《诗三家义集疏》（411页）所录有较大差异。

恶。息耗。犹言善恶也。"今按：出《大雅·云汉》"耗斁下土"。王先谦《诗三家义集疏》认为此"耗"是"秏"之俗字，并引《玉篇》"秏，败也"为训。"耗"字《毛传》无说，训"斁"为"败"。可见"耗斁"为并列构词，韩说之训极是。《文选》孔融《临终诗》注引《韩诗章句》："惟，念也。"今按：出《周颂·维天之命》。《释文》录有《韩诗》作"维，念也"。可见《韩诗》文献也用字不稳定，原因很多。或是后来传抄刊刻造成的"换字"。维、惟通用，古书习见。

《文选》马融《长笛赋》注引《韩诗章句》："涔，鱼池也。"今按：出《周颂·潜》"潜有多鱼"。可见韩、毛诗用字之不同。《毛传》曰："潜，糁也。"《太平御览》卷八三四引舍人注曰："以米投水中养鱼为涔。"王先谦认为这个"米"字当是"木"之伪。邢疏引《小尔雅》云："鱼之所息谓之橬。橬，糁也。积柴水中鱼舍也。""鱼舍"与《韩诗》说"鱼池"合。《淮南子·说林训》高注曰："今沇州人积柴水中捕鱼为罧，幽州人名之为涔。"可见，列木成围以圈养鱼说的就是这个意思。《韩诗》用本字。作"糁""潜""橬"等都是用借字。

除了这些可以确考为《韩诗章句》的佚文的。

还有一种称作《薛君传》《韩诗薛君传》的文字，学界也有归并为《韩诗章句》的看法。本书采用保守的做法，将这些材料作为附录存录在这里。比如《鲁颂·閟宫》"新庙奕奕，奚斯所作"，《薛君传》云："是诗公子奚斯所作也。"《韩诗》《鲁颂》曰："新庙弈弈，奚斯所作。"薛君曰："奚斯，鲁公子也。言其新庙弈弈然盛，是诗公子奚斯所作也。"（《六臣注文选》24页）《周颂·时迈》"薄言振之，莫不震叠"，《韩诗薛君传》曰："薄，辞也。振，奋也。莫，无也。震，动也。叠，应也。美成王能奋舒文武之道而行之，则天下无不动而应其政教。"（《后汉书》2077页）

从辑佚所得《韩诗章句》看，它的主要内容还是字词训诂。它的特点也是简明扼要。它也有援引礼学知识解诗的情况，也有串讲诗句之义的情况。这些都和《毛传》很像。这样看来，过去强调三家诗与《毛诗》所代表的古文经的差异，似乎并不符合实情。过去过于强调家法师法，有太多的政治诉求，我们今天从事学术研究或许要走出这个藩篱。这是我们研究《韩诗章句》最大的收获。当然，从内容上看，《韩诗章句》是《毛诗》学的重要补充，这一点，从以上诸条的按语都可见出。从这些资料看"章句之为体",我们还是能看到《韩诗章句》的重要价值,它和《毛传》最为接近。它承担了训诂、疏义和阐释诗旨的功能。以后能从事一项汉代经学史上"章句之学"的问题研究,《韩诗章句》是重要的资料。

结 论
韩诗学：汉代《诗经》学待开拓的疆域

通过以上研究，我们可以见出从宗师韩婴由燕赵大地走到中央，立博士官广收学员传播《韩诗》开始，汉代韩诗学经历了一个长足的发展历程，其间又有薛氏父子等核心人物。可以说，几代人的努力，韩诗学在两汉历史的跌宕起伏中取得了很多的成就。表现出的就是传承学者多、地域分布广、著述成果丰富等特点。仅仅从史志书目看：韩诗学著述体例也最为繁富，包括了"故""传""说""章句""翼要"等。

他们的积极努力也得到了皇家望族的关注与支持。表现为在国家文书比如诏书中多用韩诗说。《后汉书》记载：明帝永平八年诏书中用到"应门失守，《关雎》刺世"的说法（《后汉书》111页），这个说法与韩诗说正相吻合。也表现在皇族学习

《韩诗》，比如梁皇后习《韩诗》，《后汉书》更是言之甚明。她发表的议论也有记录，说"阳以博施为德，阴以不专为义。蠡斯则百，福之所由兴也"（《后汉书》439页），正是采信韩说。皇族的推崇自然带来了韩诗学在东汉的发达。其实，早在西汉昭帝时期，《韩诗》学者就曾走到了政治中心，那时皇帝"诏求能为《韩诗》者"，韩婴再传弟子蔡义（一作蔡谊）得以进见。"说《诗》，甚说之，擢为光禄大夫、给事中，进授昭帝。数岁，拜为少府，迁御史大夫，代杨敞为丞相，封阳平侯。"蔡义后官至宰相，全赖帝师身份，霍光之言即为明证。[①]从另一个层次上看，韩诗学者蔡义为帝师，无不体现出皇家对《韩诗》的看重以及有意扶持韩诗学的意向。昭宣时期《诗》学发展的情况就不难想象了。这一时期《韩诗》学的发展及统治者对其的关注值得重视。"柔仁好儒"是《汉书》给元帝的评价。事实也当如此。元帝一改"本以霸王道杂之"的汉家制度，走上了"纯任德教，用周政"的治国

---

① 《汉书》载：义为丞相时年八十余，短小无须眉，貌似老妪，行步俛偻，常两吏扶夹乃能行。时大将军光秉政，议者或言光置宰相不选贤，苟用可颛制者。光闻之，谓侍中左右及官属曰："以为人主师当为宰相，何谓云云？此语不可使天下闻也。"

之路。西汉经学亦由此获得极大发展，步入两汉经学的"极盛时代"[①]。韩诗学也在这个时期获得了长足的进步。这是《韩诗》学者的"乘势"，也可以说这是韩诗学"经世致用"的体现。于三家诗中，《韩诗》最后亡，它构成了汉代《诗经》学史的一个重要组成部分，这在《绪论》中有所提及。下面就本项研究的结论情况略做一个概述。

第一，韩诗学是汉代经学史上的重要内容。它关注、回应了汉代政治社会的核心问题。比如它同黄老之学、谶纬之学等主流学术的紧密结合都显示了它因时而变的特征。从我们对其学传承人和传承过程的分析可知：它同皇家望族等联系细密，它每次大进步都和韩诗学者进入政治中心直接有关。比如蔡谊曾授诗于昭帝，又传授王吉、食子公两位高弟。其中王吉更是把韩诗学推到了高峰。再如薛氏父子立了博士官，广收弟子，韩诗学大盛。这些都显示了韩诗学的因势而变。《韩诗》学者进入政治，以各种方式干涉政治，成就了它经世致用的学术特色。

[①] 皮锡瑞. 经学历史·经学极盛时代［M］. 北京：中华书局，1959：101.

第二，韩诗学有着丰富的思想史内涵。它来源于先秦儒家说诗传统。清人陈澧、今人徐复观等人的看法都是对的。以《外传》为代表的说诗方式是儒家诗学的真传。本项研究逐条考订了孔、孟、荀说诗的条目，研究显示了韩诗学同它们的关联。我们又专门研究了《外传》与荀子、孟子的学术承续关系。修改了前人的观点而得出：韩诗学的来源不主一端，它是杂取百家学问而成的一种学问，综合性是它的显著特色。比如它展示出来的关于"人性论"和孟子更为接近。它还专门有几章讨论士君子的权变思想。对黄老、老庄思想也多有采信。在士君子人格问题上，它的主张就更为多元。在忠孝两难的时候，《外传》体现了"因时而变"的思想主张，开篇就以曾子亲老不得不仕的事理展开了这种讨论。在女德问题上，韩诗学透露出荀子"国家主义"视野下的礼制文化意识。在"天人关系"的思想史核心问题上，《外传》为代表的韩诗学也有大量讨论，在这里"天"不是一种绝对律令，而是有人间温暖维度的"人格神"，它有全知全能的力量，又能以"天赐"与"天罚"的两种方式干预、指示人间政治。《外传》更是指出地上的人可以通过努力来改变"天命"。这就实现了"天"与"人"的互动。

第三，韩诗学著述有非常重要的典籍史意义。韩诗学发展时间长，传布地域广，传承学者多，自然形成了多种经学注疏体例。这就涉及很多典籍史上的大问题。这次研究提供了一个相对完整且可靠的《韩诗》资料。这些资料为研究"内外传"关系、"三家诗序""章句之学"等都有极为珍贵的价值。更为重要的是韩诗学的注疏体例非常多，本身就形成了一种特定的研究，即从"故""传""说""章句""翼要"等注疏体例本身就构成了经典阐释史，涉及阐释的层次等。这方面的研究还不是很多。现在我们有了更多的资料，面向未来学术，韩诗学著述的意义有待发覆。

第四，韩诗学与毛诗学可以构成一种互动。本项研究显示，在很多层次上韩、毛之学可以构成"比对""互补"等。在经文用字上，因为有《韩诗》用字的存在，我们可以看出《毛诗》用字的特征。反之亦然。可以说，这是一种互为"镜像"，彼此是对方的亮光。在训诂层次上也是如此。由于韩诗学的存在，毛诗学的问题也能在某个点上获得更好的解读。由于《内传》《外传》《章句》等的存在，我们还可以更清楚地认识到《毛诗故训传》的集大成性。韩诗学在解诗层次上有对本义的揭示，有对比喻义的应用，也有对引申义（附会义）的阐发等。在阐释角度上，有训诂体，有义疏体，有章句体，有传说体，等等。这些都能和《毛诗》在某个点上构成一种"互动"。本项研究在不同章节做了一点发微研究，但是远远不够。其中揭示出来的部分事实或是令人兴奋的。这让我们感到学术值得。

韩诗学的内涵自然是丰富的。本项研究仅仅是我们学术计划的起步。希望在未来，我们能在这个研究道路上遇到更多的同好，我们一起走进汉代，走进韩诗学，甚至走进由《鲁诗》《齐诗》《韩诗》《毛诗》等各种诗学构成的汉唐诗学史。

参考文献

（一）史部

司马迁《史记》，中华书局，1982年。

班固《汉书》，中华书局，1962年。

荀悦、袁宏《两汉纪》，中华书局，2002年。

陈寿《三国志》，中华书局，1959年。

范晔《后汉书》，中华书局，1965年。

王先谦《汉书补注》，中华书局，1983年。

王先谦《后汉书集解》，中华书局，1984年。

王应麟《汉艺文志考证》，中华书局，1956年，二十五史补编本。

姚振宗《汉书艺文志条理》，中华书局，1956年，二十五史补编本。

杨树达《汉书窥管》，上海古籍出版社，1984年。

杨树达《积微居小学述林》，中华书局，1983年。

张舜徽《汉书艺文志通释》，湖北教育出版社，1990年。

余嘉锡《四库提要辨证》，中华书局，2007年。

余嘉锡《目录学发微 古书通例》，中华书局，2007年。

叶瑛《文史通义校注》，中华书局，1985年。

马端临《文献通考》，中华书局影印本，1986年。

郑樵《通志》，中华书局影印本，1987年。

姚振宗《七略别录佚文》，上海古籍出版社，2008年。

（二）经部

许维遹《韩诗外传集释》，中华书局，1984年。

屈守元《韩诗外传笺疏》，巴蜀书社，1996年。

赖炎元《韩诗外传今注今译》，台北商务印书馆，1972年。

臧庸《韩诗遗说》，丛书集成初编本。

《韩诗外传》（附《补逸》《校注拾遗》），丛书集成初编本，524册，中华书局，1985年。

宋绵初《韩诗内传征》，《续修四库全书·经部》，据乾隆六十年刻本影印。

范家相《三家诗拾遗》，丛书集成初编本，1744册。

王先谦《诗三家义集疏》，中华书局，1987年。

王应麟《诗考》，文渊阁四库全书本，丛书集成初编本。

范家相《三家诗拾遗》，文渊阁四库全书本。

陈寿祺、陈乔枞《三家诗遗说考》，续修四库全书本。

朱熹《诗集传》，凤凰出版社，2007年。

陈奂《诗毛氏传疏》，中国书店出版社，1851年。

马瑞辰《毛诗传笺通释》，中华书局，1989年。

孙诒让《十三经注疏校记》，中华书局，2009年。

孔颖达《毛诗正义》，十三经注疏本。

孔颖达《周易正义》，十三经注疏本。

徐彦《春秋公羊传注疏》，十三经注疏本。

邢昺《论语注疏解经》，十三经注疏本。

孔颖达《春秋左传正义》，十三经注疏本。

孙希旦《礼记集解》，中华书局，1989年。

刘宝楠《论语正义》，中华书局，1990年。

（三）子部

杨伯峻《列子集释》，中华书局，1979年，新编诸子集成本。

高明《抱朴子内篇校释》，中华书局，1985年，新编诸子集成本。

王先谦《荀子集解》，中华书局，1988年，新编诸子集成本。

孙诒让《墨子间诂》，中华书局，2001年，新编诸子集成本。

朱谦之《老子校释》，中华书局，2008年，新编诸子集成本。

黄晖《论衡校释》，中华书局，1990年，新编诸子集成本。

张涛《列女传译注》，山东大学出版社，1990年。

苏舆《春秋繁露义证》，中华书局，1992年，新编诸子集成本。

吴毓江《墨子校注》，中华书局，1993年，新编诸子集成本。

高明《帛书老子校注》，中华书局，1996年，新编诸子集成本。

刘向《列女传》，张涛校注本，山东大学出版社，1990年。

向宗鲁《说苑校证》，中华书局，1987年，新编诸子集成本。

陈立《白虎通疏证》，中华书局，1994年，新编诸子集成本。

汪继培《潜夫论笺校正》，中华书局，1985年，新编诸子集成本。

蔡邕《独断》，四部丛刊三编本。

王世贞《弇州山人四部稿》，上海古籍出版社，2020，文渊阁四库全书本，1280册。

陈澧《东塾读书记》，三联书店，1998年。

刘咸炘《推十书》（增补全本）·乙辑，上海科学技术文献出版社，2009年。

(四) 工具书及其他

许慎《说文解字》，中华书局，1963年。

陆德明《经典释文》，中华书局，1983年。

纪昀等《四库全书总目》，中华书局，1965年。

唐晏《两汉三国学案》，中华书局，1986年。

陈振孙《直斋书录解题》，上海古籍出版社，1987年。

晁公武、孙猛《郡斋读书志校证》，上海古籍出版社，1990年。

李善等《六臣注文选》，中华书局，1987年。

洪兴祖《楚辞补注》，中华书局，1983年。

（五）论文及专著

王占山《从〈韩诗外传〉看西汉前期儒家思想的变化》《齐鲁学刊》，1990年第6期。

曹道衡《试论〈毛诗序〉》，《文学遗产》，1994年第2期。

林庆彰《台湾近四十年诗经学研究概况》，《文学遗产》，1994年第4期。

夏传才《现代诗经学的发展与展望》，《文学遗产》，1997年第3期。

张启成《论〈诗经〉三家诗的异同及其流变》，《贵州文史丛刊》，1997年第6期。

黄震云《〈韩诗外传〉和汉代文化》，《徐州师范大学学报》，1998年第2期。

夏传才《21世纪诗经学展望》，《淮阴师范学院学报》，2000年第2期。

马银琴《从汉四家诗说之异同看〈毛诗序〉的时代》，《文史》，2000年第2辑。

汪祚民《〈韩诗外传〉编排体例考》，《陕西师范大学学报》，2003年第3期。

王硕民《〈韩诗外传〉新论》，《安徽大学学报》，2003年第2期。

王顺贵《20世纪〈毛诗序〉研究的回顾与展望》，《东疆学刊》，2003年第3期。

尚学锋《从〈关雎〉阐释史看先秦两汉诗学》，《北京师范大学学报》，2004年第4期。

俞艳庭《两汉三家诗著述考说》，《山东教育学院学报》，2005年第5期。

赵沛霖《20世纪考古发现与〈诗经〉研究》，《上海师范大学学报》，2006年第4期。

张玖青、曹建国《上博简〈诗论·总论〉与〈诗大序〉之比较》，《湖南大学学报》，2006年第4期。

刘立志《汉代〈诗经〉学及其渊源考论》，南京师范大学博士学位论文，2002年。

赵茂林《两汉三家诗研究》，扬州大学博士学位论文，2004年。

刘强《〈韩诗外传〉研究》，西北师范大学硕士学位论文，2005年。

艾明春《〈韩诗外传〉研究》，东北师范大学博士学位论文，2008年。

陆侃如、冯沅君《中国诗史》，人民文学出版社，1956年。

王国维《观堂集林》，中华书局，1959年。

夏传才《诗经研究史概要》，中州书画社，1982年。

马宗霍《中国经学史》，上海书店，1984年。

刘汝霖《汉晋学术编年》，中华书局，1987年。

程千帆、徐有富《校雠广义》，齐鲁书社，1988年。

胡平生、韩自强《阜阳汉简诗经研究》，上海古籍出版社，1988年。

冯浩菲《毛诗训诂研究》，华中师范大学出版社，1988年。

龚鹏程《论韩诗外传》，《汉代文学与思想学术研讨会论文集》，台北文史哲出版社，1991年。

林耀潾《西汉三家诗学研究》，台北文津出版社，1985年。

袁长江《先秦两汉诗经研究论稿》，学苑出版社，1999年。

钱穆《两汉经学今古文平议》，商务印书馆，2001年。

徐复观《两汉思想史》（卷三），华东师范大学出版社，2001年。

刘信芳《上海博物馆藏战国楚简 孔子诗论述学》，安徽大学出版社，2002年。

姜广辉《中国经学思想史》，中国社会科学出版社，2010年。

冯浩菲《历代诗经论说述评》，中华书局，2010年。

张舜徽《中国文献学》，上海古籍出版社，蓬莱阁丛书本，2005年。

陈绂《训诂学基础》，北京师范大学出版社，2005年。

黄侃《黄侃国学讲义录》，中华书局，2006年。

马银琴《两周诗史》，社会科学文献出版社，2006年。

高尚榘《文献学专题史略》，齐鲁书社，2007年。

章太炎《国学讲演录·经学略说》，凤凰出版社，2008年。

冯浩菲《郑氏诗谱订考》，上海古籍出版社，2008年。

王礼卿《四家诗旨会归》，华东师范大学出版社，2009年。

后　记

2007年9月，我进入四川师范大学，师从熊良智教授学习先秦文学，学位论文以《〈韩诗外传〉研究》为题。2014年7月在王小盾教授门下拿到博士学位。后又于2016年5月，进入武汉大学中国哲学博士后流动站，师随丁四新教授，从事"汉代韩诗学"这个专门之学的研究。呈献给诸位读者的这本书即是对近年学习心得的一个总结。它的意义在于：较为系统地搜集、整理和研究了汉代《韩诗》文献。从学术史角度看，它是宋人王应麟开创的三家诗辑佚之学的延续，是对阮元、陈乔枞、王先谦等人工作的礼敬、吸纳及反省。

研究发现：从某种意义上看，《诗经》学史即"毛诗学史"。造成这种情形的原因有很多，其中三家诗学的渐次消亡是最为重要的原因。因为失传造成了文献阙如，后来围绕《毛诗》形成了一个话语系统和研究范式，一直绵延至今。而在汉代，诗学的高光时刻却属于三家诗，其中《韩诗》更是在东汉达到了顶峰。这段学术史被淹没在主流学术研究之中。今人徐复观最为肯定《外传》，在其名著《两汉思想史》中单设一节讨论《外传》的思想史意义，但也有语焉不详的地方。经宋至清，《韩诗》文献的辑佚工作已臻完备，其中也有"收之过泛"等问题。批评之声于今最盛。本研究采取了最为保守的方式，取古书明确标注《韩诗》的资料进行了一次综合讨论。具体结论请看本书"结论"章。其中，《韩诗》与其他三家诗的学术思想的异同，本书也做了一定的讨论，可还是远远不够，特别是安大简、海昏侯简等新出资料的利用还没有展开，这是要向读者交代的。这样说，本书可以是传世典籍语境中的《韩诗》，可为综合研究寻找一个相对可靠的《韩诗》本身。

　　书稿已定，付诸梓人。书之优劣，请读者批评。而我所关心的汉代《诗经》学的研究之路才刚刚起步。特别是在今天，战国竹书、汉代简帛、历代金石等所载《诗经》资料（含诗类资料）层出不穷，又为我们提供了丰富的材料。古人云：士不可以不弘毅。我愿意在这条道路上坚守初心，继续攀登。这本书和此前出版的《毛传郑笺补正》是对我在狮子山读书的纪念，书稿中的大量材料都来自当时的笔记。"日月其迈"，我也由一个笃志好学、钟情学术的青年，变成了有着两个孩子的父亲。中间遇到了恩师栽培，得到了家人和友朋的帮助与扶持，谢谢诸位，是你们深刻地改变了我。当年那个执着于学、甚为偏激的青年，也慢慢改变成了今日仍坚持读古书的中年人，也开始和光同尘，也开始容纳人生所见所遇的各种人与事。而这一切都源起于同古典相遇的青春岁月。感恩相遇。

是为后记。

陈绪平

辛丑中秋夜于洪城尔雅室